南方周末 文丛

回家过年

《南方周末》编著

为什么我的眼里常含泪水，因为我对这土地爱得深沉。
——艾青

二十一世纪出版社
全国百佳出版社

图书在版编目（CIP）数据

回家过年/《南方周末》编著. -- 南昌：二十一世纪出版社, 2012.8
（《南方周末》文丛）

ISBN 978-7-5391-8004-5

Ⅰ.①回… Ⅱ.①南… Ⅲ.①新闻－作品集－中国－当代 Ⅳ.① I253

中国版本图书馆 CIP 数据核字 (2012) 第 182874 号

回家过年

《南方周末》/编著

策　　划	张　明
责任编辑	张　宇
出版发行	二十一世纪出版社（江西省南昌市子安路75号　330009）
	www.21cccc.com　cc21@163.net
出 版 人	张秋林
经　　销	新华书店
印　　刷	北京中印联印务有限公司
版　　次	2012年12月第1版　2012年12月第1次印刷
开　　本	700×1000 mm 1/16
印　　张	16
字　　数	150千
书　　号	ISBN 978-7-5391-8004-5
定　　价	25.00元

赣版权登字—04—2012—610
如发现印装质量问题，请寄本社图书发行公司调换 0791-86524997

《南方周末》文丛编辑委员会

总策划

  王更辉

主　编

  黄　灿

编辑委员会成员

  王更辉　黄　灿　陈明洋　伍小峰
  毛　哲　朱　强　向　阳　邓　科
  吴志泉　史　哲　肖　华　朱红军
  张　英

执行主编

  张　英

目 录

记者回家乡

我们从来没有放弃，因为我们爱得深沉	江艺平	2
娘	郭国松	5
六个小学教师	余刘文	10
父亲的死和之后的两个月	迟宇宙	15
胡老师	陈明洋	21
父老乡亲的幸福生活	方三文	25
芳草街	甄 茜	30
家住海角	方迎忠	34
传统与现实之间	朱 强	36
表灵村纪事	张小文	41
留下的离开的	杨 子	45

有一个节日叫回家

有一个节日叫回家		52
"挤火车"的人们	陈一鸣	54
回到周孙钦的家	王轶庶	57
乡 愁	田城文	59

家族背影	朱 炯	61
阿妈进城	柴春芽	64
我在大巴山遇到过一位母亲	于全兴	66
家国悠悠福运绵	陈一鸣	69

本报记者过年回家记录

2009年金融海啸下的中国中西部		
——本报记者过年回家记录		74
打工村：这里的世界是平的	谢 鹏	75
陌生的故乡	韦黎兵	79
另一种经济危机	葛 清	81
全球化边缘的村庄	王 强	84
藏富于民不容易	李红兵	87

等你回家，他们的春节故事

代课教师李建新：我不是村里最穷的人了	潘晓凌	90
"劫人救母"重庆兄弟：戴着"镣铐"，回到起点	周 皓	93
东莞民工王宏勇：再撑五六年，我就回家	潘晓凌	96
金融风暴下的海归：在中国与美国之间	叶伟民	99
《吾乡吾民》记者眼中的家乡之变		102
一样的家乡，不一样的小镇	谢 鹏	104
垃圾包围农村	陈新焱	110

听见春运的叹息

回家：非常广州站	张 悦 苏 岭 何海宁	114
暴风雪中，一个农民工老板对抗"春运帝国"	张 悦	126
十年春运：一部好莱坞大片		
——一个有关回家过年的摄影展	陈军吉	129
从东莞到广州：14个人的遭遇	姚忆江 秦 旺	137
慢车上做着快车的梦	陈 鸣	143
接线员：听见春运的叹息	范承刚 马乾杰	150
带着体面与尊严回家，实名制远远不够		
——火车票实名制元年广州春运观察	潘晓凌 刘志杰 王芳军	156

常回家看看

回家：攀越雪山	向 郢	164
跟着棒棒回家乡		
——是什么原因，让他们抛妻别子、背井离乡奔向城市	张 立	169
左家兵还乡	成 功 朝格图	172
"大篷车"千里返乡路	杨继斌	178
"80后"回村		
——江西塘下村新生代农民工不再"东南飞"	谢 鹏	190
母 亲	佳 佳	195
回家的路	赵健雄	197
常回家看看	林德仁 李爱芬	199
回家过年	石 头	201

回乡三镜头	孙立新	202
暮春时节的思念	白 桦	204
这个春节	韩 雪	206
感念家人	伍 振	208

谁愿意重回乡村

"放牛班"回乡	沈 亮	212
"我,算城市人吧"	师 欣	221
农村空巢老人,谁来关爱		225
桦树沟:离家儿女何时归来	成 功	226
老牛湾:被镜头改变	成 功	231
能走的都走了	黄 海	235
种地失去魅力后的生活	谢春雷	237
"失守"乡村	刘艳军	240
谁愿意重回乡村	朵 渔	242
乡村礼俗的变迁	朵 渔	244
乡村的"呼愁"	朵 渔	246
农村如何"新"	郭 虎	249

记者回家乡

以家为家,以乡为乡,
以国为国,以天下为天下。
——《管子·牧民》

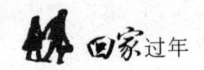

我们从来没有放弃，因为我们爱得深沉

■ 江艺平

这是千载一遇的时刻，百年的更迭，千年的交替，都将汇于同一个瞬间。为了欢呼新世纪的太阳照临地球，全世界的人们都在翘首以待……

这又是岁末平常的一天。这是我们第八百二十九次和你见面。面对着即将远去的一个世纪，面对着就要开启的新千年之门，也许，我们真的该来一次"世纪之旅"，就像聪明的同行已经去做的那样——派记者去新西兰，去那个2000年第一缕阳光照射到的地方？或者去五大洲，去感受不同肤色的人们异域狂欢的情状？

"世纪之旅"？千年等一回啊，为什么不呢？

记者们受命出发了。他们脚步匆匆，他们意绪绵绵。他们要去的地方其实都不陌生，每个人却又分明都有一点惴惴然。是啊，"近乡情更怯"，处在百年之交、千年之交的故乡，你别来无恙否？

这就是我们献给读者的一次世纪末特别的旅行——"记者回家乡"。

一群难得在故乡转悠的人，有人甚至对那片土地已暌违多时。他们终年奔波行走，总是在寻找他乡的故事；他们的爱和恨，也更多地倾注在别的地方。家乡，成了每个人心灵深处秘不示人的珍藏。

现在，就让他们小心翼翼地把珍藏打开吧——

那些版图上无甚出奇的所在，那些所在处平平常常的故人，那些故人里被岁月模糊了的面容，那些面容中被风霜蚀刻下的皱纹……这一切一切，都因为百年之交、千年之交的踏访和叩问，在我们的记者的笔下，变得异常生动、鲜明、隽永，历历在目，触手可及。

为什么我们总是眼含泪水？读完了这一组"记者回家乡"，也许，你会找到答案。而我们必须表达的，是我们对那片土地的敬意。

我们要向乡间的母亲致敬。她用一双小脚走过春夏秋冬，走到了人生的尽头，才算丈量完所有的苦难。母亲，我们祝福你，因为你知道怎样把你的儿子培养成一个真正的人。他将在人生的战斗中获得胜利。

我们要向天国的父亲致敬，他的在天之灵，冥冥之中依然向儿子散发出最质朴的光辉。即使刚刚承受了失去父亲的巨大创痛，在接到采访特大海难的任务时，儿子首先记起的，还是父亲常说的那句话：别为了自个的事耽误了公家的活。

我们要向一位新婚的妻子致敬。就在新婚之夜，她的丈夫却匆匆登上颠簸的长途公共汽车，去采访令人撕心裂肺的海难事故现场，他这样做只有一个理由："我是一个记者！"而她的理解和支持，正好成为他义无反顾的另外一个理由。

…… ……

这是一次特别的旅行，在千年末，在世纪末，在中国，但决不是衣锦还乡。十几个记者，于同一个时刻，奔向天南海北，回到他们曾经生活和成长的地方，是要用他们的眼睛，去观照故乡的现实和未来；是要用他们的心灵，去丈量故乡和新世纪之间的距离。而他们的记录，是要给这个喧嚣的千年末和世纪末，留下一份真实而冷静的言说。

我们走近千年之交，走过"我们这1000年"。即使在那些最偏僻的山村，我们也能看到，这1000年，是"人怎样变成巨人"的一部皇皇巨著。在人类所获得的越来越大的空间里，容纳了与日俱增的成功和骄傲，也容纳了与日俱增的痛苦和不平。毋庸讳言，当西方在这1000年中一步步走出蒙昧的时候，中国却日益远离汉唐的辉煌，甚至在最近160年里曾坠入屈辱的深渊。20世纪中国人的猛醒与奋争，正是对千年来多舛命途的强烈反弹。

我们走近百年之交，走过"我们这100年"。百年风云激荡，血和泪交织，铁和火迸溅，光荣与梦想在高高地飞翔，造就了人类文明之旅中最多劫难

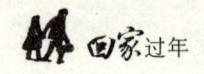

也最多华彩的一程。在百年中国的交响乐中,"科学"、"民主"是叩击命运之门的重重音符,"改革"则是它响遏行云的高潮。《南方周末》有幸,在这样的高潮中降生;《南方周末》记者有幸,亲眼目击和参与这场痛苦而辉煌的涅槃。

今夕何夕?此身何处?时光流逝的无情涛声让人从昏睡中惊醒,脚下土地的真实质感让人摒弃虚妄。我们的记者是有根的一群,正是清醒感知着这样的时空坐标,我们一同走过难忘的 1999。

我们走近岁末,走过"我们这 1 年"。在这一年里,我们所有的努力,都是为了证明:我们一直没有放弃。我们呼号不息,是因为没有一天曾熄灭我们的梦境乃至浪漫;我们致力于一毫一厘的进步,是因为我们痛感改革决无近路可寻。我们一次次泪流满面地奔波在多灾多难的土地上,首先因为我们爱,因为爱,我们恨;因为爱,我们争;因为爱,我们以职业记者特有的方式,和土地,和父老乡亲血脉相连。

今天,我们回家了。我们回到自然,回到平凡,我们回到常识,回到真实。真实有时也会让人难堪,但是,它显示出来的勇气足以令谎言却步。

在岁末,在世纪末,在千年之末,我们回到家乡,带去绿叶对根的祝福,带走根对绿叶的情意。我们的生命因它而变得充实,我们的胸襟因它而变得宽厚且柔韧。

在岁末,在世纪末,在千年之末,我们像儿时一样站在家门口眺望。当 20 世纪的太阳收起它最后一束光线,降临的不是黑夜,而是"我们的未来"。

还记得惠特曼的这句诗吗:"不论你望得多远,仍然有无限的空间在外边;无论你能数多久,仍然有无限的时间数不清。"

又一程"世纪之旅"开始了。祝福你,朋友!

娘

■ 郭国松

孩子们闹哄哄地簇拥着我，露出一双双好奇的眼睛，那个稍大一点的男孩，兴冲冲跑到前面报信去了。而我已全然不认识他们是谁家的孩子。

娘早已迎到了家门口。

娘老了，冬日的阳光打在她脸上那一道道深深的皱纹上，她的头发花白且稀疏，本已瘦小的身材更加矮小，尤其是那双缠得很小的脚，走起来显得吃力极了。

看到我的身影，娘无声地笑着，听说是用小车送回来的，老人有些吃惊。赶集回来的父亲，弄回了一篮子的菜，娘说："买了一只活鸡，我去炖汤给你喝。"父亲做得一手好菜，这时候，谁做他也不放心；娘就默默地坐到灶台下烧火。那是她坐了几十年的地方。她懂得什么时候该用什么火头，她永远那么精细地操控着灶膛里大大小小的火苗。洞悉火候，是一个乡间母亲一生的智慧。

在今天乡亲们的眼里，苦了一辈子的娘已经过上了好日子。她再也不用穿洗得白一块灰一块的破旧衣褂，再也不用住那两间被烟熏火燎了几十年的破旧土坯房，每个月，她都能从乡邮局领回500元钱——我的汇款对娘来说是一笔大钱。她不知道我具体在干什么活，但她一直执着地认为，这些钱都是我熬夜挣来的。

但在一闪一闪的火光里，我看出，娘衰弱多了。更重要的是，娘总还像揣着沉沉的心事。

我是娘在改嫁后生下的孩子。在我之前，娘生了5个，养活了两个。

娘时常讲起过去的事情。她平时不说，要说，总是在我们家最"富有"的季节——庄稼收割后，生产队刚分了粮食，一家人可以尽情地吃上一顿饱饭，或是在月朗星稀的夏夜，娘一边用大蒲扇给我和弟弟赶着蚊子，一边就说起往事。

解放前夕，娘嫁到蔡家，那是一户有几亩薄地的破败小地主家。几亩地后来当然是被分了，娘的一家因此也成了地主成分，在村里抬不起头。

转眼到了1958年，大约六七月间，生产队干部把家里的锅和粮食全都拿走了，连一点儿油盐也不让留下。娘的一家同社员们一样，全部集中到生产队食堂吃饭。后来，连家里的桌椅板凳也被拉走了，只留下吃饭的碗筷。在"放开肚皮吃饭"的公共食堂，"地主家的人"也得看人脸色，一个人常常只能分到稀汤带水的一瓢。

1959年的春季，收成依然很好，但劳动力都在炼钢铁，娘和一些年纪稍大的妇女就成了收割庄稼的主要劳动力，这样，还是有一部分小麦来不及抢收，被雨淋了之后烂在地里。收上来的粮食大部分都上交了。勉强撑到八九月份，各生产队实在没有粮食了，只好宣布食堂暂停，允许家家户户开火做饭。

娘面对着无米之炊，这时候，一家共有8口人———一个老人（公公）、两个大人、5个孩子，最大的儿子也才13岁。像无数饥饿的生命一样，他们挖过野菜，吃过树皮。当年秋季，水稻绝收。幸好生产队种了一些油菜，这成了社员们的救命菜。

40年后，娘依旧刻骨铭心的是："有一天夜里，你哥偷了一筐菜，正想往回走，放哨的生产队干部追来了，可怜你哥早已饿得皮包骨，没跑几步就摔倒了，被抓住，吊在生产队的屋梁上。"

我依稀记得，娘每次说到这里，总是忍不住落泪。"实在饿极了，不偷活不了命。"娘说。

"咋不出去要饭呢？"我傻傻地问。

娘摇摇头："要饭？民兵白天黑夜拿着枪放哨，抓到出去要饭的，要打死你！"

在1959年寒冬刚刚降临时，娘的公公成为全家第一个被饿死的人。

一家人含着泪，用一块门板挡着土，掩埋了老人。

几天后，娘的第三个孩子、已经4岁的老三眼看不行了，等娘挖菜回来，再抱起这个苦命的孩子时，他的头已经耷拉下去。

此时，死亡已经变得习以为常，有时人在路上走着走着就倒下了。也还是这一年的隆冬时节，大雪纷飞，娘的丈夫终于没能熬过去，还不到40岁的他成为全家第三个饿死的人。那一年，娘的眼泪未干，另两个孩子也相继去了。

娘至今也不知道，这个普通的八口之家遭遇的劫难，正是所谓"三年自然灾害"期间，发生在河南省信阳地区的大面积"非正常死亡"，史称"信阳事件"。

后来，娘不止一次地对我说："俺一家饿死5个，能有3个活着，算是好的了。"

我出生后再没有遇到过死亡的威胁，但我也永远忘不了饥肠辘辘的感觉。今天当我看到娘在灶膛前的火光里忙碌不停的时候，朦胧中我又像嗅到了熟稔的红薯干气息。

我七八岁时，遇到青黄不接的季节，特别是冬天，一天只能吃上两顿稀饭。这也是穷人家通常过的日子，早饭吃得很晚，一般都是九点多钟，而中午饭吃完已是三四点，晚上的一餐只能紧紧裤腰带省了。曾有许多个夜晚，我和肚里空空的弟弟闹着不肯睡觉。娘就摸摸索索地从粮囤掏出红薯干，放到大锅里炒给我们充饥。只有淮河两岸的人家有这样的动作——娘往锅里扔一把红薯干，又往灶膛里填几块红薯干。劈劈啪啪的声音响起来，火光把娘大大的身影涂到墙上，这是我们最欢乐的时刻。

非常年代丧夫丧子的痛楚，使娘把全部的心思拴在我们身上。我记得，遇上饭不够吃的时候，娘总是给我和弟弟的碗里盛得满满的；父亲也要吃饱，他要干很重的活；娘一个人在厨房里，铲一点锅底，用开水泡一泡就算一顿了。每当此时，她总是说不饿。

父亲是安徽人，家在淮河蒙洼行洪区，是困难时期跑到河南来的。他和娘成了患难夫妻，后来，娘又把侥幸活下来的骨肉——蔡家大儿子送到父亲的安徽老家成亲。这其中的辛酸，只有娘能体味。丈夫，儿子，都是因为穷，才不得已远走他乡去做"上门女婿"的啊。

那年头，父亲常常贩一些大米到安徽老家去卖，这在当时叫"投机倒把"，要冒很大的风险。在我大约10来岁的时候，就成了父亲的一个好帮手。他悄悄地装上一架子车米，三四百斤，车上拴一根绳子，我也帮着拉，算是给他做个伴。

临行前，娘早早叫我睡上一觉，然后烙好了馍，热乎乎的，装在袋子里，那是我和父亲一路上的干粮。

半夜时，我和父亲拉着车子，顺着一条坎坷不平的土路，向40多里外的老家走去。走了20多里，便来到河南通向安徽的最后一道关卡，父亲先探了路，确认安全后，才三步并作两步地冲过去。

过了关，就是安徽了。眼前是平坦的淮河故道，长满了一人多高的芦苇，一望无际，前后10多里不见人烟。风吹过来，芦苇丛哗哗地响着，我紧抓着父亲的衣服，怕极了。

我们停好车，往四周看了又看，然后拿出娘烙的馍，啃几口充饥，休息一会儿，再往前走，一直过了淮河干流的渡口，就到老家了。这时候，已是东方欲晓。

这一趟，可以赚到六七块钱，用这笔钱，能买30多斤大米，足够接济一阵子。

渐渐地，我长大了，也多懂了一些事，才知道娘的心里原来埋藏了那么多的苦难。娘来到人间，仿佛就是为了这样无尽地付出。养活孩子，成为她毕生的使命，和生命的全部意义。她用一双小脚，艰难地走过一个个春夏，又走过一个个秋冬，走遍了人间的坎坷。从黑发到白发，一步一步地终于将苦难的日子走到了尽头。

80年代初，包产到户的政策结束了饥饿的历史，娘看到自己的一家同别人一样，分到了土地。从当年开始，家里原来空荡荡的几个土囤子，已经装不下粮食了，娘的脸上露出了几十年难得有过的笑容。

就在娘刚过上好日子的时候，我离开了家乡，转眼间，已将近20个春秋。当我作为一个职业记者，奔波在各地的城市乡村时，我常常会想起娘说过的往事。我常常感到，娘在看着我。

无边的往事，早已湮没在岁月的沧桑里。此刻，正是20世纪最后一个冬天，我坐在娘的身边，她从历史说到现实，从苦难说到幸福，一直说到子夜时分。

我拉开门，独自一人走出去，那是一个多么美丽的乡间夜晚！万籁俱寂，满天繁星，仿佛就挂在已落尽黄叶的树梢上，一条白色的银河，自东向西穿村而过，像一条镶满钻石的玉带……

娘啊，您听，新世纪的钟声就要敲响了！

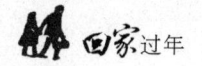

六个小学教师

■ 余刘文

我的老师说，好几次他们都想罢教了，但看在哭着的学生面上，他们又忍住了。

从赣西北老家的县城，沿着北潦河，逆行60多公里，到了当地有名的大镇——上富镇，过去以商埠和盛产火纸出名，世称小南京。从上富镇往石溪走8里路，一座高山、一片平地、一条河，十几个自然村错落其中，就是联盟村。从联盟村再往上，山渐多，河渐窄，水渐急，土音渐重，就开始进入当地的客家方言区了。

1968年，我1岁，被父亲抱到了刚刚下放到联盟村的外婆家寄养。

1979年，我又被接回了生我的父母的家中。

从此，联盟村成了我的故乡。

20年来，故乡在我心目中一直是个近乎世外桃源的地方，它是由"栽禾"、"大禾"、"早禾"、"得禾"、"棉花"、"剥树"、"完成"诸如此类古怪的人名和满山五颜六色的野花构成的。

1999年12月，我回到了阔别20年的故乡。

回乡前，我的小学一年级同桌吴栽禾辗转来到广州找我，他刚从联盟出来，准备在广州谋点事做。吴栽禾小学二年级没念完就下地劳动，很羡慕我在这么高的楼里工作，门口还有保安。他说："我栽了二十几年的禾也栽不出名堂,不想栽了。"他说联盟太穷,村里老师都两年没发工资了。当时我心头一紧,忙问他村里老师是不是还在坚持上课,他安慰我:"你放心,这些老师再苦,还是舍不得扔掉教书棍的。"

　　12月13日,天气晴冷,我从镇上下了车直接来到村小学——联盟完小。老师们几乎都认不出我了,我一个人在房前屋后转悠,打量着,眼前的学校和20年前没有大变,教室、办公室、寝室、厨房呈折角形排开,泥巴地的操场打扫得干干净净,格局一点没变,只有过去老师们挑土筑的干打垒教室已变成了砖瓦房,还有过去我们栽的竹子、树木也已郁郁葱葱绿叶成荫了。一年级教室里传来了孩子们的琅琅读书声:"下雪啦,下雪啦,雪地里来了一群小画家。小鸡画竹叶,小狗画梅花,小鸭画枫叶,小马画月牙……"我看见一位穿红衣裳的女老师,在孩子们抑扬顿挫的读书声中,端着课本在教室里走来走去,一边领读一边观察着学生们的动静,一条漆黑的大辫子在她背上甩来甩去。啊,她就是我20年前的语文老师卢兰盛,当年我们都喊她金姐。"我爱北京天安门,天安门上太阳升……"20多年前村里最美丽的姑娘金姐教我们读一年级语文课文时的情景,仿佛就在眼前。也是这样,金姐端着书,她领读,我们跟着念,在教室来回走动的她每一转身,我就好像听见了大辫子甩在她背上的啪嗒声。

　　对我的突然造访,老师们都很吃惊。我也同样吃惊,望着他们脸上的皱纹,头上的白发,我只有一种感觉,我的老师正在老去。在最初的尴尬、寒暄之后,老师们便张罗开了,搬凳子、递烟、沏茶、买瓜子、招呼炊事员刘妈加菜,直把我当成了客人,令我忐忑不安。一坐下来,老师们就直问我对母校的印象如何:"是不是嫌丑了,难看了?"我一个劲地说好,他们就一个劲地笑。看得出,在我这个老学生面前,他们把学校当成自己的家了。中午吃饭的时候,就一瓶啤酒,老师们都象征性地抿了一口,尽让着我喝,不断地劝菜,特别是临时加的腊肉和米汤煮芥菜,说城里难得吃,一定要我多吃。

　　中午,老师们都不回家,陪着我说话,说得最多的就是转正。我了解到,联盟完小在上富镇14所完小中,是一所规模较大的完小,在校学生139人,教师7人,其中教过我的6位都是本村民办教师,他们的教龄都在22年以上,

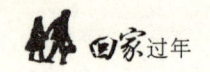

而全镇现在一共只有 19 个民办教师。所以，转正成了这个乡村小学最突出的问题，也是每一个教师最大的人生梦想。老师告诉我，转正得通过考试择优录取。但二十几年，国家只给了他们一至两次考试机会，难度、压力可想而知。连续教了 19 年一、二年级语文、数学的彭嗣香老师说："去年为了参加考试，我每天夜晚赶四五里山路，去我老弟（高中毕业生）家背书，不懂的就随时问他，这样赶了一个多月的夜路，结果走进考堂，一紧张，就全忘了，白白损失了好几百块钱报名费。"彭老师拍着自己的头笑道："人一上了年纪，记性就不好用了。"

沉默寡言的舒惠平老师不无嘲自地对我说："转正就是为几十年吃的苦找一个说法而已。"还有一位老师抱怨，自己在农村教了一辈子书，上级不应该拿分数卡他们。但小学校长邹定玉，我以前的数学老师，也是民办教师，他则认为："要怪还是怪我们自己，用功不够。"

说完了转正，教导主任徐立英还想说什么，一副犹犹豫豫，欲言又止的神情。我发现大家此时正朝她使眼色，她干脆把抽屉一拉，拿出一张 1998 年民办老师工资表给我看，并大声地说："他是记者，拿到上头给我们过问一下，怕什么？"金姐说："刘文是来做客，何必难为他呢？"看着这张工资表，我真为我的老师难过。工资表记载：邹定玉，全年应发 2568 元，欠发 1617 元；邹德利，应发 2280 元，欠发 1436 元；舒惠平，应发 2304 元，欠发 1451 元；徐立英，应发 2460 元，欠发 1549 元；卢兰盛，应发 2304 元，欠发 1451 元；彭嗣香，应发 2208 元，欠发 1391 元。另外，老师今年全年工资未发。

我的老师说，好几次他们都想罢教了，但看在哭着的学生面上，他们又忍住了。

说着说着就到了上课时间，老师们抱着一摞摞作业本、讲义夹又纷纷上课去了。我一个人坐在办公室里，再没有心情出去转悠。不久，教室里又传来了孩子们抑扬顿挫的琅琅读书声，一波一波，无限地烘托着山村的寂静。我站着，倾听，凝想：这声音，20 年前，今天，都无疑是这个村庄最动听的声音。

晚上，我去邹校长家吃饭，舒老师在学校值班，守着四、五年级的住宿生自习，约好9点钟在学校等我，他已经为我准备好了床。邹校长的家，沿着公路走，3里路就到了，但一进门，他老婆就骂，责怪他忘记了碾米糠，买猪饲料，狠狠地发泄着，邹校长不接茬，只响亮地交待老婆："这是我20年前的学生，大学生，在广州当记者，快去下面，放香菇，放蛋！"他老婆似乎有发不尽的火，一听，骂声戛然而止，对我笑了笑，然后跑着上厨房去了。吃面的时候，只有我碗里有蛋，3个。我看着他们10岁的儿子埋头狼吞虎咽吃面的样子，心头一酸，放下筷子望着他，他娘见状，赶快别过头去，再不作声。晚饭吃得黯然神伤。

吃完晚饭，邹校长送我回学校。山里的夜很冷，月亮很大，一路上，邹校长话不多，我问他还记不记得我读二年级那年冬天，我被邻村一位大青年无端殴打后，他抄起扳手拉着我上3里外的邻村，逼着那大青年向我赔礼道歉的事，他憨厚地笑了："好像有吧，但记不清了，教的学生太多了。"邹校长那时大约只有20来岁吧。

接下来几天，我怀揣着6个老师的工资表，天天找人，找不着。12月17日，我终于找到了上富镇何向华镇长。她说，按政策规定，民办老师的工资由所在村完成的村提留上交的乡统筹出。联盟村去年实际只完成了乡统筹任务的1/3左右，今年查账才发现，村里原来瞒了两万多元没上交，致使老师的工资被拖欠。镇里为了解决这个问题，今年先后两次组织突击队下村收提留，两次共收到几千元，全部给了老师，现在实际只欠4000元左右。何镇长说："我也同情他们，站在教室里，吹了一年西北风，工资也拿不够。但是，我也不能把别个村的钱拿给联盟用。"我接着到村里了解情况，村长刘仲明拨拉着算盘给我算了一笔账：全村13个组、925人、2200亩水田、人口提留24000元、田亩提留32000元、人均负担63元左右。去年实际收提留30000多元，交乡统筹9000多元，剩下的给村小加盖了两间教室，迎接普九检查。"所以把老师的工资给耽误了。"刘村长说，"这两年村、组干部也没领一分钱，全部挂着账，20000多元了。"今年10月27日才上任的村支书胡家生更是大倒苦水，他说："从上任起，几乎天天有人上门找我要钱，村里债务125000万多元，我头都大了。村里的'水'本来就这么大，这也要钱，那也要钱，光一年的报刊费就要3500多元，党委、

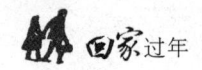

纪委、组织、人大、政协、武装、政法、团委、老龄、妇联、计生、统计、农业、林业、集政、土地，家家有报有刊，都要订。你就看看墙上贴的纸（党政系统各部门制发的政策宣传画），哪一张不要钱？便宜的35元，贵的120元，哪家的权力大，哪家的纸就贵。"记者粗略数了数，3间办公室贴的这种宣传画、宣传单共有20多张。

  对欠发老师4000元工资问题，胡书记干脆地答道："我刚刚上任，我首先要想办法保证今年老师的工资全部到位，欠发部分要从历年欠交提留部分解决。"显然，他认为这是历史遗留问题。

  我把"过问"了一圈的结果告诉了老师，老师们都沉默了。最后，令人尴尬的沉默被邹校长的突然提议打破了，他要求我临行前，不，马上就给学生们讲一课，"讲什么都无所谓，只要能鼓励他们好好学习就行！"老师们都热烈地呼应着，不等我同意就纷纷出去招呼学生，布置教室，搬凳子抬桌子，忙得不亦乐乎。10分钟后，我几乎是被邹校长"押"上了讲台。

  十几分钟的演讲，我不知道我讲了些什么，也不知道孩子们听懂了什么。望着黑鸦鸦的小脑袋，望着黑板边逐渐老去的师长，我想起了我的童年——

    我爱北京天安门
    天安门上太阳升……

父亲的死和之后的两个月

■ 迟宇宙

我处理完父亲的丧事，准备回广州的时候，母亲对我说："我感觉一下子老了。"我感觉到眼泪老是往上冒。我感觉自己突然长大了，带着点苍老。

10月17日，父亲死了

10月17日，农历九月初九，重阳，传说中是个好日子。三国有个叫曹丕的，给朋友写信说："九为阳数，而日月并应，俗嘉其名，以为宜于长久，故以享宴高会。"

父亲死了，在这个"宜于长久"的好日子里。那天晚上，我正在济南采访。吃晚饭的时候，老家的一个朋友打电话说："叔叔（我父亲）出了点事情，你能不能回家？"我问什么事情，严重不严重。他说不严重。我说我明天赶回去，明天中午出发，傍晚到家。回到宾馆，继续写稿子。8点多钟的时候，姨夫打电话过来，说父亲出事了，问我什么时候回家。我说明天。之后的两个钟头，不停地有人打电话过来。我知道，父亲出了大事。

10点半，我的稿子才写了一半，因为不停地有电话打来和对父亲的担心，所以头绪很乱。这时候，姨夫的第二个电话又打来了，说："你放下手头的所有事情，马上回家。"他说话的时候，我哭了。我想，父亲一定

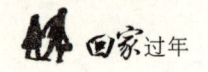

处在弥留之际,想看自己儿子最后一眼,想跟我说几句话。

出了门,花1200元租了一辆出租车,我开始了工作后的第一次回家,一次悲伤的探亲。

路上4个半小时,家里不停地打电话问我到了哪里,从济南,到淄博,到青州,到潍坊,到昌邑,到莱州。到了莱州已是凌晨3点半,换一辆出租车,到家已是4点半。

进了门,母亲、外婆、姨夫、舅舅和两个朋友在那里等我。我说我想去医院看看父亲。他们说天明吧,天明太平间才开门。我知道,我一路上的期盼、焦虑和无数次祈祷都白费了。父亲已经死了,他不要我了。

那个黄昏的太阳,是血色的

父亲是一个石匠,从13岁就开始干这个行当。在我曾经生活的那个村子里,他有一个绰号,叫"铁笔秀才",是人们对他手艺的夸奖。父亲因为这个绰号,而有那么一点点虚荣,所以他在"打石头"的时候,总希望能够做得尽善尽美,不要坏了自己的名头。

在我读高二那年,父亲到了莱州市银磊石材有限公司工作。那是全国最大的一个石材企业。父亲在它下属的一个子公司里做采矿的活儿,我们那儿都叫"打石头"。我的老家,没有别的资源,土地的出产,仅仅维持温饱。几乎所有的家庭都靠石头为生,有能耐的在外面跑石材生意,大部分男人都在采石矿里"打石头",只有最没本事的男人才种田。然而"打石头"这种活命的方式,实在危险。

父亲在村子里算是老资历的石匠了。他曾经在村集体的矿里干过,那时候挣的是工分。"单干"后,他在别人的矿里干过"加工"(修理台阶石等各种方形石料和蘑菇石等异形)和"日工"(每日固定收入,按日计算)。"加工"的活儿比较自由,但是活儿往往比较急,所以经常要没白没黑地干;"日工"则是完全不自由的,每天要干够一定的时间,这个时间的长短,则完全按照老板的意图,大多数老板都要求石匠们干上十几个钟头。父亲自己也有过"开坑"(承包坑口)的经历,却因为自己不善经营而失败。40岁,正是一个人生命中的黄金时间，对他来说却是一生中最失意的时候。经济上他"开坑"失败，政治上又得罪了村支书，所以他十分落魄，沦落在山脚下修理下脚料。也是在那年，父亲到了"银磊"，扮演了一个又吃苦又不赚钱的角色——班长。他想进入"国营单位"，搞几年工龄，最后混个"劳保"。在这7年里，只有去年他没有上山"打石头"，是因为他听了我的劝。然而"劳保"对他的诱惑实在太大了，他终于又上了山，将自己的性命丢在了那里。我听到他上山的消息后，曾经多次打电话劝他不要干了，他总是敷衍，总是说："我混个'劳保'，以后按月拿100多块钱，你们的负担也轻一些。"然而他终于没有混到"劳保"，出事的时候还只是一名"计划内临时工"。

因为在山上干活，父亲总是穿一些破旧的衣服，上山前是干净的，下了山都已经被汗湿透了。上山很费鞋，父亲的鞋子是母亲赶集给他批发来的，有时候是胶鞋，有时候是布鞋，单位发的翻皮鞋他自己不舍得穿，总是要大号的，说是留给我穿。

我就是在这种环境下长大的，从幼儿园到小学，到初中，到高中，到大学，父亲的凿子从来就没有停止过。他为我凿出了一条成长的路，却给自己凿出了一座坟墓。

我目睹了迟家庄的变迁，我还保存着原来迟家庄的山上郁郁葱葱的林木里活动的记忆。我曾经在那里摘过松球，捉过蝎子，逮过兔子。炮声隆隆，父亲与他的同行们凿子声响越来越稠密，越来越急促。新房子多了起来，电视机多了起来，汽车也多了起来，人们的穿着已经与城里人没有了区别。山在这种变化中秃了，白花花一片，像一张得了皮炎的脸。白天是石匠们"放——炮——喽——"的喊声，晚上是机器的轰鸣。幸福就是这样来临的。为了这种幸福，人们付出了沉重的代价。

石匠们的受伤，是司空见惯的事情，所以不但我自己，连父亲本人都没有特别在意。死亡也时有发生。由于大部分采石矿都是私人承包，矿主和石匠们都想多挣点钱，很少去考虑安全的事情。由于没有足够的安全保障，也缺乏严格的管理，几乎每年都有人被石头夺走性命。所以父亲不是第一个，也绝对不会是最后一个被石头夺走性命的人。就在父亲出事的当日，邻村的一个采石矿在爆破的时候出了问题，3个石匠当场被炸飞，矿主吓得不知躲到了何处。所以今天的我已经把重阳当成了一个伤心的节日。在1999年的重阳，邪神如此肆虐，即使登高的人它都没有放过。

母亲说，那一天中午，她要父亲到邮局去取我汇回家的钱，父亲说："今天下午要放炮（爆破），少了我怎么行？"父亲上山的时候很高兴。他拿着一把钉耙舞来舞去，还唱着歌。母亲在后面喊："你等等我！"他理也不理。那把钉耙断了一个齿，他想拿到单位里找人帮忙焊接好。他走得很匆忙，母亲再见到他的时候，他已经躺在太平间的铁棺里了。

出事的时候已经快下班了。爆破已经完成，石料的质地和尺寸都很好，整个矿里都很高兴。大家都收拾工具准备下山的时候，父亲想去看看那块石头，石头横在半空，他钻到了底下。抬头的时候，石头突然嘎嘎地开始断裂。父亲向后退，一块石头绊倒了他。这是父亲生前的同事告诉我的事故的整个经过。父亲埋葬后，我和母亲、小妹去父亲出事的地点祭扫的时候，也是个黄昏。我看到地上有一小摊血迹。我看到天边的夕阳，与血迹一样的红，一样的伤心。

我真的不相信，我的父亲死了

在接下来的几天里，我作为家中唯一的男性，开始处理父亲的善后事宜。可我什么都不懂。父亲的单位与我们商谈赔偿的时候，我突然觉得，生命真是脆弱，如此不堪一击。一个生龙活虎的人，说死去，转眼就死去了。赔偿十分顺利，因为我们没有过多的要求，只要他们按政策办就是了。父亲已经死了，赔偿、慰问、调查，种种一切，都只不过是形式而已，对于这个家庭，还有什么意义？

10月19日下午，父亲的遗体火化。第二天将近中午的时候，出殡。一切都按照老家的习俗。家族里的人负责帮忙处理日常事务与吃饭、喝酒，我能为父亲做的，只有痛哭、下跪和不让自己倒下去。

在处理父亲善后的7天里，小妹不停地问我："爸爸什么时候回家？"她不相信父亲已经死了。我也不相信，母亲也不相信。我们老是觉得，他出远门去了。

然而，父亲还是死了。整理父亲的遗物，是一个更为悲伤的过程。我不知道该丢掉哪些东西，该保存哪些东西。以前我曾丢掉了父亲写给我的信，我现在知道我犯了多大的错误。现在丢掉父亲的一些遗物，我不知道这是不是为将来犯下的错误。

父亲的遗物中有一张50元钱的收据。他单位的领导说那是"三路一桥"的集资款。"一桥"是高架桥，"三路"包括高速公路、铁路，剩下的"一路"是什么，至今我也没弄清楚。莱州要修建这些东西，市民们要集资。母亲告诉我，父亲曾经说过，这钱他是为我交的，为了以后我回家方便，有高速公路走，还有铁路走，不会像现在这么麻烦。母亲说，父亲一直认为这是件好事。尽管父亲不知道这种集资的程序是否合法。

我是12月1日晚上再次回家的。之前我在烟台采访"11·24海难"。我不愿去烟台，不愿面对那么多死去的人。可我最后还是去了，我只希望采访能够顺利，能够不误过12月4日。

12月4日，是父亲的最后一个"七"。山东农村的习俗是，人死后每过七天家人便要去给死者"烧七"。我在处理父亲善后的时候，为父亲烧了"头七"，其余的"七"，则纯粹是一种伤心的怀念。偶尔将刊发自己报道的报纸烧一份给他，希望他能看到自己的儿子正在努力，却明白那只是安慰自己而已。父亲的文化水平不高，只有小学毕业，他甚至看不懂《南方周末》的许多报道，然而只要有我的稿件，他总会一个字一个字地念完。一篇四五千字的报道，他有时候要念一个晚上。母亲有时候很烦，就问他："你念来念去，看得懂吗？"尽管他不懂，还是很倔地反驳："我怎么不懂？自己的儿，我怎么不懂？！"

12月1日晚上回到家。母亲见到我回来，多少有些高兴，只是对我的突然消瘦有些担心。丈夫的突然离去，使她的眼里只剩下了儿子。依照农村的习俗，我已经成为她唯一的依靠。她的眼里只有我的消瘦，却没有发现自己的明显苍老。

第二天早晨，母亲早早起了床，在套间里翻来翻去。过了一会儿，她拿出了7张定期存单，也不知道是从哪个柜子角落里拿出来的。她让我看一共有多少钱。18000元，是父亲操劳一生的积蓄。其中还包括我给他们寄回家的5000元。他们没舍得花，说是想留下来，为我以后结婚用。

父亲曾经有两大嗜好：抽烟、喝酒。烟后来他戒了。我还在抽。他和母亲劝了我很多次，我也下了很多次决心，却终于为自己找了许多理由，搪塞了过去。在套间的一个抽屉里，有几条烟和十几个打火机。母亲说，那是父亲留下来，准备我回家过年用的。

父亲有个很不好的习惯，就是爱唠叨，尤其在喝酒之后，母亲总说他是一个"唠叨勺子"。父亲爱喝酒，但酒量太小，加上山东的酒风太烈，所以经常喝得酩酊大醉。以前醉了后就骂母亲，后来变成了吹牛，乱吹。我大学毕业，妹妹到胜利油田师专读美术系后他吹牛便有了固定的格式。我从母亲那儿听到了两种——"我儿子女儿都考上了大学，一个是作家，一个是画家，都是家。你儿子，不行。""我儿子一个月给我寄1000块钱。"这样的吹牛，往往引起别人的反感，父亲却看不透。

母亲一直很遗憾，她的儿子有两架相机，家中却没有一张全家福。我在父亲死后两次回家，母亲总是反复地问："能不能把你父亲和我们的像合成一张全家福？"

自己干的是文字工作，写的东西里却很少提到父亲，唯一的一次还是说："父亲是个石匠，怯懦又没有什么心计。"现在想起来，真的是很难过。

12月4日上午，母亲开始整理"烧七"需要带的东西。除了香火之外，她还给父亲折了一个"钱包"，一个"手提包"。

下午3点，"烧七"。

第二天早晨6点，我走上了回广州的路。我的心里已经少了悲伤，多了怀念和责任。

记得10月底，我处理完了父亲的丧事，准备回广州的时候，母亲对我说："我感觉一下子老了。"我感觉到眼泪老是往上冒。我感觉自己突然长大了，带着点苍老。

1999年10月17日，我的父亲死了，只有47岁。还差19天，我满23岁。

胡老师

■ 陈明洋

在我们那里胡贤木是"疯子"的代名词。但对我而言，胡老师却是一个不死的、自由的精灵。

在我，胡老师是一个传奇。他没有当过老师，更没有做过我的老师，但说他是我的一尊精神偶像，一点也不为过。这次回家乡仙桃市，我就是冲着他而回的。不过，我没有再见到他本人，两年前，他去世了。

与故乡人说起胡老师，他们自然也还记得，也能眉飞色舞地讲几个他的段子；他们只承认他是一个"文疯子"，却不能同意我的"高度评价"。

然而，在我的心目中，在那高压、蒙昧、没有大学的时代，胡老师是一个自由的精灵，他是知识的化身，一个启蒙者，他启发人们的想象力。在大家都一样的时代，他与众不同。只要他出现在哪里，哪里就会有一帮人围住他，问他任何稀奇古怪的问题。而他站在市场街上，像古希腊的爱智者苏格拉底，与人来回辩难，直到你无话可说，他是雄辩者。我记得有时他全身前倾，左手背在身后，右手伸出，掌心向下，目光如电，滔滔不绝，比列宁那个著名的姿势更有压倒的气势。

湖北的沔阳（仙桃市原为沔阳县），乃至当时的荆州地区，几乎没有不知道胡老师的。人们习惯于称他为胡老师，大约是这个称呼对他有奇妙的功能：相当于"请留步"。不少沔阳人都曾试过——也许，小时候的我，

21

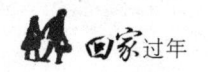

也曾试过——往往屡试不爽。

胡老师属于那种总是走在路上的人,又极容易被任何人叫而且被期待停住。他的走法非常特别,照例总是昂着头,目不斜视,甩着双手,急速地走,发出呼呼的声音。你直呼其名:"胡贤木!"他不理你,呼呼地往前走;你加大音量喊:"胡疯子!"他仍是呼呼地往前走;一定是恭恭敬敬地叫一声"胡老师",他才戛然止步,偏着头,脸上有些高兴的神色,等着你的提问。

胡老师平时堪称"奇装异服"。他的衣裤,不用扣子皮带,而是用一种剖细的树皮编织联络起来的;脚上也往往穿的是用草、树皮自编的鞋子。平时大多戴一顶帽,头发是不理的,都扎进帽里。有时只用一根布巾束住发脚,露出丝一样的有些卷曲的长发,有如古希腊奥林匹克优胜的少年。夏天,他会采了大的荷叶,抠穿了,围在脖子的根部,仿佛楚国先贤屈原的打扮。

胡老师有些名言,常被引用,有如当时的"最高语录"。例如,冬天衣服有些单薄,小孩嫌冷,父母会说,"胡老师说,夏天穿棉袄最凉清,冬天穿单衣最热乎。你冷个么事?!"孩子也就无话可说。胡老师说到做到,他的衣着就是反季节的。我记得,夏天他也穿得很厚,而不像一般乡人几乎全身赤裸。

那个时候,农民被耙在土地上,"商品粮"被焊在工作岗位上,全国几乎罕有人口流动,只有胡老师是自由的:他过着流浪的生活。不过,走着走着,有时他会突然刹住脚步,双手背在背后,低着头,眼睛似乎就要脱出眼眶,定定地看住一个什么点——他在沉思。这时,没人敢惊动胡老师。

记得我第一次碰见胡老师,是在自己的村里,一户生了儿子的人家。他跟我父亲差不多的年纪。一群乡邻围住他,用了怪问题难他:胡老师,你说,小孩是怎么生的?那是70年代初,我六七岁吧。我明知这个话题有些"流氓",但禁忌令我更有兴趣,只是我听不大懂,他用了一套在后来看来属于科学的术语。那户生了孩子的人家,恭敬地盛了一大碗"发妈(奶)"用的鸡汤给他喝。

在吃上面,人们都知道胡老师的规矩:碗兜子(剩饭剩菜)不吃,肮脏的不吃。穿,则有民政局每年给他两套新衣。听说,他从来不用乞讨来解决温饱的问题。虽然那时我们都到了要吃红苕（旧社会一般用来喂猪）的地步，但人们仍会主动送给他好吃的。

　　胡老师是所谓的"疯子"，在我们那里，他是被几分怜惜、几分轻慢、几分敬畏的：他是哈工大（哈尔滨工业大学）的学生。他疯狂的原因，小时候我听到过两种版本。一种是说，他与大学女朋友功课都好，门门都是5分。一次打赌好玩：谁有一门功课不是5分，谁就去死。开始还都是5分，没事。有一次女朋友得了个4分，竟跳水自杀了。胡贤木于是疯了。另一种版本是，胡贤木擂功课擂得太紧了，他一年就学完了大学5年的全部功课，成绩还都很好。用功过度，脑子就坏了。

　　至于真正的原因，我现在也不甚了然，我所知道的原因就是这样。这种原因，对当时的我有特别的影响。我的小学时代，知识分子是臭老九，学生被鼓励造教师的反，学工学农比读书的时间似乎还多。记得有一个学期，我们连教材都没有，课文是自己手抄的——纸张大约用在了糊大字报或印毛主席著作上了。那时，我见到地上哪怕有一张纸片，都要捡起来，看看上面写了一些什么。父亲偷偷地给我们讲自家的"诗书传家"，讲点"子曰诗云"和屈子的"行吟泽畔"。在我的心目中，胡老师一下子跟古远的历史长河和广阔的外部世界连在了一起。于是，我对胡老师总是仰望着的。

　　胡老师那里有无穷的机智和智慧，无限的稀奇古怪的想法。他讲海底造城、天上起屋；他讲人类能够到太阳上去，人可以活到几百岁……这些，在那个时候，那个地方，无异于黑夜的一道道闪电！他想的跟眼下的生活毫无关系，众口跟他辩论，却也乐此不疲。他一套一套，滔滔不绝。

　　胡老师最常逗留的是"文化单位"：沔阳师范，沔阳中学，文化馆，新华书店。他不断地看报，看书。大约是初中吧，我有次到文化馆，胡老师已在那里，有人在木板上钉钉子。有一个人问他，胡老师，你说，木板晓不晓得疼？他说，我不是木板，我怎么晓得木板晓不晓得疼呢？如此之类，一大席话。他甚至提到了我刚从哲学史上知道的名字：康德。后来，我读到了庄子关于鱼的快乐问题的论说，可谓异曲同工。

　　还有一绝，胡老师会把他的异想天开及其证明"发表"出来。在仙桃的街上，他的"板书"算是一景。不光是有小块的随感，还有长篇大论。

从街道这边的门板上，经过马路，到街道另一边的门板上，上两点下一点、上一点下两点，因为所以的数学证明，用漂亮的草体写出来。"人类能够到太阳上去"，证明：上两点下一点，什么什么；上一点下两点，什么什么。结论。就是这样。1981年我上大学以后，每次还乡，都要看看他的板书，我还抄过他的一些因为所以。他是有逻辑的，他有他自己的逻辑。他有难以计数的因为所以的论题，也有对社会一针见血的批评。我认为，他显示了丰厚的知识背景、严整的科学训练、无羁的想象和自由的精神。

有好多年没有见到胡老师了，现在是再也见不到他了。但我还是回到故乡，去寻找有关胡老师的一切。我发现故乡人能以更平实的眼光看待他，而不像我有某种神化的倾向。再明显不过的一例是：我原来记得他在马厩出生，俨如耶稣，而实际上他的父亲是个篾匠，与马无关。人们宁愿说他是个贫困、自尊而又好学的大学生，5年大学只读了3年半，疯了，可惜了。但是，这没有粉碎我的偶像。

胡老师终身未婚，却从未对人有过性骚扰。

不过，有人"骚扰"过他。90年代以后，因为有"大首长"到仙桃视察，胡老师被当作"有碍观瞻"的"鬼家鬼伙"，给用车远远地丢到长江边上，前后有两次。有些"鬼家鬼伙"就不知走到哪里去了，胡老师是两次都走着回家了。

胡老师的死，也叫人称奇。他病了，对人说，"我要回家"。两个粮食学校的老师请人用板车送他。沿路他对人说："我要走了，我要见马克思了，我要见那边的人了。"回到离仙桃镇两三公里的袁市，他唯一的亲人——同父异母的妹妹家。他看着亲人，眼泪直流。不到10分钟，他闭上了眼睛。这是1997年的10月6日。他活了63岁。

在外流浪了39年，胡老师死在家里。

在夕阳西下的时候，我去拜了胡老师的墓。墓朝向通顺河，没有墓碑。通顺河不大，但连着长江和汉江。水是清亮的，泛着光。我仿佛看到，胡老师踏着逝波，追随着拦住孔子车的楚狂接舆，饮露水、吃花的屈原，大白天点灯笼在南京满街找"人"的辛亥先贤张难先，胡老师跟他们在一起，走着，走着……

父老乡亲的幸福生活

■ 方三文

1996年的夏天,他提着几十斤鲜菇到了汕头,菜市场的批发老板怎么也不相信这是香菇,因为在他们印象中,香菇都是晒干的,而且是冬天才有的。为了让他们相信这是香菇,廖光华借来一口锅,当场煮了让他们尝。

在一张六百万分之一的中国地图上,我的家乡,福建省武平县,是闽粤赣三省交界处一个不怎么起眼的圆圈。正如地图上标示的那样,这是一个偏远、多山、交通不便的地方,以至于除了孩童时的野趣,我的家乡留给我的最强烈的记忆就是贫穷,日出而作,日落而息,在山间狭小的平地上种植水稻,辛苦一年的农民仅够温饱甚至温饱都不够。

这些印象和我在当了一名记者后,每每见到每每被打动的农村和农民的现实是相似的。在云南怒江州,我看到两个傈僳族兄弟围着火塘枯坐,除了火塘上一口烧得发黑变形的铝锅,他们别无财产,连被子都没有;在湖南省桂东县大塘乡春峰村,我拿到了一张死亡名单,这个村庄的青壮年都外出打工,几乎每年都有人死于非命——而他们最多只能得到几千元的赔偿;在广东信宜市,山区的村民穷,娶不到媳妇,买卖妇女成风,有的村庄竟有50%的媳妇都是买来的;在中国农业大包干的发源地安徽凤阳县小岗村,乡村经济大概在80年代中期就停滞不前,温饱有余,小康难奔……

在1999年的年末，报纸上最热门的词是WTO，我们以极大的热情讨论着加入世贸、市场经济会如何改变我们的生活，却忽略了这样一个事实：广大的农村和数亿农民的主要生产活动还是种植粮食，市场化程度是很低的，他们种出的粮食，大部分被自己吃掉了，而他们与市场仅有的联系，也就是在乡村集市上购买一些生活必需品，和以前没什么两样。很显然，如果停留在这样的自然经济状态，农民的生存状态很难有大的改善。人均一亩多耕地上有限的收获，是很难让他们过上小康生活的。

不久前，我回到家乡，以一个记者的眼光来再次审视我的家乡和我的父老乡亲们的生活。

在离我出生的地方仅有几十公里的武平县东留乡大联村，我见到了该村党支书罗盛兴。这位40岁左右的农民，穿着干干净净的夹克衫、休闲裤，腰间别着一部诺基亚6150双频手机。我以为，在这海拔近600米的高山农舍里，这可能只是件摆设。但他很认真地对我说："到坪里（院子里）就打得到了。"他说，他刚刚跟广东揭阳的一位老板通过电话，谈好明天夏洋白菜的价格是0.55元。一辆满载白菜的车已经行驶在路上了，明天，司机就会把菜款带回来。"今天只能谈明天的价钱，谈不了后天的价钱。"他这样证明他拥有手机和电话的必要性。

罗盛兴的房子收拾得很整洁，吃饭的八仙桌擦得木纹毕现，壁橱里放着一部红色的电话，厨房顶上安着一台卫星天线，院子里放着一张球台，罗盛兴和他兄弟的孩子正在欢快地打乒乓球。一切显得幸福而安详。

罗盛兴家的生活在村里并非"一枝独秀"，他所在的自然村，超过一半的农民装上了电话，大部分的农民买了摩托车，富裕程度远超过邻近的村庄。

在以前，这是不可想象的，因为即使是在武平，这里也算是条件艰苦的地方：离县城几十公里，仅有一条机耕路进村；海拔高，人均一亩多地都是山坑冷烂田，只能种一季水稻，别的地方一亩能打1000斤稻谷，这里只能打600斤。

但3年前开始，大联村大部分的耕地上就不再种水稻，改种蔬菜了。有人发现这个村庄的耕地种水稻产量低，种菜却有得天独厚的优势，因为这里海拔较高，气温较低，每年 8–10 月份，广东因为气温高、台风频繁种不出菜，这里种出的反季节蔬菜正好可以在那里卖出好价钱。这里离广东潮汕地区只有三四百公里，离广州也只有 500 多公里。

今年，罗盛兴除了自己的责任田全种上蔬菜以外，还在邻村租了 30 多亩地种菜。在大联村所在的东留乡，很多的耕地都不再种粮改种蔬菜了。据县里主管蔬菜生产的"蔬菜办"统计，现在全县反季节蔬菜的种植面积已近两万亩。而县里有关部门打算在经过县境的国道和省道沿线都种上菜，不种水稻，以树立蔬菜生产县的"形象"。他们说，即使不考虑反季节因素，武平的蔬菜也是有优势的。因为在这个县，没有什么工业，几乎没有什么污染，这里生产的菜可以以"绿色食品"、"无公害食品"的品牌打开市场。

从大联村下来十几公里，海拔降低了 100 多米，公路边是肥沃的双季稻田。这里原来是武平县最重要的粮食产区。东留乡苏湖村的廖光华说，他全家 5 口人 12 亩地，已租给人种了一半，剩下的一半也只种一季。这并没有导致他生活质量下降。在路边，他盖起了一座钢筋水泥结构的三层小楼。在他所在的村庄，这种小楼正逐渐取代以前的土夯楼房——在我们客家地区，黄土夯筑的楼房一直是农民的主要居所。

和大联村不同，让廖光华和他的父老乡亲们过上幸福生活的是另一种东西——香菇。12 月中旬，秋高气爽，在经过苏湖村的公路上，晾晒着一层木片。这些两毫米左右厚的木片，在晾晒干以后，都将被粉碎成木屑，作为种植香菇的原料。现在种下菌种，明年夏季才能长出香菇，那时候，新鲜香菇是罕见的东西，在国内菜市场上能卖到三四块一斤，而出口日本等地，则能卖到十几块一斤。在东留乡，有人建起了 10 多个冷库，把新鲜、质量好的香菇运往美国、日本以及香港地区、东南亚。

廖光华是这个村庄最先种植反季节香菇的人之一，也是最早把反季节香菇推广到外面的人。1996 年的夏天，他提着几十斤鲜菇到了汕头，菜市场的批发老板怎么也不相信这是香菇，因为在他们印象中，香菇都是晒干的，而且是冬天才有的。为了让他们相信这是香菇，廖光华借来一口锅，当场煮了让他们尝。现在，廖光华的生意已经做到了广州。在很长的时间内，他常住广州，他的妻子在家乡把香菇收购来，拖上前往广州的客车。廖光华在广州接到货后，马上拉到批发市场批发。他说，广州长堤草菇批发市场，19个批发香菇的摊位，有18个是武平人开的。遗憾的是，以前我在夏天的广州吃到香菇的时候，怎么也不会想到这可能是我的父老乡亲们种出来的，运过来的。

蔬菜也罢，香菇也罢，对于我的父老乡亲们，本不是陌生的东西，现在对他们却有了不一样的意义，正如美国、日本这些本来那么遥远的地方，竟和他们有了这么直接的关系。比如罗盛兴，祖祖辈辈以种田为业，现在他的田地上的出产，不再只供自己食用，还卖给那些遥远地方的陌生人，而买回的除了大米，还有电话、大哥大、摩托车。他们的生活，甚至他们的思维方式都和外面的世界、外面的市场紧密地联系起来。罗盛兴向我和陪同来采访的县、乡干部打听一种"比利时杜鹃"的市场行情。他说，他打算明年不种菜了，改种花卉，据说种花一亩地一年能挣10000多块。

大联村、苏湖村的父老乡亲们，找到了他们进入市场的方式和资本：由种粮到种菜，他们把土地的产值，提高了10倍，也把自己的生产和生活，与外面的世界，与外面的市场紧紧地联系了起来。乡里和县里的干部，把这称为"产业结构调整"。但不能企望我们县的所有父老乡亲，都以这种方式进入市场。现在，全县95%以上的土地，大多数的农民都还在种粮食。作为全国重点商品粮基地县，除了要保证全县37万人吃饱，还要完成国家的粮食征购任务，必须用大部分的土地种粮食。

进入市场，是农民摆脱贫困的唯一出路。但是，除了有限的几亩首先必须保证肚皮问题的土地，我的父老乡亲们几乎再没有什么进入市场的资本了，如果一定要说有，那就是他们自己。在离我的家乡300多公里的厦门市湖里工业区，有很多劳动密集型的塑料厂、玩具厂，据统计，至少有两三万我的老乡——武平人在那里，在充满噪音、废气和危险的车床旁从事着简单、机械、重复性的劳动。在广东珠江三角洲地区，有更多这样的工厂，也有更多这样的劳动者，他们来自全国各地的农村，都是我的父老乡亲。

很长时间来，打工、出卖劳动力，是农民进入市场，也是他们改善自己的生活更为主要的方式。但这种改善的作用也是有限的，因为他们没有受过多少教育，只能从事简单的体力劳动，这样的劳动力实在是太廉价了。经常会出现这样的情况，打工一年的农民，连回家的路费都挣不到，和他们种地没什么区别。

　　回故乡采访时，不止一位父老乡亲问我，加入世贸（他们一般称之为"入关"）会给他们带来什么，稻谷、大米会不会一文不值，养猪会不会成为一件无利可图的事情。当市场经济的大潮迎面而来的时候，他们怀着一丝希望，但更多的是迷茫。他们不知道，会不会成为这个社会转型时期阵痛的承受者，因为他们几乎是赤手空拳。

芳草街

■ 甄 茜

广州今年的冬天真冷。我不知道那位阿姨现在在哪里，不知道那条裙子卖出去了没有。

我家的木信箱还在，连钉子的位置都没变，只是上面多了几道细细的裂缝，上面竟然还看得清墨汁写的我的姓。我一下子扑到它的面前，但我没敢摸，一位坐在"士多"店门口聊天的老婆婆盯着我。

这里是我儿时住过的地方：芳草街。

芳草街好古老，它是宋代广州城东门内的一条小街，算来竟有千年的历史。街西，我们的老房子能幸存至今，是因为它和著名的农民运动讲习所毗邻。

我家的阳台已被封死了。阳台其实是在临街墙上挖的一个洞，齐腰的地方用铁栏杆拦着。小时候，我要站在小木凳上才能让下巴够着铁栏杆的上面。每晚8点，就会看见一对盲人夫妇从楼下经过，男的点着竹竿，女的扶着男的肩，他们一边走，一边拖长了声音喊：

"和——味——南——乳——肉！"

"南乳肉"其实是花生米。女人有一个量花生的带耳搪瓷杯，5分钱一杯，1毛钱两杯。她先把一角剪好的报纸在手心卷成喇叭状，然后把花生倒进"喇叭"里。

芳草街

在阳台看瞎子卖南乳花生，是我小时候每晚的固定节目。常常，瞎子走了，淘粪的人就来了，他推着一辆两轮的、肚子圆圆的白色铁皮车，手里"当当"地摇着铜铃。那时芳草街很少有厕所，人们常常要去我家对面的老教堂——"惠爱堂"如厕。

但我妈妈宁愿走远路，也要去隔壁街的公厕。听妈妈说，一天中午，她抱着不到一岁的我上公厕，突然两辆响着枪声的大卡车开了过来，妈赶紧往街口跑去，还差几步，街闸关上了。妈只好背朝着马路蹲下来，把我的身体贴住墙头，躲避横飞的子弹。

这是芳草街经历过的"文革"。有一天晚上，外面传来"砰砰"的打锣声，爸爸箭似的冲进厨房，妈妈马上关了灯，把我搂在怀里，黑暗中我看见爸爸右手拿着饭勺，左手拿着我家的铝饭锅，站在阳台边使劲地敲着。我问妈妈为什么要敲，妈妈忙把我的嘴捂住说："别吵，有坏人。"那段时间革委会通知，如果看见有陌生人进街就打锣敲盆。第二天，爸妈吃饭的时候说昨晚进街的那个陌生人是来探亲戚的。

5岁半时我有了一个妹妹，妹妹满月以后，妈妈在革委会的动员下带着自己的衣车参加了街道办的生产组，我每隔4小时把妹妹背到生产组去给妈妈喂奶。生产组就在街尾的一个祠堂内，有五六个阿姨，做蓝色的解放鞋的鞋面。进生产组以前，妈妈在家里也是车鞋面的，一个月能车70多块钱，进生产组以后，一个月只能拿30多块钱。住在香港的叔公，有时会给我们寄来虾饼和面粉。

妈妈做梦也不会想到，她当年的生产组，今天已变成了一个有70多家企业的资产过亿的公司。

这是1999年12月26日，我独自穿过芳草街的牌坊。一个小报摊靠着牌坊的右面，上面摆着《新快报》、《南方周末》、《参考消息》、《读者》、《青年文摘》、《家庭》、《计算机世界》、《COCO美少女》、《儿童快报》，还有《老夫子漫画》和《金田一少年之事件簿》两种小册子。

芳草街也有了按摩院、发廊。一张生了锈的椅子上摆着一个纸皮盒子，里面放了很多VCD的封面纸壳，一张白纸上有褪了色的红字：影碟零售出租，押金15元，租金3元，全是西片和港产片。后面的屋里不时传来"超级玛莉"跳起来时"嘣儿嘣儿"的声音,一个男孩在游戏机前战斗。

我曾就读的芳草街小学的操场还是青石板的,但我第一次听老师讲课的那个在祠堂里的课室变成了印刷厂,里面的一间挂着某某资讯科技有限公司的招牌,专修复印机和传真机。旁边还有一间房子,专修手机。

循着哗哗的洗麻雀牌声,从道外向两边的房子看,最显眼的是神台上红色的长明电蜡烛。不靠农讲所一侧的很多老房子都没了,取而代之的是高大的新楼,楼的外面挂了很多空调机,阳台和窗户全部装着防盗网,是符合广州市政府规定的、"不往外飘"的那种,在阳光下反射出刺眼的光。

这里很容易看到地铁站的指示牌。当年在"农讲所"训练革命青年的毛泽东,决不会想到"农讲所"会成为75年后广州地铁的一个站名。这一带的地下,德国制造的列车正呼啸而过。

农讲所地铁站的D1出口是出"东兴顺大塘墟"的。这是一个今年2月(编者注:1999年)才开张的商场,在芳草街的西侧。从前广州人把赶集叫"墟"。

大塘墟其实是一个由铁皮和铁架建成的大铁棚,但里面有空调、地毯和天花板,3000平方米的面积用角铁和薄夹板分割成245个单独出租的档位。

这里许多租户是从"老鼠街"来的。芳草街东面的东濠涌边,曾有一溜卖衣服的档口,卖一些名牌服装,价格便宜,有说那里的衣服是从名店里偷出来的,也有说是工厂里的货尾,广州人便叫它"老鼠街"。去年,市政府要搞"一年一小变","老鼠街"被取消了。

大塘墟的管理者说,芳草街的属地政府当初搞大塘墟,一是为了在这里恢复"老鼠街",二是为了解决本地下岗工人的再就业问题。

今年夏天,我到大塘墟买裙子,看中了一条麻质的白色连衣裙,标价70块钱,我环顾四周没找到档主。好一会儿,才有一个50来岁的阿姨走过来,原来她正在旁边与人聊天。她没有说那句"想买点什么,随便看看"的看档人的口头禅,只是用眼睛直直地盯着我看,她的穿着像工厂里的女工,没有化妆。我说想试一试裙子,她犹豫了一会说:"不能试。"但她没有解释说为什么,我注意到她的档口没有像别的档那样,有一块一拉起来就能试衣服的布帘子。裙子没交易成。

后来我在她斜对面的有试衣帘的那档买了两件衣服，我发现她一直站在旁边看着，眼里带着羡慕，发现我在看她，她露出了尴尬的笑容，转身走了。

38岁的服装个体户陈小姐不是下岗工人，她的档位在墟的最角落，但她的生意做得最好。

来的人客她似乎都认识。一位30来岁的女人刚走近她的档，她就麻利地从衣服堆里抽出一个塑料袋交到女人的手里说："我放了好几天，以为你不来了。"女人是来换衣服的。到她这儿来买衣服的人大多是回头客，我第二次到她的档她就认得我了。人走的时候她总会不经意地说一声，有空再来看看吧。

最近大塘墟走了一批租户，陈小姐想把档位移前一点，但她又不愿意放弃现在的这一间，因为她觉得这间的风水好，聚脚。

大塘墟的地头不错，位于地铁出口，租金也便宜，但生意不像管理者想象的那样好，不断有租户退出，有的下岗工人连500块入货的钱也拿不出来，进的货根本没办法卖。

陈小姐说下岗工人做生意其实不现实，卖衣服看起来简单，但首先必须有压得起货的实力，还要懂得察言观色，和人客周旋。陈说，刚开始的时候墟内是有一些阿嫂模样的人在做，后来越来越少了。

这次，我再去大塘墟，还想买那条白色的连衣裙，但阿姨已经不在了，她的档口有一位年轻女人在卖冬装。

广州今年的冬天真冷。我不知道那位阿姨现在在哪里，不知道那条裙子卖出去了没有。

家住海角

■ 方迎忠

　　我在1978年离开海南三亚，那一年我才8岁。在这之前，父亲是一名驻扎在三亚榆林海军基地的军官。我们家离美丽的大东海很近。那时的三亚并不出名，来此度假的往往都是些大人物。那时的海南几乎没有任何工业，生活很艰苦。部队有间豆腐厂，天天加工豆腐，豆腐成了我们家每天必不可少的一道菜。由于加工得不好，出来的豆腐有股怪味道，把我吃怕了，长大后见到豆腐便躲。记得有一年，西沙局势紧张，好像要打仗，一下子运来了许多罐头，改善了生活。我于是天真地说，要是天天打仗就好了。母亲二话没说便掴了我一掌。那一阵子部队经常抓来许多大海龟，龟背上能站六七名士兵。伙房把海龟杀了，用以顶替猪肉，这也是部队大院最好的伙食。在那些年里，真不知杀了多少大海龟。

　　儿时的傍晚，我喜欢躺在榆林欧家园附近的海边，看着一对对的大海鸥带着几百只孩子觅食，景色蔚为壮观。但是有许多猎人喜欢在那里练枪，猎枪一响，耳边充满了海鸥凄厉的叫声，海边散落一地的海鸥尸体，每天如此。所以我从小对猎人没好感。每当母亲在海里采拾珊瑚时，我便在海边玩。那时海里都是一些色彩斑斓的小珊瑚鱼，只要往海边一站，它们便围在你的小腿周围，煞是美丽。母亲采拾的珊瑚每立方米能卖两三块钱，这是部队家属唯一的挣钱方式。每天，堆积如山的珊瑚被货车源源不断地运走，被加工成石灰。

工作后，我每年都抽时间到三亚度假，临近世纪末的今年依然如此。但是，在榆林欧家园，我再也见不到成群的海鸥，连一个鸟影也见不到。海滩上布满了各种各样的塑料袋和垃圾。没有色彩斑斓的小鱼，虾蟹贝壳也极为少见。此时三亚愈发的繁华，逢上旅游旺季，酒店房价高得惊人。海滩上一拨拨的红男绿女，游客涌进各种各样的海鲜食肆，海鲜池里依然游弋着可怜的小海龟，每只售 360 元左右，是许多游客的首选。虽然它已经是国家保护动物，但仍逃不出被宰杀的命运。稍稍令人欣慰的是，现在已很少人兜售珊瑚，因为人们已经意识到过度地采拾珊瑚，会影响海洋的生态平衡，并对大东海和牙笼湾的海滩造成影响。此外，由于机场规定乘客不能带珊瑚上机，买珊瑚的人也就相对减少了。

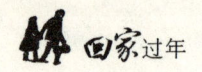

传统与现实之间

■ 朱 强

> 曲阜旅游体制改革的主要目的是争取以"孔子旅游"发行股票上市,并争取在境外运作上市,把曲阜建成"东方圣城"。

一

曲阜,因孔子而闻名于世,因为它是孔子的故乡。

霭霭的晨雾尚未散去,一股浓浓的酒糟味突然涌入鼻息,这种熟悉的气味曾经陪伴了我整整4年。那4年,是我与这个具有两千五百多年的儒家文明的古老城市和睦相处的4年,又一个4年过去了,它仍旧用自己习惯的方式迎接我的到来。

临毕业的那年,即1994年,市区内尚无公交车,从大学到城里,或骑自行车或步行或搭乘人力三轮车。但从1998年7月份开始,这个古老的城市终于结束了没有公交车的历史,现在已有30辆小型中巴车在6条线路上运行,从大学新开的后门到市里边10分钟都不到。

这个城市突然让人感觉变小了。

三孔(指孔府、孔庙、孔林)的门票价格又提高了,1995、1996年是25元,1997、1998年上涨到50元,今年(编者注:1999年)又涨到了70元,听说明年还要涨。

据说按市内规划,老城区内所有的建筑物高度不得超过鼓楼门的高度,如今,大批的市属机关单位已迁到了改建后的新城区,那里已有不少高层建筑。由大学通往市区的一条路也正在扩建,大批的民房已被拆除,一路上尘土飞扬。

今天的阳光很温暖,我的心情也挺高兴,在孔庙的东华门,一眼就望见那条笔直的马路和马路尽头默默伫立的鼓楼门,十几个浓妆艳抹的导游小姐,面朝着这座陈旧的城楼一字排开,操着具有浓重地方口音一边嬉笑,一边望着前面不时经过的古色古香的马车和握着长鞭适时大声喝牲口的车夫,一旦有客人下来,她们便一路狂奔过去……

在我的右边,4年前曾经熙熙攘攘、热闹非凡的阙里商业步行街却消失了,从孔府的正门到孔庙东华门,沿着孔庙长长的围墙往南走,再穿过破落的钟楼和阙里古牌坊,一直走到孔庙正门附近,这段约一公里长的街道当年商贩云集、游客如织,因为它把孔府和孔庙天然地连在了一起,天南地北的游客们喜欢在这里选购一些仿古的小商品和特色小食品,也热衷于和小贩们讨价还价。

现在这一切都消失了,据说是因为个别不法商贩在这里卖黄色光盘,被中央某重要新闻单位曝光后依法取缔的。也有人说是违法贩卖枪支引起的。做生意的人走了,庙墙内外又恢复了往日的宁静。一个身穿制服的巡警驾驶着一辆摩托车呼啸而至,正在钟楼下逡巡张望的几个蹬着三轮车叫卖水萝卜的老太太惊慌失措地四散奔逃。

这座古城变了,也许有此变化目前还难以估量它的意义。

二

抵达曲阜的当天,正赶上全市旅游体制改革及孔子旅游集团成立大会,我悄悄溜进会场,自始至终,听完了全部发言。

其中书记和市长的发言中有几句话颇有分量。

"文物是我们共产党的,不是哪个人的。"这句话是曲阜市市委书记

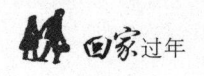

许传俊讲的。

今年9月（编者注：1999年），济宁市供电局成立了孔子圣地旅游集团，对此以"旅游兴市"为目标的曲阜市有关领导感到了压力，在此次集团成立大会上，副市长王克孝就说："人家远在济宁为什么也扛起一杆孔子大旗？实际上这仅仅是第一步，下一步就要到我们曲阜的舞台上来唱戏了，目的是什么？为的是捞钱，是人家到咱们腿上来搓麻线了。"

"我们难道能在曲阜城周围围上一围墙？"

他还说："抓住了旅游业，就是抓住了新的经济增长点，就是抓住了我市经济发展优势，抓旅游就是抓经济……"

总之，这次会议下发的有关文件的主要精神是：市旅游局的下属有关企业和市文物管理委员会（以下简称文管会）下属的有关企业进行合并，以此为基础成立孔子旅游集团，改制的主要手段是实行政企分开、事企分开、所有权与经营权分离、管理权与经营权分离。集团公司下属的文物旅游开发公司（也是以文管会下属资产组建的）以年租金3000万元租赁文物景点的经营权，其经营人员从文管会中疏离出来。

改制的主要目的是争取以"孔子旅游"发行股票上市，并争取能在境外运作上市，把曲阜建成"东方圣城"。

这样，创收大户文管会就失去了其主要创收渠道——门票收入的经营权，成为单纯的事业管理单位。从1984年开始，文管会就不再要国家财政拨款，到此次改制，一直属于"事业单位，企业性质"。

文管会有人说，这是该单位成立50年来，最深刻最彻底的一次改革。

找了文管会主任孔祥林3次，都没找到，办公室的人说，他很忙。

文管会办公室主任孔祥峰说："改制我们当然有意见，客源没来多少，这些年来一直稳定在这个程度（大约年均260万人次左右）。三孔是国家的，不是文管会的，这我懂。现在他们要以政府的名义搞出租，把旅游景点作价3000万租给开发公司，但我文管会租你的不行吗？我们愿意出3500万（据文管会统计，到1999年11月份，三孔的门票收入达5000多万）。只要你不改制……"

三

我又来到了孔府。

这里曾是孔子的后裔们居住办公的衙府，在威严的"圣府"牌匾下，清代纪晓岚手书的那副对联——"与国咸休安富尊荣公府第，同天并老文章道德圣人家"——依然熠熠生辉，两扇兽口衔环的沉重的铁门上分别贴上了一张已经褪色的门神像，这也许是春节留下来的影子。小商贩们明显比以前少了，而且小摊前大都有一块各单位的牌子，多多少少说明了他们的背景。

游人稀稀拉拉，这是淡季。据说今年10月1-7日，仅二孔的门票收入就达到700万元以上，每天收入在100万元以上，没想到一淡一旺，竟有如此大的差别。

孔府后花园的一个文物商店里正在播放张惠妹的歌曲《姐妹》。在销售曲阜旅游指南等一类商品的孔府花园商店里，当班的女售货员正在聚精会神地打毛衣，桌上一台小型录音机里放着《还珠格格》的主题曲，侧面的墙上贴着印有"小燕子"等人的大幅电视招贴画。

目前曲阜市的年旅游收入达到6亿元，占市国民生产总值的9%，成为全市的支柱产业。

"但这个比重相对于曲阜丰富的旅游资源和地位，相对国内其他重要旅游城市如上海、武夷山、北京等还有很大的距离。作为一个发达的旅游城市，其旅游收入应该占到50%以上。"孔子第七十五代孙，现任曲阜市旅游局局长孔祥金说："作为世界顶级旅游产品，发展旅游业不仅能使老百姓吃上饭，还能救活市财政。"

"山东省有近9000万人口，你想想，如果有一半人来参观会带来什么样的效益？你再想想，如果一年365天，每天都有像国庆节那样100万元的收入，这意味着什么？"孔祥金说。

"对上市融资这种手段我并不反对，但像三孔、故宫、兵马俑这种文物旅游，你上市是违背客观规律的，比如根据我们10年来的统计，孔庙的游客人数基本稳定在100万左右，文物景点的游客容量是有限的。文物具有不可再生性，你可以再造两个酒厂（曲阜的酿酒业在国内外都享有盛名），

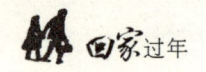

两个五星级宾馆，孔庙大成殿不可能造出相同的两个来，如果美国人把孔庙买走了，他们又只想着赚钱，那会是什么后果呢？"

这句话不是孔祥金说的，是文管会办公室秘书杨金泉说的。杨金泉还说："门票收入的分配按文物保护法的规定必须用于文物保护事业，但实际上收入的大头都是被市里拿走了，我们投资的项目很多，像论语碑苑、修路、水利工程治理等，这要花很多钱。过去我们实行收支两条线，交上去的钱都归到市财政预算外资金管理局，需要用钱如发工资等等，打个报告，他们批一下就行，钱还是我们的钱。但他们有时候就把我们的钱划出去了。以后如果全给市财政，就更难说了。"

《文物保护法实施细则》第五条规定：各级文物管理部门所属文物事业、企业单位的收入，应当全部用于文物事业，作为文物保护管理经费的补充，不得挪作他用。

四

临走前我又来到孔庙。

我花5元钱租了一辆自行车，又花了10元钱请了一位中年妇女做导游，（她的主要任务是帮我找到孔子墓和孔尚任墓），在拜谒孔子墓前，又被导游和一位40岁模样的中年妇女游说做"净手"（即洗手）仪式，我因仰慕孔子而异常虔诚地履行了这一仪式，孰料又在不知不觉中被看了手相和面相，等到用一条并不太干净的毛巾擦完手，而对方一张口索要58元的服务费时，才发现其中的猫腻。经过一番剑拔弩张的讨价还价，这笔生意最终以38元成交。

当然，拜谒孔子墓时我已兴味索然。

"天下熙熙皆为利来，天下攘攘皆为利往。"前人真是有先见之明。

根据文物部门的检测，三孔的游客流动量过大（特别是在节假日），已经对文物保护构成威胁，如呼出的二氧化碳过多，对文物古树造成威胁，现在地面的磨损程度也很严重。

这个城市变了，变得令我有点陌生了。

表灵村纪事

■ 张小文

让我惊奇的是，在30年这么大的跨度中，全家福上的人竟没有一个远离过这个村庄。

记忆中的华北平原，是一堆不完整的碎片。风箱，土炕，甘甜的玉秫秸，薄薄的窗户纸，青纱帐，大叫驴和架子车。30年的时光打磨，消除了许多活生生的细节，何况我在这片土地上生活的时间不长。但它使我从心底把坐落在华北平原上的一个小村子认作自己的故乡，因为脑海中能浮现出乡里乡亲的音容笑貌，而我真正的故乡，也就是平常填写表格时需要注明的祖籍，却成为一个没有血肉的符号。

30年前，我来到华北平原这个叫表灵村的小村子，几乎成为一个真正意义上的农民，因为跟随我来的，是最能证明一个人身份的东西——户口本。可村里人不接受，因为他们无法认同我来这里落户竟出自一个奇怪的理由：回乡读书。而我投奔的又是我的叔叔，这从情理上说不过去。按知识青年这条线划分我年龄太小，还是个半大的孩子；按回乡青年这条线划分也不对，因为这儿不是我的祖籍。一时间我的处境非常尴尬，城市里注销了我的户口，华北平原上的这个小村子又死活不肯接收。

幸好还有一定的回旋余地。按当时的政策，从城市户口转到农村的人有一年时间可以在县里吃商品粮，于是我暂时无需参与村里的分配也有饭吃。读书则不成问题，我叔叔是乡村教师，我回乡第二天就去上学了。

当时是贫下中农走红的年代，村里人显得自信且又自豪。我分不清高粱和玉米，成为他们时常打趣的话题。我一口标准的普通话让他们听了乐不可支，村里的孩子们一遍又一遍加以夸张地模仿。

这些细枝末节没有破坏我对华北平原的一片神往，在很大程度是由于以华北平原为题材的战争故事和影片对我影响至深。《红旗谱》、《野火春风斗古城》、《敌后武工队》和《烈火金刚》，这些富于想象力的创作一度家喻户晓。村里人会说哪些事就发生在咱们老家附近，哪些人就是那谁谁。

不过在村里人的记忆中，这一带其实没打过什么仗，最厉害的一回是游击队在村北砍下过日本人的一条胳膊。村里人对日本人的记忆是模糊的，只记得他们爱吃鸡蛋，到了村里指指鸡，再指指自己的屁股，说要这个，不知道的人还以为他们要上茅房。这个细节后来被某个作家写进小说广为流传。村里人印象中最坏的是二鬼子，就是戴着皇军帽的伪军。当时有个名叫腊月的农民当了伪军，给日本人看炮楼，穿得挺脏，日本人见了不禁皱着眉头说："腊月看炮楼，脏脏地。"村里人就借这句话骂腊月，骂汉奸，到后来，成了村里特有的歇后语。

渐渐地，我才发现真正打动我的并不是华北平原辽阔的地势，也不是传说中真真假假的故事，而是这片土地上一种农民式的睿智和幽默。当时村里流传的一首近乎于谶语的歌谣多少能体现这一点：

八月十五黑咕隆咚／树枝不动刮大风／刮得碌碡（石磨）满天飞／鸡毛连动也不动

和我后来接触的其他地方的农民相比，故乡的农民有一种特殊的政治敏感和文化底蕴，他们喜欢让城里来的人讲发生在中南海的事，连我这个小孩也不例外。让我吃惊的是，在当时非常严厉的政治环境下，一个老太太竟大声嚷嚷道：毛主席他老人家怎么会想出搞"文化大革命"这么个馊主意来！

如果我在村子里多待几年，我想我会完全融进去。我变得出奇的节俭，能干不少成年人干的力气活。在铁道边拾煤渣时捡到一块从火车上掉下的无烟煤会使我大喜过望。看来我开始具备了农民的特征，用当时的话说是学到了贫下中农的优良品质。可我突然有了新的选择，我必须离开。华北平原上的这个小村子在我眼前浓缩成一个黑点后消失了。

在往后的30年里，除了故乡的亲人，华北平原对我而言逐步成了一个空白的概念。直到本世纪末的最后一个月，我终于有机会重新踏上这块土地，才激活了那些沉睡的记忆。

以石家庄为起点，河北省的模范路段——沧石路直通故乡的村子。一个巨大的加油站成了村头显著的标志性建筑，旁边还有个连吃饭带唱歌一体化的小酒楼，守候在门前的姿容一点不亚于城里五星级宾馆的礼仪小姐。一种既不像农村又不像城镇的景象代替了当年的田园风光，使人有种怪怪的感觉。

农业时代的特征在村子里一点点消失了。牲口、马车、井台、挨家挨户圈养的猪几乎不复存在。每天清晨，村里的广播站通知人们到村委会购买刚到的鸡蛋、大米或白菜；孩子们骑着山地车上学；外墙贴着瓷片、装着铝合金门窗的亮丽大屋把旧时破败的土坯房挤到了角落。

30年的巨大反差刺激了我的大脑皮层。我记得我当时最大的愿望是拥有一个用高墙围着的四合院，就像村里张家大地主的院墙那样。眼前的事实说明我以往的构想既无大志又无品味。

婶子给我看了村子里七大姑八大姨的全家福。我认出了每一个变化的面孔。让我惊奇的是，在30年这么大的跨度中，全家福上的人竟没有一个远离过这个村庄。走得最远也就是嫁到30公里外的省城的表妹。亲戚和熟人关系决定了他们的活动半径。没人大富大贵，也没人穷困潦倒。年轻人大都凭力气吃饭。

我大伯一家的衰落使我感到忧伤。他们老两口曾给我讲过许多类似《聊斋志异》的稀罕故事；他们的小儿子是我儿时亲密的伙伴，我和他比着用大海碗喝粥，他因高度近视而老眯缝着眼睛瞧我……他们一家给了我很多精神上的东西，却接二连三地离去。在经过他们家门的时候，一个站在阴影处的女人走出来问我是不是小文。我得知她是我儿时伙伴的遗孀。我奇怪我们没见过面而她却能认出我来,也许儿时的伙伴生前时常提起过我,连我的轮廓都描述得十分清楚。

我问叔叔村里有没有什么风云人物。他想了想说,当属在村里坐了23年"江山"的鼻子书记,一个因长着比一般人都大的鼻子而获此称号的村支书。近年来他拉来400多万投资在村里搞起了速食面加工厂,这是一个不小的事业,不久前又去过西欧五国考察访问,可谓见多识广。

我请鼻子书记喝酒以示我的敬重。可鼻子书记此刻心事重重。出国访问引起村里人议论纷纷。速食面厂又因经营不善、缺乏流动资金而停产。在县城里的专家楼好吃好喝地被查了20多天,鼻子书记摆脱了挪用公款的干系,但还是下了岗。

对过往,鼻子书记不愿多谈,但酒酣耳热之际,鼻子书记高歌了一曲《在那遥远的地方》。他年轻时是县中学里有名的男高音。如果不是阴差阳错,没准能当个艺术家。

留下的离开的

■ 杨 子

　　10多年过去，我们那些一起喝酒吃肉一起玩桥西巴西空（很像石头剪子布的一种游戏）和开火车游戏，一起唱《赛该诺西嘎》（"爱你爱你真爱你，找个画家画下你，把你画在吉他上，弹起吉他拥抱你"）的朋友们啊……

　　能让你在离开和重返的时候多情地凝望的城市是不多的。从1984年秋天的一个雨夜抵达，到1993年秋天离开，我在乌鲁木齐，这个意为"天上的牧场"的城市，这个高踞于北纬44度的边疆城市生活和工作了9年，超过我待过的任何一个城市。离开6年后重游故地时，我的确是用那种多情的目光在打量它。那些熟悉的街道——二道桥、山西巷子、南门、北门、西大桥、西北路、明园……闭上眼睛我都可以一路走回家去。1994年，我像许许多多被南方引诱了的人一样溜到广州找工作去了。1996年回去办调动，那次太匆忙，我甚至没有时间好好打量一下这个老情人般的城市，只记得真的拿上迁移证，坐在一辆出租车上望着窗外掠过的熟悉的景色时，我的眼泪差点流了出来。这回，我真的要走了。

　　11月30日（编者注：1999年），我又回到了乌鲁木齐。在友好大酒店的十三层上，我用刚刚从二道桥买来的高倍望远镜向北望去，竟然看见了我住了9年的那间小屋，它只露出阳台的一角。那幢楼灰蒙蒙的，像是

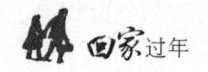

沉睡在海底的泰坦尼克号，令人恍如隔世。

10多年过去，我们那些一起喝酒吃肉，一起玩桥西巴西空（很像石头剪子布的一种游戏）和开火车游戏，一起唱《赛该诺西嘎》（"爱你爱你真爱你，找个画家画下你，把你画在吉他上，弹起吉他拥抱你"）的朋友，我们那些在这个"唱一个冬天的情歌吃一个冬天的肉"的城市里有过无数美好时光以及许多苦恼时刻的朋友，我们那些从各地满怀着梦想来疆，后来已经四散到各个角落——北京、广州、海口、东京、威尼斯、温哥华的朋友，很难再聚在一起通宵达旦地疯玩了。留在乌鲁木齐的朋友有的升官了，有的发财了，有的出名了，有的还是老样子。

曾经和我共事几年的哈萨克青年小说家叶尔克西现在是《民族作家》杂志的副主编，我认识她的时候她刚从中央民族学院毕业，是我们单位最有才华的女孩，我们曾在一起热烈地谈论过我们共同热爱的作家艾特玛托夫。她的为数不多的小说证明了她的实力，她还出色地翻译了哈萨克当代最重要的作家朱玛拜的小说。她本该成为一个更优秀的作家，但这几年她几乎停止了小说的创作，很多东西写了一半就撕了。1994年，她母亲患了严重的抑郁性焦虑症，那一年她成了母亲的护士和心理医生。母亲出院后她带母亲去南山夏牧场，在山上寸步不离地陪了母亲一个半月。母亲康复后她又帮助经济上陷入困境的妹妹做生意，她甚至去卖了两个月的袜子，还到一家装修公司干了3个月。她被任命为副主编的时候，这份杂志已经休克了好几年了，处于人去楼空的尴尬局面（我是最先"叛逃"的）。那时她正怀着孩子。现在杂志又运转起来了，但她心里还是惦记着她的写作。上海远东出版社今年准备出版她的散文集，但丛书策划人出车祸去世了，出书的事儿也就跟着黄了。现在她正在翻译朱玛拜的短篇小说集，还与人合译了哈萨克斯坦总统纳扎尔巴耶夫的时政文集《我的祖国，我的人民》，当然，稿费低得惊人，千字30元。她的办公桌上放着2000年第一期封面设计的几个方案，明显比过去更考究，更有现代感。

从南疆泽普油田某技校直接调入《新疆日报》的黄毅正在编他的第一本散文集，同时也在为他那一对可爱的儿女奋斗，两个孩子都进了收费昂贵的小学，每年学费过万，对他来说，这绝对不是一个小的数目。他那间布置得颇考究的书房里摆满了从各处搜罗来的宝贝——一块褐红色的刻有六字箴言的玛尼石，一个大羊角，两个很大很原始的木雕——一个蒙古族艺术家和他打赌下围棋，那个朋友输了，便回去给他做了这两个木雕。墙上挂着新疆最有才华的回族画家张永和的3幅画，其中一幅是我曾经觊觎过的，那是张永和在微醉时画的一个在湖中捕鱼的渔夫。书架上还有那年我从西藏阿里捎给他的一颗印度奶桃，保存得很完好，我自己已经一颗都没有了。他还跟着一个寻找失踪香港登山队员的小分队去了一次博格达峰，并把沿途拍到的一些壮丽的照片拿给我炫耀。本月25日，他又跟着一个探险旅游队去了和田，不知他那个椎间盘突出的腰能不能受得了塔克拉玛干沙漠的寒气。

　　锡伯族最优秀的青年诗人郭小亮（他的老家在锡伯人的聚居地察布察尔，伊犁河在那儿向西流入哈萨克斯坦）还在那家古籍书店当经理，从前我们想买的书在他那儿总能买到。只是现在进书的事不由他说了算了，书店的位置又不太理想，他也有点灰心，不知道没了特色之后这个书店还怎么经营下去；新华书店总店曾有意让他去做某科室的科长，结果他没去。他们一家三口还住在书店后边的宿舍楼上，房子已经很旧了，墙壁发黑。他太太在家待岗，发70%工资。小亮是我们中最高大英俊的一个，也是生活最严肃的一个。在一个很容易有借口浪漫一把的城市里，他的浪漫始终只在他书写的稿纸上进行。他是那种老实到令人为他着急的人。

　　从一个被他自己称为天尽头的村庄（位于北疆的沙湾县）进入乌鲁木齐的刘亮程还是那么精瘦，目光炯然有神。中央电视台《读书时间》刚刚播放了对他的采访，他的那本散文集《一个人的村庄》为他赢得了荣誉。有一次，著名作家周涛当着新疆一班文化人将他狠狠表扬了一顿。今年《天涯》杂志又有几个文坛名流狠狠地表扬他。眼下他正在为上海的一家出版社写一部长篇小说。他的成功证实了我的一个直觉：在边缘待着，最有可能写出最好的东西。现在，他是《中国西部文学》杂志的诗歌编辑。在乡下悠闲惯了，到城里他居然也能有办法让自己不忙不乱，从容不迫地写东西，他因此得了一个"闲锤子"的外号。不知道这把锤子还会把什么样的语言的铁钉敲进什么样的作品里去。

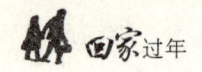

这次在新疆还碰到了神秘的杜白塔，他是朋友中较早去南方闯荡的，做过期货，大赚了一笔，后来又赔了。前不久，他一边酝酿着办一本有关葡萄酒的专业杂志，一边准备去伊拉克做一笔石油上的生意。他曾经以不可思议的神通预测了一个老板的前程，后来这个老板资助他一大笔资金，帮助他了却了一个心愿——考察雅鲁藏布江大峡谷，拍摄了一部纪录片，片子到现在还没卖出去，老杜的鬓角已有些许白发。

……………

我是不是还应该说那些离开了的朋友？

毕业于山西大学音乐系的张建，1983年进疆，1988年离开，后来一直是海口市各大酒吧的第一萨克斯手，现在常州的大酒店里继续吹萨克斯。10多年来，他的夜晚都是在海口和常州的酒店里度过的。

毕业于南开大学历史系的孟宪实，1983年进疆，1994年离开，现在北京大学读历史系博士，他的博士论文是《唐代地方体制研究》。他和妻子到现在还没要孩子。下个月22日，他妻子也将走进考场，他们最终能否留在北京，现在还是个悬念。

毕业于武汉大学图书馆系的李云帆当年是新疆风头最劲的青年，1993年他骑着自行车去了新疆。这个留着普希金式的大胡子的家伙可能是中国最早写出具有玛格丽特·杜拉斯风格的小说的人。后来他回了老家长沙，还娶走了新疆最会写小说的（也是写东西的女孩里最漂亮的）女孩小贺。可惜现在他们都不写了。

毕业于南开大学中文系的张新宇，1984年进疆，是新疆日报社最风风火火的女记者。1986年离开，在刚刚成立的珠海拱北海关作短暂停留后去日本，在日本创办了一份中文导报。

毕业于湖北艺术学院的李威，1982年进疆，后来在新疆电视台拍了许多电视片，还写过几篇精彩的小说。现在是广东有线电视台音乐频道总监。

毕业于新疆大学的张功臣生于新疆长于新疆，后在《新疆日报》工作，1994年考取中国人民大学新闻系博士，现在中国建设银行从事公共关系工作，但他还没有忘记他的专业和他热爱的写作，最近新华出版社出版了他的新作《外国记者与近代中国》。

留下的离开的

…… ……

我和见到的每一个朋友都在一起喝了酒。我们既没玩桥西巴西空，也没有谈文学，更没有谈钱，只是一杯接一杯地喝，直到有人像跳水一样扑进门外茸茸的雪地里。一切似乎还和从前一样，但又似乎完全不同了。在很多朋友离开新疆之后，他们还将继续留在这里，继续见证这个神奇之地的变与不变。

有一个节日叫回家

> 无论何时何地,
> 家永远是向游子敞开大门的地方。
> ——罗伯特·F.

有一个节日叫回家

过大年喽,回老家了。
为什么我们要回家?
因为我们有家。
为什么我们有家?
因为我们要长大。

人类学家说,因为有男女,所以有男欢女爱。因为有男欢女爱,所以有生育繁衍。人类的繁育生长最漫长,人类的幼儿需要长时间被滋养被哺育被照看,所以人类有家,那个男男女女长长幼幼父父母母子子孙孙的篝火熊熊暖意洋洋的家。

家是我们对于温暖的记忆,最初的和最后的记忆。
为什么我们要回家?
因为我们想家。

离家的人才懂得家,离家的人会想家。有100种理由让我们离家,有一种理由叫我们回家。战乱、饥荒、贫穷、富足,身边的激动和遥远的梦想,推着我们走,牵着我们跑,从乡村到乡村,从乡村到城市,从城市到城市,从一个家到另一个家。但是我们要回家,回到我们的父母之家,回到我们的原乡。

必定有一个节日,叫回家。

所有的种族所有的民族所有的国家所有的部落都念记的一个节，不同的名字，但是它们都叫"回家"，回家的节，人之子感恩的节。

我们要回家，以回家的名义过节，感谢天感谢地感谢伟大的父亲和母亲，感谢给我们生命飨我们食物赐我们温暖予我们从容生长的大恩情大恩德。

我们要回家，以过节的名义回家。人在变，家在变，孩子长大了，父母变老了；国家日新月异，家乡变新了；不变的是，我们要回家。回家是我们的基因，回乡是我们的宿命。

以还情的名义回家，以救赎的名义回家。把儿女送回家，把父母迎回家，把温暖领回家，暖一暖我们自己吧。

拍一拍咱家吧，拍一拍咱乡吧。

打开图像，打开记忆，看一看村头的树，看一看城边的河，看一看咱爸咱妈，看一看我们所从来，看一看我们所要去。

回家了么你？

"挤火车"的人们

■ 陈一鸣

经北京西客站公安段批准,摄影师周海曾把一幅巨大的白色背景纸贴到了北京西客站一个角落的墙上,然后开始"抓人"。他想以"摆拍"的方式,把春节回家的中国人的情态记录下来。十几年前,周海读大学时,经常来往于厦门和南宁之间,他说:"我对春节回家'挤火车'的印象太深了。"

记者: 你扛着摄影机,来到西客站,首先要拦住一些人,能复述一下你的"说服语"吗?

周海: "您好,打扰一下。我是中国艺术摄影家协会的摄影师。我们单位正在拍摄一组回家过年的旅客的照片。我们不但不收钱,而且拍完之后还马上免费送给你一张照片。能配合一下吗?"

记者: 旅客反应如何?愿意的多还是不愿意的多?

周海: 当然是不愿意的多,愿意配合拍摄的人很少。教育程度高的比较容易沟通,教育程度低的(对我的行为)不是很好理解。

记者: 是因为赶火车时间紧,还是其他原因?

周海: 最担心的是被敲诈,付钱。这很正常,如果我遇到这样的事,我也会特别小心。

记者: 有没有二话不说,特别配合的?

周海: 有,提着电风扇的那位男子就是。我说完,他就走到白纸前,拍完人就走了。愿意拍的你说一句就行了，不愿意的你说破嘴皮子都没用。

记者：有没有让你哭笑不得的事发生？

周海：哭笑不得也谈不上，有意思的事倒是不少。有几位民工，他们不拒绝，也不答应，显得特别犹豫，提了太多的问题。比如，你为什么要拍这组照片？要不要交钱？为什么还免费送我们一张照片？你是什么单位的？你有没有证件？最后我拿出证件给他们看了。

记者：有没有跟你要钱的？

周海：呵呵，那倒没有。民工首先考虑的是付钱，而不是要钱。有的人无论你怎么跟他说，他都会觉得你是在骗钱，你越诚恳他越怀疑。

记者：民工的戒心还是很强烈的。

周海：是。拍摄之后我才发现，完成这个任务，最难的一点不是拍摄本身，而是解释清楚：拍摄是免费的，我不是骗子。

记者：这组照片，你预先想表现的是哪些元素？

周海：我没有太多的主观意图，我想要的无非是记录下回家过年的人的各种各样的情态。我没有只拍民工，凡是坐火车回家过年的各个阶层的人，我都拍一些。越复杂越好。

记者：为什么用白色背景？

周海：我没有想以白色背景达成任何象征意义。北京西客站的环境比较复杂，会把人的特征冲淡。我只是希望把人突出来。

记者：拍摄过程中你有没有觉得，还是"抓拍"好一些？

周海：这个题材，我就想这样拍（摆拍）。这样可以一目了然。

记者："摆拍"，拍摄对象会不会刻意展现自己美好的一面？

周海：偶尔会有。有位民工，就把身上的工地穿的绿棉袄的扣子解开，特意露出里面的新夹克。

记者：你阻止吗？

周海：我不会刻意让他怎么样，他愿意怎么样就怎么样。我的要求只是：拿着行李，表情自然，不要故意笑，没什么其他要求。

记者：有没有人因为自己要上报纸了，觉得很兴奋？

周海：有。有人还拍了好几张。有的人拍完后会和你聊一会儿，问，拍了以后怎么用？什么时候刊登？去哪买报纸？还有不少人留了联系方法。

记者： 告诉我你拍这组人群的真正目的？

周海： 每一个人的身上都写着自己的个人历史，却反映着时代的特征。中国人固守着回家过年的传统，火车站成了人群巨大的集散地：有人拖家带口，有人成群结伙，有人衣衫褴褛，有人打扮入时，有人满面春风，有人白忙活了一年。记录下这些人群，就记录下了这个时代的诸多特征。我的拍摄，应该能折射出时代的一些特征：他们的发型，他们的衣着，他们的表情，他们的行李。假如10年以后我再拍同样题材的一组照片，人们肯定会大相径庭的。

回到周孙钦的家

■ 王轶庶

坐上轮渡，过海 15 分钟就到了平潭县所在的海坛岛，这里就是不久前在伊拉克被绑架的福建人质的家，从地图上看，平潭县的主岛海坛岛很像一只腹部朝向台湾的麒麟，向东南方向伸得最远的一只脚是澳前镇，出海非常方便。

周孙钦的家离码头还有几公里，他是这次在伊拉克被绑架的人质中年龄最小的一个，只有 17 岁。码头静静的，周孙钦的家也静悄悄的，他平安回来，家门外并没有多少喜庆的气氛。2005 年 1 月 27 日凌晨 1 点，他被县里的车从福州接回来的时候，很多村民趴在他家的窗户上张望。第二天，周孙钦却悄悄地出现在他们家开的理发店，带着稚气的憨笑，和母亲一起为顾客剪头。在敖东镇，剪一个头是 3 元钱。他们家经营这个"小花理发馆"有 10 年了，从外观上看，显然生意比较清淡。小周和母亲都很平静，惊心动魄的生死转机、国家的倾力营救和举国关注的情形并不能从他们的脸上直接看出来。一年多前，刚刚初中毕业的周孙钦就在这个理发店中做学徒。

周孙钦的理发店里挂着一张世界地图，地图下面是邻居们慰问送来的水果。他的父母用当地特有的岩石筑起了简陋的二层小楼。而在旁边不到 50 米的地方，前几年前往台湾打工的周孙钦堂哥，建起了五层的洋楼。周孙钦的父亲现在就帮这位堂哥在外地"跑船"，从小周出事到他平安获释回来，一直没有见到他父亲的身影。

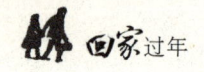

平潭县县城不大，却在热闹中透着繁荣，县城和镇上的物价和消费都挺高。优越的地理位置，成就了平潭人出国打工的悠久历史。据史料记载："明洪武二十年（1387年），海坛里（平潭县的旧称）潘姓族众流亡海外。"后来，其他姓氏也逐渐加入到旅外的队伍之中。最初，平潭人流亡的目的地主要是新加坡、马来西亚、印尼等东南亚国家，大多数做小商贩，少数人则靠拉人力车、当码头搬运工或从事垦殖谋生，后来逐渐扩展去日本、欧洲、北美，甚至南美、大洋洲一些国家。这批人后来只有极少数回了国，大多数成为在国外定居的华侨。在平潭以及去福州的高速公路边，到处可以看到一群群的典型欧美式别墅。据称，到目前为止，每10个平潭人中就有一个是华侨。福建省社科院社会学研究所所长黎昕介绍说，婚嫁、建房、修坟是福建人的传统大事，他们必须拼命挣钱才能在这些事上做得铺张，在人前显得风光。但是出国打工的风险是很高的，经过这件事，平潭人出国打工要更慎重。

周孙钦的家在经过初回家时邻居们的关注后显得更清静，随着年关的临近，他依旧在他的理发店里忙碌着，等着过年的团圆。

乡　愁

■ 田城文

每当被问到籍贯的时候，总觉得难以说清楚，因为自幼长在白山黑水之间，后来南下到了九省通衢之地，再继续向南闯到了深圳，再后来就是漂洋过海，去国离乡。处处是家，地地留情。

很多年前，一次在网上和一个青岛的棋友下围棋，落子之间，他问我是哪里人，我如上实答，他沉默了一下，小心地问："那你一定很大岁数了吧？"我又如实回答，他立刻噼里啪啦打出一大堆感叹号，叫道："什么？你比我还小？"随后，显示器上闪出几个心惊肉跳的字："想家吗？"

解读乡愁是比踏上旅途更容易的一件事情：对于少年，乡愁是四海为家，青春流浪的雄心；对于文人，乡愁是挥挥手不带走一丝云彩般的美丽惆怅；而对于一个心灵上早已断奶的人来说，乡愁却丝毫也不浪漫，那是流在血脉里的对亲人的思念，隔了重洋，更是刻骨铭心。

每天在开车上班的路上给年迈的父亲挂个电话是固定节目，互相道声好，问问饮食、天气，唠叨一段家常，换来的是暂时的安心和更加难解的思念。八旬独居的父亲就在电话的那端，似触手可及，却隔了千万里。

每次回国，都是寸步不离地守着爸爸，常常一待就是三四个月。儿时因父亲服役，我们都是母亲带大，我和父亲之间了解并不深，可此时血脉和乡愁却让我们心心相印、难舍难分。我们都从对方身上看到了自己的影子，只是时光交错，相隔了40多载。和父亲道别最是凄惨，步履艰难的他

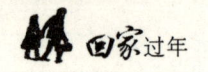

扶着门，强忍泪水，不忍看我离去。我们相互回避彼此的目光，心如刀绞。两代旅人面对别离竟是如此的无奈。

　　走过的地方越多，越觉得世界很小，地球村的理想并不遥远；脚下丈量过的路越长，越觉得父子的两颗心贴得更近。

　　剪不断，理还乱，万里一线牵的，是乡愁！

家族背影

■ 朱 炯

我打算回苏州老家拍照的事情，令居住在北京的父母兴奋。父亲跑了两趟去买火车票，母亲则在当晚就电话联系了所有的亲戚。

父母大学毕业分到北京40多年了，我们一家三口就像孤独的风筝，飘摇在北京遥远的天空，在若隐若现的线那头紧紧拉住我们的是苏州那令人牵挂的老少三代大家庭。

我的大家庭，是社会的最基层。姥爷曾是上海的锅炉工，姥姥不识字，勤劳能干。妈妈兄弟姐妹五人，排行老三，她是唯一离开苏州生活的人。姥爷20年前就去世了，姥姥和舅舅一起住在老房子里。

我们的老房子，醋库巷15号，据说建于明朝，因出过状元和礼部尚书而著名。姥爷姥姥20世纪20年代从苏州乡下进城打工，落脚于此，这座前后有两口井的普通院落，出生并养育了两代近10口人。

姥姥始终是家庭的主人，我模糊的记忆里有她凌晨4点爬起来排队买带鱼，有她严厉地呵斥不听话的孙儿们，有她夏天泡在井里的西瓜和冬天塞给我的烫烫的铜暖炉……所有关于童年的美好都与姥姥完美地混合在一起。

姥姥年岁越来越大，80岁、85岁、90岁、95岁，对于父母们来说，他们回家的紧迫感就越来越强。老人手中牵着风筝的线越拉越紧了。一个老人，成为十几口，直至渐渐扩大的20多口人千里来会聚的理由。

姥姥终日坐在藤椅里晒太阳，坐坐睡着了，醒来又是坐着。她的世界越来越封闭了，她试图与命运抗争，她折磨身边所有的亲人更折磨她自己，她希望能够保持世界中心的位置，她希望能够参与子女们的现实生活。从85岁到95岁，这漫长地、清醒地等待黑色明天，等待死亡的过程中，恐惧渐渐占领了她的灵魂。她的世界离我们的世界越来越远了。

当我终于有勇气拿起相机的时候，镜头对面姥姥失去理性的面孔，深深地刺痛了我。她乱叫着孩子们的名字，身体神经性地颤抖，两眼失神，头发却倔强地立着，提醒我们她昔日的风采。

一个月后，2003年11月下旬，姥姥去世了。我们不再有理由每年回去一次，回去了，也不再有我妈的娘家，我的姥姥家。

姥姥最后的5年是在老房子拆了后盖起来的四层楼顶楼生活，她从窗户望出去，外面陌生之极。她每年最多下楼一次，被人背下来。

姥姥去世后一年，大姨小姨前后脚都当上了姥姥。新生的婴儿们看上去那么弱小，同时又强大至极，刹那间成为各自家庭的中心。

大舅舅退休之时，置办了复式结构的新房。家族的长孙，一直在家庭的保护下生活，没有踏上社会。现在他们全家早上8点按时收看江苏台的股票节目，然后9点多父子俩分别出门，前往同一家证券公司"上班"。

小舅舅的儿子考上了政府奖学金去新加坡读大学了。姥姥去世后，小舅舅被聘请到浙江的企业任高职，带着舅妈一起去那边生活。

我的醋库巷15号，空了。醋库巷的老房子几乎拆光了，消失得不见了踪影。出巷口的两条街，凤凰街现在是新派餐馆一条街，再过去一点的"十全街"，是时尚的酒吧一条街。我父母去年回苏州住了10天，却只是在夜幕中从巷子穿过，抬头仰望一下那个黑黢黢的窗口。

这次我回老家，全家人聚集一起去上坟。表妹们带着孩子没有去，长辈说坟地阴气太重，小孩子是万万去不得的。凤凰公墓位于山的背阴面，对面的水泥厂常常轰隆作响。公墓的山路陡峭蜿蜒，陈年的墓碑群简陋矮小，掩藏在缺乏生气的青松绿柏之间。大姨、大姨父都70岁了，大舅舅脚也不方便，我们一行人拖了长长的队伍淹没在山林里。

银元宝烧尽，烛火和香也全部点完熄灭。我们围在墓碑前拍了张合影。

这是件挺奇怪的事情，一家人以这种方式完成团圆。

再次回到醋库巷 15 号，表妹们带着孩子也来了，小孩子再次成为大家庭的中心。姥姥的房间重新喧闹起来，十几口人坐都坐不下。我们再次拍摄合影，小孩子永远都是画面的中心。影像就这样展现着一代人的衰老，一代人的逝去，也见证着新一代人的来临和成长。

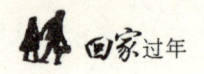

阿妈进城

■ 柴春芽

我的阿妈第一次来到广州。

这是一段多么遥远的路途——阿达用家里的那辆四轮拖拉机,载着阿妈,离开何家沟村,来到30里外的首阳镇,然后搭乘班车到了陇西火车站,与兰州上大学的大妹会合,乘火车经过两天两夜,抵达广州。

我曾在电话里一再叮嘱阿妈,不要带东西来,广州什么都有。在出站口,我看见阿妈和大妹拖着一只巨大而沉重的编织袋。我知道我的叮嘱没有起到任何效果。好不容易把袋子拖到家里,发现里面装着猪肉、粉条、党参和各种野菜。那些野菜是阿妈利用夏天农闲的时候从地里采来的。我对阿妈开玩笑说:幸亏我没有说想吃羊肉,要不然你准给我扛只羊来。阿妈说:你阿达是想让我带半只羊来的,东西太多了,实在带不动。

我那80平米的房子,对阿妈来说,无疑是一座迷宫,她像个探索新世界的孩子,对一切充满了好奇。水龙头一拧,就会有水出现。可是在何家沟,阿妈和阿达要去山脚下的秦祁河边挑水。那苦涩的河水,竟然不能养活一村的乡亲。当冬天来临,河水断流的时候,阿妈就利用夏天储存的窖水,度过干燥的西北高原的冬天。甚至阿妈身着的衣服,也是她用雪融化而成的水洗完之后穿着到达广州的。我能从阿妈身上嗅到西北高原上的雪的味道,那味道掺杂着羊粪和牛粪的气味以及干草的清香。那是我暌违已久的味道。

阿妈进城

突然的空闲给阿妈带来了不安。一连几天，阿妈的胃口都不好。她自言自语地说：这人啊，一不劳动就吃不下饭了。是啊，50多年来，阿妈从来没有享受过这样的清闲。在那片瘠薄的土地上，阿妈像一只勤奋的蜜蜂，往返于土地和村庄之间，搬运着粮食、水、草木和兽肉，饲育着子女和牲畜。那瘠薄的土地，吐露着稀疏的庄稼，却吮吸了阿妈的生命。阿妈已经无法停止劳动的步伐了。劳动已经成为一种惯性，如果失去了这种惯性，阿妈就会失衡。阿妈决定让自己恢复到劳动的状态，她清晨起床，打扫居室，把屋子里的每一个角落清扫干净。即使那地板已经足够光滑了，她还是继续每日的清扫。

阿妈不会用家里的任何一件电器，在广州工作的小妹教过阿妈使用电话，但她连数字也不认识。阿妈感觉到她正在失去生活的能力。这里的一切都不是她能够控制和操纵的——防盗门不会开，电梯不会乘，煤气灶不会打，影碟机不会放，甚至连电灯也找不到开关。不像在何家沟，纵横在村庄里的那几条土路，她往复走过了无数遍，每日里交错而过的不是那么些个熟悉的面孔，就是那么些个熟悉的狗或驴子，很少有汽车经过；那居住了30年的土坯堆砌的小屋，屋前是一条小街，平素里行人稀少，只是在双日逢集的时候，才有更加遥远的山里人迈着碎步走过；屋后是个果园，阿妈年轻时种下的梨树、苹果树、樱桃树和杏子树，每到春天到来的时候，总是繁花锦簇；屋里陈设简陋，一张大炕占据了很大面积，春节临近的时候，乡亲们会围坐在大炕上，阿达拉着二胡，人们唱着秦腔；有时候，邻居还会唱一段花儿……

阿妈来到广州，从繁重的劳作中获得了解脱。在阿妈以前的印象里，城市于她而言，是充满敌意和恐怖的。但这一次，阿妈来到广州，有一种安全感和踏实感，因为她儿女生活在这座城市。曾经，为了挣一点钱供我们上学，阿妈和村里的乡亲们一起，扒火车去新疆摘棉花。都是在夜里，潜入火车站，扒上油罐车、运煤车或者货车，在铁路保安的追赶下，星夜兼程，不断地被撵下火车，不断地扒上另外的火车。中国西部戈壁寒冷的夜风，吹裂了阿妈的脸庞。阿妈说：这一次，坐着卧铺到广州，心里一点也不害怕。

阿妈从未想过的是：她在大城市也有个家。

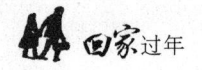

我在大巴山遇到过一位母亲

■ 于全兴

我对于大巴山是陌生的，过去对它的了解仅限于地理课本。几年前，因为一次采访任务，我到了那里。

在重重叠叠的深山里，我遇到了一位叫覃纯菊的女人。她住在一个叫三河的小村庄。如果按照平原地区的概念，那很难说是一个完整的村庄。村民们分散在山岭上，从山脚一直到山顶，断断续续都有人家。因为这里的土地非常稀少，即使是在坡度60°的山坡上都要种上庄稼。

狭窄的山路蜿蜒向上，宽处勉强放两只脚，窄的地方只能容一只脚。脚下不是深沟即是悬崖。就是在这样的"路"上，女人们背着百余斤的背篓爬上爬下，走累了只能倚靠在崖石上歇息片刻。

她们的身后是重重叠叠的大山，她们的脊背被压得弯弯的……

我踩着她们泥泞的脚印向上攀爬，对于我这些不习惯走山路的城里人，许多时候都要手脚并用，走不了多久便气喘吁吁。

覃纯菊就住在山村的一个角落里。

关于覃纯菊，触动我的不仅仅是她的贫困，更是她的坚毅。与她的相见有些偶然。本来那天我已经结束在山上的采访，回到了乡政府。在与乡长的交谈中，得知了覃纯菊的一些情况，便当即决定返回覃纯菊所在的山村。那时已近傍晚，但我还是坚持赶到她的田间。此刻，她和两个女儿还在水田里插秧。

在夕阳的照耀下，覃纯菊扬起了黑红的脸膛，她的神情略显疲惫。她带着我到了她的家，那是一座尚未盖好的住宅。半年前，她和她的女儿们还住在山上的一间土屋里。

土屋，是一种用土石夯成墙体的屋子，没有窗户。走进去就像钻进了黑幽幽的地洞，在暗处更是伸手不见五指。

38岁的覃纯菊十几年前嫁到了这间土屋里，8年前的一个早晨，覃纯菊醒来，发现丈夫已从她身边离去。

大概是厌倦了大山里寂寞贫苦的生活，那个男人走出了大山，去寻找新的生活，这一走就是9年！他把两个女儿和贫穷，通通抛给了覃纯菊。

风雨飘摇的夜晚，覃纯菊躲在滴答落雨的屋檐下失声痛哭。但是到了早晨，这位坚强的母亲擦干眼泪，继续艰辛地劳作。她打定主意，要用一个女人的肩膀支撑起整个天空。

只上过小学的覃纯菊抱有一个信念：要让自己的两个女儿上学！哪怕是借贷，覃纯菊也没有让孩子辍学。在温饱尚成问题的时候，覃纯菊坚定地把对生活的追求锁定在孩子身上。这不能不让我感慨，这位最远只去过县城的女人的目光如此远大。

覃纯菊告诉我，她每天总是4点起床，一直忙到深更才入睡。我问她，这样的日子长了支撑得住吗？她叹息着说，不这样干怎么行，我只有一双手，只有靠这双手才能让孩子去上学。

我许诺资助她的大女儿上学。

她的女儿给我跪下了。那一刻我的眼睛被泪水模糊。我只觉得，我能够给她们的太少。这是两个非常懂事的孩子，六一儿童节时，学校发给她们几小袋食品，她们舍不得动，一直送到田间，给她们含辛茹苦的妈妈尝一尝。

坐在覃纯菊的新屋里，我们说起了她的老屋。她的老屋是在2000年的夏季，被一场山洪冲垮的。当时覃纯菊把孩子们送到别人家里，自己蜗居在残垣断壁间，绝望地忍耐着生活给她的又一次重创。这时候，政府向她伸出了援助之手，给了她一部分建新房的资金。但是靠那钱盖起一座新房是不够的，覃纯菊带着两个女儿，从山下一次次地把石料背上山来，整整

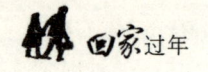

干了一个月。

　　在乡下，劳力是重要的资本。像覃纯菊这样一个女人，要靠与别人换工才能维持正常的生产。而出小工的时候，例如背沙子这样能赚点钱的机会，覃纯菊要顶上一个男劳力的劳动量，才能有些收入的。在那种时刻，性别被湮没于生活的重压之中，就像湍流中的一叶扁舟，只有挣扎才能获得新生的希望。

　　又至傍晚，覃纯菊倚在门边，期盼着女儿们放学回来。她的脸上已经过早地有了皱纹……

　　2005年1月，我接到覃纯菊大女儿打来的一个电话，得知她在去年9月读完初三后，为了供养妹妹读书，到天津汉沽打工去了，每月能挣500元。妹妹现在正读高一。她们的母亲现在加入了村里修公路的队伍，背泥巴，从每天早上7时干到晚上7时，一天能挣20元……

家国悠悠福运绵

■ 陈一鸣

甲　迁徙

　　关于山东潍县年画的起源，79岁的张殿英老人讲述了这样一个传说：朱元璋当上了皇帝，某一天回首峥嵘岁月，忽然想起自己当和尚时，曾到山东沂县化缘，结果无人施舍，几乎饿死。他越想越生气，狠呆呆地说了句："山东沂县不留！"并命大将常遇春率兵屠戮山东。

　　常遇春大吃一惊，以为"山东一县不留"，可圣旨难违，只追问了一句："杀到什么程度？"

　　朱元璋说："见烟找人，见人就杀！"

　　临行前，刘伯温指点常遇春："潍河边上不饮马，常岭埠上不扎营。"

　　常遇春带人到了潍县，不小心偏就扎营常岭，饮马潍河，结果染上瘟疫死了。他死后身上长出无数红头苍蝇，到处传播瘟疫。兵荒加上瘟疫，山东白骨露于野，千里无鸡鸣。朱元璋就下令从外地移民，重整山东。

　　潍县杨家埠杨氏家谱记载，洪武二年，杨家自四川梓潼县迁居山东潍县浞水西岸。杨家到了潍县，安顿下来，重拾年画手艺，画了一张名为《民子山》的年画，这张画被认为是潍县年画的鼻祖。

　　《民子山》传到了朱元璋手上。朱元璋看了此画，联想到自己的身世，

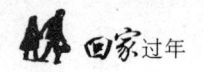

就动了怜悯之心，下诏不再跟山东人过不去了。

潍县杨家从此以年画为业，潍县年画就此诞生。

乙　怀乡

新家已建，但惊魂未销，所以明朝潍县年画的内容主要是神像：门神、财神、灶王、观音……

至今山东民俗中还残留着祖先移民的记忆。

很多山东人都称自己的祖先来自四川。莫言《红高粱》中那个孩子在娘死后喊道："娘，娘，上西南，宽宽的大路，长长的宝船。"说的就是，活着不能回到西南故园，死后也要回家。来时走山路，涉激流，九死一生；死后不但要回家，而且要金光大道，鲜衣怒马，衣锦还乡。

张殿英说，山东人都知道自己是大槐树底下来的人。现在北方把上厕所说成"解手"，就是因为当时的移民双手都被绑住，要方便时得向押解官兵喊一声"解手"。

丙　安居

明末清初，山东再逢战乱，生灵重又涂炭，人口再次剧减。

清朝建立，杨家埠人重新安居，又开始制作年画。清初的潍县年画，主题已经从"神"转向了"人"，美女和娃娃成为流行主题。显示出当时人们对安居乐业、添丁进口的渴望。

自清朝始，潍县年画的观赏性强了，娱乐性强了，人间烟火味十足。

乾隆时代，天下大治，潍县年画随之登峰造极。主题再次突破——闹新春时说书、唱戏的故事成了年画主题，并在市场上力压群芳。当时潍县画庄生意兴隆，南到广东，北到黑龙江，有井水处就有潍县年画。

丁　祝福

清末,"泰西石印技术"进入中国,西方文明开始冲击中国乡土,潍县年画也不例外。以泰西石印技术制作的年画,题材新,质量好,价格低。从此潍县画庄日渐没落,鲜有创新。即便风格略有创新,也只在点滴。

民国时的潍县年画,没落迹象更甚。不但很少有主题创新,活儿也变得很糙。画面上多了很多直白袒露的祝福语。

1949年后,潍县年画曾短暂振兴,不少受过美术专业教育的人加入创作,画风变得空前精巧细腻,但初期人物形象都还非常传统。比如"五子登科"的形象,直接演变成了"五业丰登"。新生事物开始在年画上出现,比如高压线、水库。接下来,潍县年画的时代色彩日益浓厚,前所未有的主题和人物形象开始出现,比如"渔家女儿上大学"。

戊　守业

1978年后,潍河两岸,年画再次破土而出。城里人成了潍县年画的主要买家,农家的墙壁上,不再有其踪迹。

现在,卖画不如卖画版赚钱。现在潍县年代最久的画版是清朝的,张殿英手里有70多块清版。起初买一块清版只需5元钱。"等后来卖到100元一块时,我就没再买了,因为好版都没了。"

90年代末,因韩日收藏者介入,老画版的价格就更高了。4年前,一位要人带来一位荷兰人,提出要买老画版,张殿英想吓退对方,开口叫了8000元。荷兰人二话没说,当场掏出钱来,张殿英就只好割爱了。

张殿英的二儿子张运祥今年38岁,但刻画版已有24年了。2月1日,过小年,潍坊街头鞭炮声声。张运祥也回家过年来了。他平时都在广州、深圳、上海、北京跑生意。他年前接的一个活儿是给重庆一家公司制作礼品年画,主题是财神。"越古老的形象越受欢迎,新题材绝对卖不出去。"张运祥说。

本报记者
过年回家记录

> 如果在这个世界上必须有苦难存在,那就让它存在吧。但应该留下一点希望的闪光,以促使人类中较高尚的部分,怀着希望不停地奋斗,以减轻这种苦难。
>
> ——泰戈尔

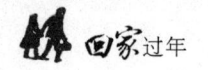

2009年金融海啸下的中国中西部
——本报记者过年回家记录

这一次，我们收起行囊，不是奔向异地，而是回家。这一次，我们以记者的眼光，打量着熟悉而又陌生的故乡，打量着金融海啸下中国中西部那些平静的小村庄，小乡镇，小城市。

在那些经济融入了全球化链条的地方，这个冬天有点冷。而在中西部大部分地区，金融海啸的冲击波似乎并未到来。

我们深信，在这些闪光灯照耀不到的地方上演的，是或多或少被忽略乃至被遗忘的另一种真实，另一种历史。没有这些，金融危机下的中国图景，或者说现代化进程关键节点中的中国图景，注定残缺。

打工村：这里的世界是平的

■ 谢　鹏

　　金融危机下返乡的年轻人让这个冬日的村庄变得焦躁。想走，却不知道去哪里。留，又不会也不想学耕田犁地，要不就要和留在村里的中老年人抢工作。但不管怎样，多年走南闯北的打工生涯重塑了乡村整整一代人，他们将给古老乡村的政治、经济和社会生态带来巨大的冲击。

80后："我一定会出去"

这个春节，那些返乡的80后中，有很多人变得焦躁不安。

这群揣着山寨版苹果手机，头顶莫西干和朋克"杂交"风格的发型，会用粤语进行交流的年轻人，在离牛年还有很长日子时，便从珠三角大大小小的工厂里提前返乡，一下子回到了坑坑洼洼的乡间小路——劳动力输出大省江西的劳动力输出大县高安市建山镇的各个村庄。

面对每年都没有什么变化、贫苦依旧的村子，他们迷茫、忧愁、渴望工作，却又不知道希望在哪里。

谢金辉，27岁，塘下村人。迫于生活压力，从16岁开始，他就南下广州讨生活。远离家乡是孤单的，但在广东中山服装厂和洗水厂每年10000元左右的纯收入，却比在家种地要多不少。

不过，这个差距在逐年缩小。他离家外出打工的那一年，是谷价最低的一年，100斤才36元，现在晚稻价格已经超过了100元。"如果我不去打工，生活会更糟糕。"谢金辉说。

这个1982年出生的小伙子赶在今年春节前结婚了。结婚几乎掏空了他这几年的积累。春节一过，又到了寻钱的时候了，也又到了去南方的时候了。

虽然，去哪里是个大问题，但不管怎么样，塘下村的年轻男人们是要出门找活的。"我一定会出去，但我不知道何时出去，不知去向何方。"谢说。听到这话，他可爱的新婚妻子的眼中饱含着泪水。

当正月初七记者截稿的时候，这个村子还是充满了告别的氛围。与往年夫妻双双把厂回不同，今年形势不好，很多工厂要女不要男或者要男不要女，对一些刚刚结婚的少男和少女来说，他们必须开始学会独立面对一切和品尝思念。

而村里一些孤寡老妇，在破败祠堂前的池塘洗衣服时，面对洗衣服时抱怨男人们常年不归而坐立不安的妇女们，总会像传教士一样以自己寡居多年的经历"布道"。

她们的话翻成城里的语就是："坚守你们的信念，即使丈夫不在身边的时候。"留下来，抢父辈们的饭碗？

村里马上就要修水泥马路了，农田也要搞规划，以方便机械化耕种。谢金辉说，也许，更多的失业返乡者会选择留下来。

不过糟糕的是，这些年轻人不会耕田犁地，没法也不屑于接过父母肩上的扁担。

如果不走，他们就不得不和留守在村里的父辈们抢饭碗，比如去砖厂这样的乡镇企业干活。47岁的寡妇付红花就在村附近的砖厂做工。和她一起在砖厂打工的男人们几乎都是村里五六十岁的人。这份活虽累，付红花因此还患上了腰肌劳损，但收入还行，因此她十分珍惜。不过现在付红花却有些担心，这份苦力活有可能被那些返乡的失业打工者抢去，甚至是外来的年轻人。

年前，一些四川、贵州来的年轻人已经来到了当地砖厂。

砖厂老板也很犹豫。一方面，外地人容易管理，不像使用本地人难以管教，而且外地人住在砖厂，方便下雨天能够起来盖砖，这对住家的本地人来说是不可能的，老婆孩子热炕头是雷打不动的习俗，男人们不会让自己的女人半夜出门依然是个规矩。

但另一方面，作为本地老板不使用本地工人将会被人们戳脊梁骨，在这片地区立足肯定会受到排挤。

"平的"世界

那些与返乡打工者年龄相仿但一直留在村里做点小买卖的青年也已"现代化"。与那些打工者整天待在珠三角的工厂里三班倒、没有时间全面接触城市社会不同，这些在老家的青年是村里紧跟时代潮流的那一小部分人。

他们大多数在镇上开饭馆或做小买卖。他们经常出入镇上的网吧，他们谈股论金。镇上的网吧老板还专门为各村的基民和股民们开辟了一项个性化服务——在网吧电脑上装上大智慧行情软件和各大证券公司的交易软件。《乡村爱情故事》是他们近来讨论最多的一部电视剧。

塘下村的村民们没有听说过《世界是平的》这本畅销书，他们也从来没有想到过北京奥运会跟他们也会牵扯到：离北京1500多公里的当地一家砖厂在奥运会期间也被迫要求停工以保障北京电力供应，并为绿色奥运和北京的蓝天作出贡献。

他们也深深地跟几万公里之外的华尔街联系起来了。金融危机下无完卵。四川和贵州的二三十岁的年轻人跑到这里来打工，年前一则"本土人一个都不要"的传闻吓坏了在砖厂干活的中老年人。

国家大事在心头

这些江南大地上普普通通的乡里乡亲，不管文化程度是高是低甚至不管识不识字，都对国家大事有着诸多城市白领无法比拟的关心和了解，从奥巴马到金融危机，从温家宝2009年最头疼的就业问题到国家赔偿法的最新修改。

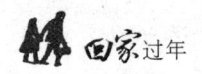

电视是他们了解外面世界的主要途径。在老家，花 300 元就可以装一个"卫星锅"，不仅仅能看到凤凰台和台湾电视，连以色列国家电视台的节目也能收到。

更重要的是，他们在琢磨着一些他们觉得很有必要思考的事情。这些生活在农村最底层的乡里乡亲，他们会围着记者追问如何看待中央新一轮的土地改革涉及的土地流转问题。

当记者把不同经济学家解决"三农"问题的观点讲给他们听，比如最近茅于轼被质疑粮食无安全危机论，以及农村土地私有化，以及一些经济学家提出的取消乡镇一级政府、农村合作医疗保险和社会养老保险机制，甚至成立农会、扩大村民自治的"海选"为乡级政府直选，他们都能很快根据现实操作的可能性提出各种赞成、反对或补充的意见。

有的时候，你甚至觉得，这些以种植水稻、花生和养猪为生的农民兄弟，比城市里的中小企业家、公司白领、大学生更密切关注这个国家的改革路径和国家发展的命运。

他们绝不无知，更不愚昧，有掌握自己命运和发言的迫切愿望。他们分析问题有时显得有点以偏概全，但绝不盲从，并喜欢表达自己的看法。尤其是与他们有关的话题，他们用算经济账的方式，常常得出让记者吃惊的结论。

如今，村里这些青壮年不可能再像他们的父辈一样逆来顺受，这或许会给当地的治理带来新难题。然而，多年走南闯北的打工生涯重塑了乡村整整一代人，他们将是未来新农村建设的中坚力量，并将给古老乡村的政治、经济和社会生态带来巨大的冲击。

（应采访者要求，本组报道中有部分人名为化名）

陌生的故乡

■ 韦黎兵

我的老家处在关中与秦岭相邻的丘陵地带，平日多数成年男性劳动力都在城里打工，丧事甚至连抬棺材的人都凑不齐，但这几年家乡对地县各级城市化贡献之大，真让我惊讶了。

脱离工业的城市化

只有4年左右没有回老家渭南——陕西关中的一个地级小城。但车从高速下来进入城西开发区后，我还是相当愕然：这个搞了10多年也没引进什么企业的工业开发区，如今却成了城市居住地扩展的热地，当地最大的新建楼盘聚集地和房价最高的地区，一度高达每平米两千多元，是这个城市其他地方房价的两倍左右。

10多年来，渭南的城市人口增加了50%以上，现在已经有30万左右。人口的迅猛增长，在这里不是工业化的结果：这个曾经装备工业发达的城市，自20世纪80年代末到90年代初，工业几近全面破产。

但各下辖县的人民，奔着这个行政级别更高、商业教育等环境更好、人口更多的地级市，不断汇聚而来，将这个曾经的"农民城"不断扩充起来，形成了与工业化过程反向运动的独特城市化模式。

本地的商业，似乎也脱离了工业基础，而有些畸形地发展起来。

我的老家处在关中与秦岭相邻的丘陵地带，地貌与黄土高原近似，自然环境较为恶劣，明显比渭河平原地带要穷，平日多数成年男性劳动力，甚至很多青壮年妇女几乎都在城里打工，丧事甚至连抬棺材的人都凑不齐。但这几年家乡对地县各级城市化贡献如此之大，真让我惊讶了。

了解之后我才知道，这似乎并不难理解。在老家农村，一层平房和两层楼房已经普及，而且两层小楼似乎逐渐更为普及，造价也分别达到四五万和八万左右。而在华县县城和渭南市城里买房，房价只有1000多，一套七八十平米的房子，也多在10万以内，二手房更低。对一个人打工一年收入一到两万的农民来说，并非不可企及。

渭南城市化的迅速发展，让供水成了问题，与之相邻的华县再次为渭南输血——华县与渭南相邻的一条从秦岭流出的河上游，新建了水库，水被输送到了渭南。但是，这条河下游的水量，按当地人的目测估计，至少减少了约2/3。

另一种经济危机

■葛 清

这里是湖南省湘潭县最偏远最贫穷的一个乡村，但物价高，人工稀缺，赚钱不易。所以，即使金融危机正盛，也未能阻止人们外出打工的步伐。

高物价

这个鬼农村，物价太高。正月初六我给5公里外的舅舅拜年，来回两趟租一辆破面包车花掉128元。

鸡蛋7毛5一个，小鱼活的15元一斤，烘干的30元一斤，凡是我喜欢的我需要的都价高得离谱。在自家宅基地建一栋3层楼，去年10万，今年还是10万。全世界房地产都在跌，就这个乡村稳中有升。

不过还有比我骂家乡骂得更狠的。

正月初六，力群双手插在蓝花棉质睡衣口袋里，弓腰驼背站在自家门口的地坪里破口大骂。她30岁出头，在广州郊区随夫做家装生意四五年了，这次是回乡过年。

我就站在离她3米远处看着她唾沫横飞。去掉脏话，大概就是这些："猪肉太贵，10元一斤，比我在广州吃肉还贵。""任何日用品都比城里贵，半升一瓶的可乐都要2.1元。""人工出奇的贵，随便请一个工一天就是70元，泥工要 100 元以上……"

旁边站着听的人个个点头称是，连历来跟她关系不和的婆婆都在一边帮腔："那是！那是！"

人工稀缺

力群夫妇是腊月二十一回乡的，回来的前两个月就运回了数车不锈钢门窗和厨卫用品。他们交代 70 多岁的父母：赶紧请人，年前装修好 8 年前建的独栋 3 层小洋楼。8 年前他们几乎一无所有，房子虽然建了，但是刷墙的钱都没有。于是夫妻先后抛家弃子，去了广州打工，如今终于发财了。

运回高档的原材料、家具和大把的票子，原本以为装修只剩一句话，却竟然在人工上起了波澜。父母告诉他们，附近找不到工人！

要知道，这是在农村，湖南省湘潭县最偏远最贫穷的一个乡村——歇马乡。这里是典型的丘陵地带，人多地薄，人均大概 4 分耕地，几乎所有的劳动力都外出务工。

按照力群夫妇的预测，在全球经济危机的影响下，城里很多工厂倒闭，就业机会大大减少，大批民工会返乡，返乡后他们必然只能留在家乡务农。现在应该是家乡劳动力富余、人工成本下降的时候，此时请人装修还不是跟喝蛋汤似的。

然而父母却告诉他们，家乡没有一个像样的劳动力，只有老幼病残孕。

我正月初二回到这个乡村的时候，村里的青壮年也都在家。但是来去匆匆，他们根本无心在家乡滞留。

力群夫妇之所以着急装修，是年后火烧火燎地要赶回广州做生意。虽然广州的房地产并不太景气，经济萧条，但是力群的家装店却生意越做越大。"我们也不知道什么原因。按道理说，家装受房地产直接影响，地产不好，我们也应该不好做。"力群夫妇分析，生意更好可能跟他们的经营定位有关，他们定位低档，经济形势不好，人们中高档的买不起了，也许纷纷转向低档了吧。

力群夫妇立志 10 年之内都不退休返乡。"再干 10 年，我们就什么都有了，就好好回来住自己的洋楼。"力群说。

必须离家 24 岁的卫华说他是趁新年回来相亲的，正月初八就出远门。他高中毕业后随老乡去深圳打工，为一家以出口为主的小公司做汽车导航系统。全球经济危机席卷而来的时候，他们的订单戛然而止，卫华的工资从每个月 2000 元降至 1000 元。

卫华说深圳他是不会去了，初八改道去浙江的宁波。因为他从仍在宁波做物流配送业务的堂哥那边得知，宁波的国内快递业务没有受到经济危机的影响，生意照做不误。卫华的设想是，去宁波做一阵物流以后就回湘潭来创业。"湘潭市内快递业务基本上还是零，我如果办一家快递公司肯定有发展前途。"卫华说。

力群夫妇创业成功的经验鼓舞了村里一个又一个像卫华这样的青壮年。

去年 40 岁的王文留在村里种地养猪。一年下来，不赔不赚，等于白忙活了。他承包了 25 亩地，养了 20 头猪，种地挣，养猪赔。

承包 25 亩地，他比较轻松能挣 11500 万元。

而养猪，猪崽、饲料、人工的成本都大涨。一年下来，不仅不赚，反而把种地挣的钱都赔进去了。

即使他今年吸取经验教训自己养母猪配种，自己家产猪崽，他说他也看穿了，养猪挣不了几个钱，何况还要累死累活。

他上有年迈的父母，下有两个正在上学的孩子，一年至少需要挣两万元才能把这个家玩转。"今年再也不待在家里了，再怎么全球经济危机也要出去找事做。"王文咬牙切齿地跟人说。

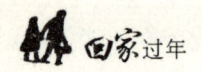

全球化边缘的村庄

■ 王 强

不在河边走或许是可以不湿鞋，但如果老家总是做时代浪潮的后知后觉者，那么家乡人何年何月才能真正摆脱贫穷，过上现代文明意义上的好日子呢？

鲜有人南下广州务工

大年初七的清晨，一阵隆隆的拖拉机轰鸣声将我从睡梦中惊醒。一问我母亲才知道，原来是有人忙着盖新房。中午在村口走了一圈，发现正在施工的住宅工地就有四五个。拉运沙石的拖拉机不停地往返，在泥路上扬起一阵阵尘土。

这就是我的老家白石岩村，村子背靠着山，位于320国道西侧，村口百米处就是省城昆明到旅游胜地大理的铁路。

我大学毕业后去了广东，发现在这个制造业中心聚集着来自全国的外来工，遗憾的是，来自我老家的务工人员却少之又少。我心中颇不是滋味，为何我的家乡人就不能勇敢南下呢？

我爱人将原因归结为老家人"老实得有点憨"。客观来说，老家人没有及时南下广东加入全球化浪潮有三大原因,一个是距离远;二是老家山地多,无生存之虞;三是缺乏广东当地的外援,不像湖南江西等省人,在广东有大量的南下干部和部队官兵的老乡作为外援。

直至今日,村里在广东务工的人数也是屈指可数。

由此,在去年下半年全国范围的农民工返乡潮中,白石岩村却风平浪静。

省内务工急增

与南下广东的涓涓细流形成对照的是,在省内务工的人数却急剧增加。

总体来说,务工的机会除了建筑业之外,还有修路、修水库、承包退耕还林的种树项目、打造基石和墓碑等。我问父亲,既然这么多人都外出务工了,那么10年之后,我们村是否有可能把土地集中起来,实施机械化耕种呢?

我父亲说不可能。原因是土地依然是村民的重要保障,虽然务工的人多了,但是工作和收入依然是不稳定的,一旦丢了工作,毕竟还有一点土地可以用来讨生活。我听后颇觉有理,现实与理想差距真的很大啊。

金融危机的小波澜从上面的描述可以清楚地看出,这个村子游离在了全球化的边缘。不过,当前的全球金融危机还是在这里留下了细微的波澜。值得一提的是如下三件事。

第一件事是,在前些年的招商引资潮中,县里也支持兴办了一个较大型的炼锌厂,吸纳了县里数千名工人,不过村里只有少数几个人在厂里做工,据他们说,炼锌厂的产品主要用于出口,目前由于出口量减少,工厂有1/3的车间停工了,村里也有一个人因此短期赋闲在家。

由于前些年这个厂为县里贡献了数亿元的税收,停工对县财政的影响无疑是巨大的,不过这并不会在就业方面引发太大的问题。

第二件事颇有戏剧性。大年三十傍晚,我正在门口燃放烟花,一个老邻居询问我母亲是否在家,她希望我母亲去帮助调解她老公打女婿的纠纷。后来才知道,她女儿女婿拿着家里的钱去东川开铜矿,去年下半年开始,矿突然卖不出去了,买卖赔了钱,空手归家,老丈人由此耿耿于怀。

第三件事来自我岳父。他家位于同一个地区的另一个彝族自治县，当地山多，以出产优质核桃闻名。他告诉我，往年核桃贸易很兴隆，当地有做核桃生意的老板因此发了家。不过今年收上来的核桃却很难卖出去，县城里出现了多年未见的核桃老板当街甩卖核桃的现象。

或许有人在为老家免受金融危机冲击而暗自庆幸，我却还是高兴不起来。不在河边走或许是可以不湿鞋，但如果老家总是做时代浪潮的后知后觉者，那么家乡人何年何月才能真正摆脱贫穷，过上现代文明意义上的好日子呢？

藏富于民不容易

■ 李红兵

金融危机后，甲方忽然通知我一个做建材生意的朋友：上面来了通知，现在是特殊时期，要求优先考虑本地龙头企业和国有企业的水泥建材。言下之意是，外地和私营企业的建材要靠边站。

一个河南小康镇的死掉

春节期间，多年未见的同学朋友难得聚在了一起。几杯小酒下肚，一干人便开始了长吁短叹，忧郁和悲凉旋即代替了刚见面时的兴奋和激动。

陈先生的家以前开了两个副食加工厂，以前每逢过节，都会从老家带些自制自卖的点心给朋友品尝，今年陈先生却是一脸愁容，不仅自家的店面关张了，老家的乡亲也被迫离开自家的这块"风水宝地"到外地谋生。

陈先生的老家在河南周口市新站镇，紧邻106国道，便利的交通给他家这个不到10000人的小镇带来了财运。多年来，小镇的人们依靠烟酒批发和副食品的加工，日子过得算得上小康。然而两年前106国道的一次改造和加宽却给小镇的人们带来了厄运。

改造完工后不久，小镇的北边就多了一座收费站，所有从106国道通往小镇的车辆，一律收取10元的通行费，一个往返就是20元。镇上的商贩们做的本来就是小本买卖，一次20元的通行费，使得平日从小镇进货的人减了大半。不到两年光景，镇上的商户数锐减。

为此，镇上的村民多次冲击收费站，强烈要求撤销，为此差点发生流血冲突。然而一直未果。

雪上加霜的是，由于乡村购物进货的人很少索要发票，以前这里的税收一直实行的是根据商户数量按年度核定征收，现在小镇的商户数量已经减少大半，但上头给小镇下达的税收任务却没有减，商户的客源已经减少大半，而头上分摊的税收却翻了倍数，叫苦不迭。昔日一个生机勃勃的小镇就这样死掉了。

今年春节前夕，好消息似乎终于来了。国家决定从今年元旦开始出台燃油税政策，各级公路收费站也将寿终正寝。陈先生大喜过望，马上告知家人。

陈先生的三叔在当地也算是颇有名望，得知消息后马上托人到收费站交涉，然而得到的答复却是没有得到上面通知，收费照常。

三叔心中一片惶惶。1年前，他一人离开小镇独闯北京，在北京秀水街的使馆区贩卖水果，本来生意渐隆，未曾想一场金融危机使得老外们的荷包大幅缩水，他的水果生意也被殃及，原本打算回家乡重整旗鼓，这下看来回家创业的希望又不知道在哪里。

私企让位国企

时运不济的还有张先生。奥运前夕，形势一片大好，张先生经不住朋友的劝说，从一家事业单位下海与朋友合伙开了一家建材公司，靠着以前的政府关系，刚签了几个工程项目的单子，还来不及分享喜悦的成果，公司就陷入困境。

这几年张先生老家大搞新农村建设，修路建桥所需的建材水泥他基本能做到"利益均沾"。

可是金融危机后，甲方忽然通知他：上面来了通知，现在是特殊时期，要求优先考虑本地龙头企业和国有企业的水泥建材。言下之意是，外地和私营企业的建材要靠边站。

现在张先生既已下海，回头无望，一边感慨世事变幻无常，一边只能盼着这"特殊时期"赶紧过去。

等你回家，
他们的春节故事

> 我之所有，我之所能，都归功于我天使般的母亲。
>
> ——林肯

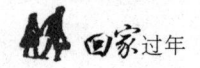

代课教师李建新：我不是村里最穷的人了

■ 潘晓凌

2009年，前代课教师李建新彻底摆脱了"村子里最穷的人"的形象。在过去一年，李家迎来了两件喜事，一是家里住了30多年的土坯房终于换成了砖瓦房，二是在复旦大学物理系念书的大儿子李自龙保送了本校的研究生。

临近儿子春节放假回家，李建新和妻子忙着把老房子里的家什搬入新家。新家占地32平方米，花费40000多元，眼下暂时没余钱装修，室内的墙还裸着红砖。家什实在太简陋，一台25英寸旧彩电、一张老饭桌、一张斑驳的方形写字台，在还散发着水泥与粉尘气息的新房里，显得突兀。

写字台在甘肃渭源农村里是耕读身份的象征。在1981-2005年间，李建新一天又一天，重复着简单而贫困的生活。作为渭源县会川镇罗家磨村福和希望小学一名代课教师，李建新每个月都按时到校财务处，接过会计悄悄塞来的40块钱。这是他的月薪，仅相当于公办教师的零头。

他是当时甘肃省农村32000代课教师中的一员，这些被称为"农村里最穷的人"，占农村小学教师的28.2%。

2005年，经《南方周末》报道甘肃代课教师的清苦现状引起热烈反响后，李建新与同事的月薪曾被提高到120元。"美好"时光很快被教育部清退代课教师的政策终结，同年，清退代课教师行动开始在全国范围内推行。

2008年9月份，李建新正式接到"清退"通知，以及800元的一次性补偿。

这是被清退的代课教师中拿到的最高补偿,是为了照顾教龄在20年以上的老教师。李建新没有像大多数代课教师一样外出打工,做建筑工人或维修电器,在他心中,这和"清退"的说法一样,有辱斯文。

他重新返回土地,做起了农民。李家有12亩地,过去二十几年,全由妻子一人打理,每年除了一家温饱,还能卖1000多块钱。在丈夫的加入下,夫妇俩分季节精心种上了小麦、大豆、洋芋、油菜和当归,2009年地里收成卖了4000多元,是迄今李家收入最高的一年。

李建新还是想当老师,平时有事没事,就回学校转一圈。有时在路上拦车到镇上,遇到坚决不收车钱的学生,李建新会格外高兴,然后坚决给钱。

他时常感慨个人命运的不公,却从没怀疑读书的意义。这两年,他将精力和期望全投在儿女身上。2006年,儿子李自龙考上复旦大学,李建新在村里摆了60多桌酒席,席间,他喝得大醉,边喝边哭,妻子忙过来解释,老李是太高兴了。

李自龙上大学后,其生活费及其父母一直得到几位热心人士的资助,这使得李家的经济负担大为减少。过去4年,李自龙主要精力都放在学习上,他渐渐发现,除了入学成绩彼此接近,自己与大城市出来的同学存在不少差距,比如英语口语不好,除了学习好没其他爱好与特长。

这正是渭源县及素有"状元县"之称的甘肃会宁县走出的尖子生们的共同特质,在经济条件、教育资源与录取比例极其有限的环境中,将全部时间与精力都用于冲刺高考,是他们改变自己及家庭命运的唯一选择。2009年李建新也有不小的遗憾,平时在年级成绩保持前三名的女儿李自奋高考失利,差几分与北京邮电大学失之交臂。李建新坚决支持女儿重读,并且听从儿子的建议,下一年还报北京或上海的名校,理由是,"目前全中国最优质的资源都集中在这两座城市"。李建新对于"资源"说颇有感触,在渭源县这样天干地瘠之地,毫无资源可言,想有好的出路,只能往外走。

这几天,渭源县外出打工的前代课教师们陆续返乡过年,李建新在街上看到一些昔日的同事,身形已被沉重的体力劳动压得与普通农民工无二,"很难想象他们以前曾是'灵魂的工程师'"。

这个队伍随着2009年更大规模的代课教师清退潮,还将日益扩大。他们中的绝大多数并没有成为新闻人物的李建新那般幸运，他们鲜有受到资助，只能靠自己的双手经营被清退后更为惨淡的人生。他们中的绝大多数人选择外出打工，但未必获得更高的收入。

儿子回家前两天，李建新宰了一头猪，意外遇到一位40多岁的前同事，外出打工既无体力也无技能，只好买了套工具上街卖爆米花，气罐换了两次都是坏的，无端耗去两三百块钱。那天，他赚了5块钱，还是在气罐漏气后，路人看急得满头大汗的他实在可怜，仍旧买下了未膨胀开的玉米粒。

"劫人救母"重庆兄弟：戴着"镣铐"，回到起点

■ 周　皓

一提到回家，张方钧显得很兴奋。他脚步匆匆，跑回工作间换下布满油污的工作服。在重庆市南岸区南滨路这家酒楼的工作，每个月有4天假期，张方钧总是把4天的假期攒在一起，回家看望母亲。3个月前，张方钧来到这家酒楼做杂工；4个月前，广州市白云区法院以绑架罪判处他的哥哥张方述有期徒刑5年6个月，并以同样的罪名判处张方钧有期徒刑2年，缓刑3年；9个月前，张氏兄弟为了给重病的母亲筹措药费，在广州市三元里当街劫持一名人质——而这，也成为2009年广州最为轰动的社会事件。1996年，小学没有毕业的张方钧迈出家门，两年后，初中没有毕业的张方述也开始了自己的打工生涯。在临江镇镇中心的一堵墙上刷着这样一行标语："要致富，去务工。"张方钧家是一间砖房，在村中最为破旧。虽然年关将近，可这个在连番打击下奄奄一息的家庭丝毫不见一丝喜庆的模样。家内家外，灰色的天空，暗黑的土地，灰白的墙面和漆黑的房间，露不出半点生机。

张方钧的母亲谢守翠每天守着4岁的孙子张永飞，大病后的她已经不能再干沉重的农活。中风后还有一些后遗症：经常头痛、血压不时升高、头晕，腿脚也不方便。家里的一亩多地全都交给了丈夫付前统。为了控制血压，她每天至少要吃3遍9颗药，可为了省钱，如果病情稳定，她便只吃一半，即使这样，每月两百多元的开销也让她心疼。

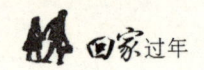

在外打工的兄弟俩几乎延续了相同人生的轨迹，由于学历有限又缺乏人脉，在20世纪的最后五六年里，兄弟俩一直在广东的湛江、东莞等地做着扛包背箱的苦力，在一家鞋厂打零工的张方述因为一心想学门技术，违反厂里规定，还数次被罚。2000年前后，刚拥有一些工作经验的兄弟俩又先后陷进了东莞的两家黑厂。失去人身自由的他们日日辛劳却颗粒无收，只是幸运地在4年后各自逃离。"他（张方述）给我看身上被工厂保安打的伤，看一次哭一次。"张文峰回忆道。2006年春节，离家14年的张氏兄弟难得在家团聚，哥哥带来了怀孕的女友，弟弟也即将拥有自己的幸福——这似乎是谢守翠最开心的一个新年了。只是此时，兄弟俩依旧一贫如洗，张方述甚至还向已经成为老板的张文峰借了5000元过年。

共度春节后，兄弟俩一起来到张文峰的作坊运货，可噩梦仍在继续。先是母亲被诊断患有严重高血压，随后生下孩子的女友远离张方述而去。一直到2009年4月21日那一天前，兄弟俩的生活都像一潭死水，就算有水，也没有流动，即使生活在继续，也看不到更多的希望。

张方钧说，他现在仍然会想起4月21日那一天发生的点点滴滴，被母亲病情和贫困生活逼入绝境的兄弟俩做出了一生中最为极端的事件——当街劫持人质，请求政府贷款18000元救母。

接下来的景象却是他们始料未及，虽然劫持失败后被抓，但在媒体的强势介入和公众的援助下，谢守翠得到了及时的治疗，张方述也在判二缓三后被当庭释放。那一刻，张方钧说自己心里非常激动，甚至是充满了豪气，"经过这么大的磨难，我走过来了，我一定要重新开始，开始全新的生活。"然而，一切都并非如此简单。江西姑娘毫不犹豫地离开了张方钧。而获得自由后，重新在广州找工作的10多天里，张方钧觉得自己走在哪里都能被人认出来，"到处有人对我指指点点，笑话我"。一次，在白云区永泰一家箱包厂里，老板一眼认出了前来找工作的张方钧，他指着张方钧大喊："我这里不需要你这样的人，你给我走！"即便回到重庆，身无长技的张方钧也只能去餐馆做杂工，而且，越来越多的同事认出了他，"经常有人笑话我，背后说我的事情"，张方钧说，他每天就是埋头干活，一天和人说话不超过5句。每个月750元的工资要寄给母亲500元，"打工这么多年，一个月从来没拿过 800 元以上"。

现实再次让张方钧感到无力,他觉得自己又回到了起点,甚至还戴上了一副更重的镣铐。

不时,谢守翠会问起大儿子在狱中的近况,"不知道你哥哥怎么过年?"

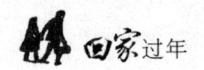

东莞民工王宏勇：再撑五六年，我就回家

■ 潘晓凌

2010年1月30日，王宏勇与妻子就从东莞匆匆忙忙回了湖南邵阳老家，2月6日，除夕前一星期，夫妻俩又回到了东莞。

这将是他们在东莞的第四个春节。

此次回家与提前返回均出于迫不得已。1月初，王宏勇一岁的儿子生病住院，加之爷爷去世，夫妻俩必须回去。回去后，付儿子的住院费与爷爷的殡葬费，王宏勇一下花去了近5000元。小两口一合计，口袋里的余钱除去返程车票，只剩下400元。

决定节前离家时，看母亲一脸的忧伤，王宏勇解释，"过年没钱，让妈你脸上无光。"2009年，是王宏勇经济状况呈现负数的元年，这缘于今年发生的两件大事——妻子年初住院、儿子年尾住院，加之妻子辞工两年回家生产、带孩子，本就微薄的积蓄一下被掏空了，另还向亲戚借了几千元钱。

来东莞6年，王宏勇做了6年的仓库管理员，工资从起初的1200元缓慢爬升至眼下的1600元；虽然每次都会与用工单位签劳动合同，王宏勇却从来没被通知办过社保。

显然，这种极其脆弱的处境，经受不住半点的意外与打击。2009年，危险的端倪已在王宏勇夫妻身上显现。

不过，这两年王宏勇的运气不算糟糕得一塌糊涂。2008年全球金融危机来袭,作为世界工厂的东莞"冬"江水"寒"鸭先知,王宏勇周围的工厂像积木般一座座倒去,不少工友或老乡失去工作。

不过,他们不会轻易地"失业",根据最新劳动法规定,一旦工厂辞退员工,必须予以经济赔偿,工厂的常规做法是,让他们放无薪假。2008年,王宏勇的许多老乡就这样"被放假"回了家。

仓库管理员虽然是份技术含量不高的普通工种,但考验人的经验与工作态度,踏实肯干的王宏勇每次不难博得对方的信任。

2009年下半年,王宏勇跳到一家制造五金塑料的工厂,产品出口日本、欧美等国家。在新工厂里,他注意到了彼时困惑整个东莞制造业的现象——"民工荒"与"找工难"并存;订单回暖,普工收入不涨反跌。

2009年,工厂老板不但不再给工人"放假",还嘱托王宏勇与其他员工帮忙介绍信得过且有经验的老乡来厂工作;但另一方面,许多刚刚离家赴东莞的年轻新手想谋得一份理想的工作却并不容易。

这是典型的结构性民工荒,即普通工人不乏回流,但技工与熟练工人亟缺。"找工难"难在普工及新手难以找到和以前同等待遇的工作。因此,2009年工厂订单增加、效益好转时,普通工人并没有足够的谈判能力。此外,尽管经济开始复苏,但东莞2009年GDP增幅约为6%,是过去30年经济增长最缓慢的一年。这些纷杂原因及数据所呈现出的表象,让王宏勇很纠结。从新闻中,王宏勇不断看到同一条信息,作为率先实现经济复苏的国家,中国2009年的GDP成功保八,中央财政收入超过GDP的涨幅。

王宏勇沮丧地发现,这些喜人的成绩,和自己没有一点关系。

临近春节,王宏勇所管理的仓库每日以几十万件货物的容量进出,他每天都要加班3个小时,周六则必定加班。尽管比2008年明显忙碌许多,王宏勇与工友们得到的工资与加班费并无增加。

不过,2月10日,除夕前3天,王宏勇还是拿到了老板特别奖励的年终奖,每人300块。这已让他惊喜,此前5年,他从来没拿过年终奖。

和过去3年一样,王宏勇不打算在出租屋里贴副对联什么的,沾点年味,他们的房里,甚至没有电视机。"什么都没有的好,让自己就像平时一样过,心里倒反好受些。"王宏勇说,离家时,一岁的儿子抱住他的裤腿,说什么也不放手，母亲幽幽地说，一年后再回来，他又不认识你们了。

　　王宏勇与妻子都生于1982年，作为"80后"的一员，他们身上并无"张扬""自我"等熟悉的标签。他们只是在重复着父辈们年轻时的生活理想：再奋斗五六年，赚够了钱，回家盖新房、培养儿子长大成人，再帮儿子盖新房讨媳妇。

　　不过，在除夕将至时，王宏勇还是做了一个很"80后"的举动，他在妻子的脖子上虚画了一圈，说，这条项链送给你，做新年礼物。

金融风暴下的海归：在中国与美国之间

■ 叶伟民

当地时间 2010 年 2 月 7 日，从旧金山市出发，几乎横穿整个美国，29 岁的陈雪抵达亚特兰大。夜晚街头的一顿粤式烧腊饭并不能减轻她的思乡情绪。"春节近了，离家却更加远。"这个广东姑娘没有过多的闲情来倾泻她的乡愁。"明天有一场 5 个小时的面试在等着我，我需要一份工作。"陈雪说。

亚特兰大仍努力保持着昔日的繁荣。金融风暴不断挫伤着这里人们的幸福感，包括陈雪，2009 年 10 月，她和失业的丈夫离开破产的加州到中国淘金，但仅仅 4 个月后，由于坚信"美国经济复苏"的神话，她独自返回这里。"看来我错了。"回到酒店与上海的美国丈夫 Bill 通电话时，陈雪承认了当初的倔强："我应该和你们在一起。"Bill 沉默了一下，转移话题："这里很热闹，春节快到了。"当然，热闹的不只是上海，例如陈雪的老家广东开平，这个位于珠三角西南的沿海小城，此时正弥漫着喜庆的气息。陈雪母亲李碧君搬回的一盆年橘和水仙把家里装点得春意盎然。这原本是个平凡的三口之家，父亲陈立升还吹得一手漂亮的小号。

现在，这个欢快的小号手却变成了一个抑郁症患者，害怕声音和强光。幸好积极的治疗和临近的春节正在缓解他的病情，他尝试着微笑，并小心翼翼地畅想未来。妻子一边鼓励他，一边在年橘的枝丫上系上象征富贵吉

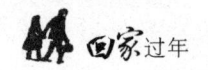

祥的红包封。"他这是想女儿想的。"李碧君解释丈夫的病情，"这样的春节我们已经过了6年了，将来还要过下去。"李碧君的遗憾不是唯一的。她所在的开平是中国著名的侨乡，自清朝开始就是海外劳工的重要输出地。祖辈们用血汗换来南洋和北美等地的繁荣，到陈雪这一代，留洋仍具吸引力，但发展取代了求生存。由此造就的众多"隔洋相望"的家庭，春节则成为他们维系血缘亲情的重要纽带。2003年，陈雪大学毕业后认识了现在的丈夫Bill。当时对方正在一所语言培训机构当外籍老师。有外语专业背景的陈雪很快融入了当地社会，成为一所知名大学的行政人员。最初两年，陈雪忙得连给家里打电话的时间都没有，她成了一个工作狂，故乡的人和事逐渐遥远，只有春节临近，看到电视里唐人街的盛况，牵挂才隐约爬上心头。2008年一场金融海啸终结了这样的好光景。"绝望无处不在，电视里整天说谁没了房子、车子甚至妻子。"陈雪回忆。很快，陈雪遭遇减薪，丈夫也被裁出任教的公立中学。生存成为首要问题，最后丈夫决定"到中国去"。

这是一个登上过《纽约时报》的不错的选择。在哀鸿遍野的世界经济版图，尚且独善其身的中国蹿升为欧美年轻人新一轮的淘金热土。但对陈雪来说，回国的喜悦与忐忑不相伯仲。"身边的人会怎样看我呢？我又回到了原点。"最终父母用一个热烈的拥抱迎接了这个受挫的梦想者。"回来就好。"母亲安慰她，但这反而增加了陈雪的内疚——离家多年，双亲两鬓已染霜，抑郁症让父亲未老先衰成一个沉默古怪的小老头。

但陈雪只找到一份外语老师的工作，而且挣的人民币远不够她支付加州的房贷。

在无所事事了3个月后，陈雪决定丢下执意留在中国的丈夫，返回外电报道中"正在复苏中"的美国。"那边的房子、车子，都让人牵挂，我要回去碰碰运气。"出发前夕，母亲在帮她收拾行李的时候红了眼眶，说："以为能好好过个年，以后一家子还能聚上几次呢！"这句话被陈雪一直品咂到2月2日飞往旧金山市的飞机上，最后感到追悔莫及——"我忽略了最珍贵的东西，有什么比与亲人在一起更加重要的呢？"于是，在2月7日初抵亚特兰大的晚上，这种感触在陈雪心中不可抑制地膨胀起来。她拨通家里的电话，母亲一如既往地鼓励她说："没有什么坎是过不去的，外面待不住了就回家，我们一家子也能过得挺好的……"这时候，一家华人士多迎面出现在偏僻的转角，对联和灯笼已经挂了起来，喇叭里响起鞭炮声和贺岁曲。"我当时像被针刺了一下，眼泪就下来了。"陈雪说。

（陈雪为化名）

回家过年

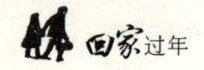

《吾乡吾民》记者眼中的家乡之变

每年辞旧迎新之际，我们都要把目光投向自己的家乡，投向新闻激流下那些沉默而广袤的大地。平日，这些普通城乡正在发生的故事，难登新闻版面，但我们深知，这些沉默的大多数，正书写着中国现代化进程关键时期的大历史。

他们就是你和我，他们的命运就是你和我的命运。他们有力量沧海桑田。

这次我们要走进的是江苏徐州、江西高安、贵州安顺、安徽大通镇、河北婆娑营村，以及湖北理畈村。

我们看到，随着东部沿海地区的产业链，特别是高污染的产业链转移至内地后，既增加了当地就业，减少了打工候鸟，同时也在快速污染着中西部的青山绿水。乡镇，特别是农村地区污水、垃圾处理等公共服务奇缺，加速了对江河、土地的破坏。中西部也是东部的粮仓菜地水源地，对中西部自然环境的破坏，受惩罚的将是这片土地上的每一个人。

村里的年轻人在走出土地的同时，仍然不忘给自己年幼的孩子争取村庄里的土地承包权，甚至不惜发动"倒阁"运动。

我们也看到，内地一些年轻的基层领导人，在追求经济发展之外，开始思考如何重建一个地区的精神价值。民间艺术和文化复活，政府加大对非物质文化遗产的保护和重视，"要不，后生们回来没有归属感。"江西高安市建山镇党委书记简恺对《南方周末》记者说。

我们还看到，负利率剥夺人民享受国家发展的收益之时，民间金融突起，几乎裹挟全民，从东部的城市到内地的乡村，江西高安地区集市上做日用百货生意的老板甚至都成了村民的"银行"，而江苏徐州这样一个中原城市，竟然已经满是"放贷人"，连普通工薪阶层、退休老人也热衷于此。

在这些城乡，旺盛的消费、飞涨的物价、木讷的脸、蓬勃的工厂，都是我们的回乡所见。

我们回乡，我们看到了，我们记下了。我们也在思考，中国需要怎样的现代化。

一样的家乡，不一样的小镇

■ 谢 鹏

在从农业加速向工业化跃进的过程中，一个中部小镇人们出走和留守的故事。

打工候鸟留下来

这是一个因矿而建的小镇，生于 1985 年。

从北京坐 7 点的早班机，差不多 9 点飞抵南昌，再花 10 块钱坐一个小时的机场大巴到洪城客运站，买张 17 元的汽车票，差不多中午 12 点到达县级市高安。再花 5 块钱打个摩托车，15 分钟到汽车站，然后花 13 元钱买张汽车票，下午 2 点，你就可以到达这个叫做"建山"的小镇了。

一个好消息是，听说省里考虑到方便高安输出劳动力，不久将在高安建成一个火车站。

这个有着 30000 人口的小镇有数千人在外打工。每年春节，打工队伍像候鸟一样在腊月下旬陆续回村，然后在正月初七前后集体离乡，回到珠三角和长三角的无数个中国制造工厂里。

但 2012 年春节，这数千农民工开始了不同的道路选择。

一部分人选择进入小镇 2011 年的最大招商引资项目——陶瓷厂。这个工厂去年7月投产，已解决就业约1000人，人均工资2000元上下。

这部分80后的所谓新生代农民工，将跟他们的父辈们竞争饭碗。2011年这个陶瓷厂还没有开张的时候，60后的中年男女们，就有不少放弃种田，选择了去邻镇的陶瓷厂上班。一个月1800元左右，包吃住。

另外一些人选择继续外出打工。不过地点从珠三角变成了省城南昌的开发区。

谢金辉，30岁，12岁就开始外出打工，他去南昌寻生计的决定，带动了一批在外打工近10年的农民工留在江西。跟他们一同迁移回江西的，还有珠三角和长三角以产业转移名义搬迁进来的众多中国制造生产线。

18年远离农活，谢金辉被锁定在了打工这条路径上。但那些不愿意跟80后们争夺饭碗的60后农民工们，决定捡起他们的老饭碗——种田。

过去的一年，这个小镇的很多村庄完成了"园田化"改造。原来田连阡陌的一块块小稻田，被几条粗大田埂切割成大块稻田。这让水利灌溉系统趁机得以重新归置，水渠得以挖深挖宽。原来要3个小时灌溉，现在15分钟完成。原来的土壤因为施肥太多而造成板结，现在则全部进行翻耕，此后的粮食产量有望提高。

很多人选择留下来的一个重要原因是小镇的巨大变化。

2007年，建山镇镇委书记简恺刚上任时，镇上的年财政收入只有800万元，2011年超过了5000万元。

农村信用合作社在消失多年之后，又重新回到了村民们走路5分钟能到的集市。但不少村民则选择把钱放到在集市上做日用百货生意的一个老板那里，比银行的利息高很多，而且随取随给。

为了让留下来的人安心做点小买卖，镇上出面解决了困扰乡民多年的地方贸易保护问题。过去，建山镇的人到附近的乡镇去做生意，经常遭到堵截。镇上干脆决定今年在"边境"地区设立一个商贸广场。

以前老百姓牵着牛到镇上的街道上吃草，吃完了再牵到镇政府吃。而如今，小镇已经面貌一新，有了第一个"高档"商品房住宅区。

传统的乡村文化开始得到恢复。新的建山寺庙也将建成。虽然很多村民很多年都没有看到露天电影了，但像采茶戏、刺绣和剪纸等民间艺人重新"出山",其中一个大队还组织了农民春晚。

"镇里对非物质文化遗产开始加大保护和重视。要不,后生们回来没有归属感,没有宗教感。"简恺说。

小镇医疗条件也得到了巨大改善。在镇上的卫生院看病,住院的话可以报销90%左右。社保上,一年交100元,最高500元,到了一定年龄后就可以领钱。

镇上最好的医院是一家叫做"山背医院"的二级甲等医院,还有一家卫生院。这是全镇所有的医疗资源,但算得上是整个高安市医疗资源最发达的乡镇。

不一样的童年

5岁的谢子能就出生在"山背"医院。正月初七,是谢子能的父亲谢耿峰的生日。生于1984年的谢耿峰,大学毕业5年了,户口迁回了村里。这一天,谢耿峰带上自己在大学时候认识的妻子杜鹃,开赴福建。然后两人再从福建分别两地,开始又一年的周末夫妻生活。

妻子杜鹃跟往年一样,流着泪躲开儿子的视线,快速钻进班车。这个高中女教师不愿意按照村里的习俗给儿子按照辈分取名,而是悄悄拿着户口本去给儿子登记了"谢子能"的名字。

出生后的谢子能,大部分时间都跟着爷爷奶奶在田间地头长大。暑假的时候,他会被接到福建待一段时间。杜鹃会以一个严苛的教师角色给他一次短暂的学习培训。于是,谢子能现在经常是普通话和家乡话夹杂着说。每次进城,谢子能的胆子会变小,说话声音也变小。一回到乡下,撒出去野几天,声音又逐渐变大。当然,脏话和骂人的话也会重新多起来。

再过一年,谢子能就要上小学了。不过他只能在离家5分钟的大队小学读到4年级。从5年级开始,他就要前往10公里远的镇中心小学上五年级和初中。这意味着他从10岁开始需要独立住校生活。

作为政策的推行者,建山镇党委书记简恺对《南方周末》记者说:"不能让孩子输在人生起跑线,到镇里上五年级便于学好英语。很多老百姓一开始不理解，我们做了很多工作。以前镇里教育不行，这几年镇里每年都是高安市中考第一名。"

有的村小学，只有 20 多个孩子，但也得配备 5~6 个教师。本来就匮乏的教育资源被浪费掉了。按照简恺的计划，建山镇下属 12 个大队里的多个村小学，需要进行合并。但合并村小学容易产生群众矛盾。留哪个，不留哪个，是个大问题。被撤掉小学的大队，意味着小孩将走很远的路去别的大队小学上课。在这个扁担型的小镇里，每个大队之间都是近 5 公里的距离。大人们农活多，又没有校车，小孩上学基本靠自己结伴步行。

更难的问题是，临时代课老师刚转编成公办老师之后，就面临年龄偏大即将退休的尴尬。教师的工资和人事不归镇上管，镇上没有权力将教师下放到乡下去教书，也没有钱聘请愿意下乡的教师。在镇上，养一个老师一年要 30000 元左右。

谢耿峰应该不用再为自己的儿子担心。镇委书记简恺告诉《南方周末》记者，镇中和矿中已经完成了合并。而且新镇中的教育资源投入在加大，造价上百万元的一个学生食堂已经启动开建。

让大学生回乡

在汶川当公务员的谢少飞比谢耿峰要早一天离家。他在汶川的一个少数民族乡镇里当了计生办负责人。

谢少飞的很多儿时玩伴都劝他考回建山当公务员。

吸纳年轻大学生回镇发展，也是简恺正力推的事。2011 年他引回来了一个大学生，23 岁不到，在镇下辖的一个大队当干部。

"我这几年最大的体会是，选人用人的面还是相对来说窄了点。农村的党员，年龄稍微老化了一点。我希望一些能人能回来。但很多农村的能人，特别是青年，外流和外出务工的比较多。这是我面临的最大的困惑。"简恺说。

谢少飞也希望能有机会回家发展，但作为外省公务员，跨省调回镇里的可能性几乎没有。而且他所在的是少数民族乡镇，政策优惠多，村民管理相对容易，他担心回到家乡后工作压力太大。

为了开新风气以吸引人才回镇，简恺在全市率先做了不少乡村民主治理的尝试。

其中重要一条是在全镇范围内推动村支部公推直选，村委会自荐直选的尝试。而且当场投票，当场选举，当场公布。

小镇的巨大变化，是在财政上。过去，小镇的财政收入主要靠煤矿。如今，煤矿开始萎缩。前几年，煤矿跟周边的煤矿合并了，总部迁走了。煤矿高管们的个人所得税到外地缴纳了，这让镇上一年损失了几百万元的个人所得税。

要补这些财政窟窿，就只能是招商引资和土地财政两条路。镇上交的国税，返还25%。地税，返还情况不一样，有的全部返还，比如卖地收入。

"我很讨厌花钱买税。"简恺说，他是一个不敢卖地的书记。但他也坦承，目前镇上的卖地收入跟投入到基础设施的资金基本平衡。

远去的杀猪声，空了的村

随着集镇化的加速，很多村民搬迁到了集市。于是，养猪的人少了。

关于杀猪的记忆开始在谢子能这一辈消失。

谢耿峰小时候，基本上家家户户都养猪。经常很早就被杀猪声吵醒。那时候，村民们养的猪，都是自己屠宰后拉到集市上去卖。后来屠宰和销售猪肉这事就不能完全自主决定了，得接受政府的统一指导和监管。

于是很多人觉得肉价自己定不了，索性不养猪了。村里外出打工的有增无减，剩下的老人和小孩为主，而养猪是个体力活，老人们于是也不养猪了。再加上精壮劳力外出打工，种粮人少了，可喂猪的粮食也少了，这又流失了一部分养猪户。

村民大量搬入集市后，村子正在空心化。村里的老屋主要变成了存放稻谷粮食的仓库。每天，这些新搬入集市的村民们，都要走上几里路回家牵着耕牛去喂水，然后再给耕牛放点干草。随着机械化的普及，耕牛也在逐步被"解放"。

一些有钱人则到县城高安去买房子了。这个县级市的房屋均价已经到了 4000 多元，是北京 10 年前的房价水平。

那些从村里走出去的"能人们"，每年春节回家过年，都期待着下雪，而且最好是中到大雪。白雪，是这些"喝过墨水的人"最想给村子修饰的颜料。它能掩盖随处可见的牛粪、白酒瓶、泥巴、塑料袋，以及断壁残垣的祠堂，还有小时候差点淹死他们，而如今荒草疯长的池塘。

垃圾包围农村

■ 陈新焱

农民越来越富,污染却越来越重。毒垃圾渗入土地河流,不仅损害农村人的健康,也将污染城里人喝的水、吃的菜,最终将无人能够幸免。

这次过年回老家,感受最强烈的现象之一,是垃圾污染。

老家地处大别山深处,取名"理畈村"。家的四周,是郁郁葱葱的大山,门前则是穿村而过的一条小河。据说,清初就有人定居于此。从大山深处流来的泉水清澈见底,我的童年,基本上是在摸鱼捉虾、游泳戏水中度过。

那时,村民们也不打井。每天一大早,各家的男人们挑着水桶,就在河中取水。晨雾一过,妇女们就提着衣服,在河边洗晒。

大概在七八年前,喜欢打鱼的邻居抱怨,河里的鱼开始越来越少了;过了两年,乡亲们就不再在河里取水,转而挖井;再过两年,井水也没人吃了,村里架起了水管,直接从小河的源头取水。

这样的变化,皆源于污染。而这种污染,几乎与村里的经济发展同步。

碧水良田成垃圾场

在"文化大革命"时期,老家是鄂东南苏区后方所在地,交通闭塞,贫穷落后,差不多处于刀耕火种的农耕时代——乡亲们吃的是自己种的大米和蔬菜，吃剩下的，喂猪；人畜粪便则是天然的有机肥，生态平衡，几乎没有什么破坏。

直到我出生后的1985年，村里才修通了第一条通往乡政府的土路。几年之后，村里通上了电。工业文明第一次照亮了这个大山深处的村庄。

也就是从那时开始，有人外出务工，以后逐年增多，他们一部分在北京、西安做理石生意（因老家盛产理石）；一部分在广东、浙江等沿海地区打工，至2009年，全村在外务工人数高达千余人。

外出的人们带回了财富，也带回了新的文明。这其中，变化最大的是，最近5年，几乎每家每户都盖起了钢筋水泥结构的二、三层洋房。

在泥砖瓦屋时代，为了方便积肥，村民的厕所基本和猪舍连在一起。换成洋房后，厕所移到了室内，增加了排污排水管道。难题由此出现——由于村里并没有统一规划，各家的污水便到处乱排。有的排到附近的田里，有的则直接排到了河中。

原来用的泥砖，拆掉之后打碎，又变成了泥土，在原来的地基上稍做平整，又是一块耕地。而现在换成了钢筋水泥，敲不烂，打不碎，村里也出现了城里才有的建筑垃圾。

富起来的乡亲们也开始消费工业品，化肥、农药、吃完就扔的罐头、各种包装精美的食品以及橡胶、电池、玻璃等各种化工产品都无一例外地进入了村庄。一些原有的优良传统，也在递增的财富面前瓦解。比如，原来谁家有红白喜事要办酒席，用的都是族人从家中带来的、自己吃饭的碗筷。现在主家都不麻烦别人，直接就买了一次性的塑料碗筷，吃完就扔。

问题随之而来。城市垃圾起码会有转运处理，而农村垃圾却无人顾及。乡亲们有的倒在屋角，有的倒在田埂上，有的则干脆倒入门前的小河里。

小河由清转黑，往日的盈盈碧水，如今却成了不忍目睹的垃圾场。而肥沃的耕田，有的也泛起了阵阵恶臭。已经搬到城里居住的父母也忍不住哀叹：好好的一个村，就这么毁了。

垃圾场的城乡之战

这样的景象，并非只在老家出现。周边村也是如此。春节前，我在大理洱海边一个名叫"文笔"的渔村采访，看到的情形甚至比老家还严重。这里的人们家里都没有厕所，村里建了几个公共卫生间——那真是我见过最臭、最难以插脚的卫生间——门口是苍蝇横飞的小山一样的垃圾堆，里面则是没有入池的一堆堆排泄物。污水从各家排出，在村中的小路中黏结成一团团黑色的胶状物。这些未经处理的垃圾，有的甚至直接入了洱海。

众所周知的是，在城市，垃圾增长速度堪与GDP比肩，2007年，上海市生活垃圾相当于5个金茂大厦的体积。3年前，把北京市的生活垃圾堆起来，相当于一个景山的体积。而今当然更甚。

在农村，这一速度同样惊人，卫生部调查显示，目前农村每天每人产生的生活垃圾量为0.86公斤，全国农村每年的生活垃圾量接近3亿吨，而这还不算那些由城市转移到农村的垃圾——统计数据显示，至少85%的城市垃圾，也被掩埋在了乡村。

在我老家就是如此。离我们村几十公里外，有一个名为凉亭岭的垃圾场，是老家所在县城唯一的垃圾场，使用至今已经有20多年，如今的垃圾场内已形成一座10多米高的垃圾山，仅"山顶"的面积就有一个足球场大小。

2010年8月，附近的村民怀疑垃圾场污染了环境，导致该村癌症患者人数增加（该村约2600人，从1994年至今，共有37名村民死于癌症），堵封垃圾场20余天。导致县城每日上百吨的垃圾无法及时清运，县城差点成为"臭城"（在其他地方，由此导致的冲突同样屡见不鲜）。

值得注意的是，过去农村垃圾主要是一些易腐烂的菜叶瓜皮，现在却成了塑料袋、废电池、农膜、农药瓶、工业废品、腐败植物等的混合体，特别是由于大量使用塑料，导致垃圾中不可降解物所占比例迅速增加，使得农村垃圾在日渐向"毒害化"发展。如果不加以遏制，由此导致的结果将是灾难性的——那些有毒垃圾一点一滴渗入土地，渗入溪流，不仅损害农村人的健康，也将污染城里人喝的水、吃的菜，最终将无人能够幸免。

听见春运的叹息

> 只有在到达终点之时,
> 人们才能更好地享受走过的道路的乐趣。
> ——罗曼·罗兰

回家过年

回家：非常广州站
■ 张 悦 苏 岭 何海宁

> 漫天风雪 人心惶惶
> 看天苍苍 大地白茫茫
> 淹没了多少希望
> 爱的力量 锐不可当
> 雪溶于水 血浓于水
> 我在为你的坚强而歌唱
> 路的尽头 就是家园
> 陌生的手 雪中送暖
> 祝愿你一路平安 到永远
>
> ——摘自《雪中送暖》

"炼 狱"

2月1日中午11点30分，做布匹生意的浙江金华人陈新生一家三口从中山大学坐地铁，再次来到广州火车站。到达地铁站的他们尚不清楚，他头顶上这方小小的地方已经堆集了20多万人，他更不会了解，这条地下铁和头顶上方他们要搭乘回家的铁路是怎样的咫尺天涯。"像经历炼狱，死过一样。"整整24小时之后，陈新生坐在开往温州的K326上，从"炼狱"得到"新生"的陈新生对《南方周末》记者说。

因为京广铁路湖南段电力中断，1月26日上午11时30分，警方封闭火车站广场东往西公交车道，13时30分，封闭火车站广场环市西路东往西路段机动车道；下午2时，春运应急预案启动。

此后10天中，数以十万计的人流在这片狭窄之地上下波动，地球上最拥挤的一幕在这里开始上演。

从1月30日开始，陈新生便密切关注火车站的新闻。这天温家宝总理在广州火车站探望滞留旅客，他听见总理说"请大家放心，我们一定能让大家在春节前回到家"。

在中国的语境中，总理亲自过问并承诺的事一定有希望。急盼回家的陈新生也这样料定，果然，1月30日晚，铁道部新闻发言人宣布，京广铁路线运输秩序基本恢复，运输能力已大幅提高，铁路机构正全力运送旅客返回家园。

也是在当晚，他们一家三口第一次来到广州火车站，可他们很快被黑压压的人流吓住，走在机动车道上的人流跟无头苍蝇似的，他们不知道在哪里候车，也不知道何时能坐上车。他们的票是2月1日的，惊恐不已的全家人就选择先折回家，以期后天人流能有所减少。"炼狱"的感觉，广东电台的DJ陈晓琳也领略了一回。这些天她一直在做春运的特别节目，但是她没有想到她会亲身经历春运的恐怖。

就在陈新生折返的时候，下了班的陈晓琳开着辆红色富康车，驶出位于人民北路的电台，习惯性往右转，因遇交通灯，她的车停在了一辆警车和一辆军车后面。

绿灯亮了，警车往前开，军车往前开，富康车往前开。

此时路口已被管制，社会车辆不得跨越，但军警看了看她车头的采访车标志，居然挥手示意她可以过。"我心里明白他误会了我是去采访的，但我想：那就将错就错吧。"一进入封闭区，她就知道她做了一个多么错误的决定。

紧紧跟着的警车、军车和"采访车"瞬间被人流冲散了，人流像流沙一样地堆在车的四周,他们完全没有意识这是一辆发动的车。

可怕的是那些俯视她的眼神:空洞、无助、冷漠……她的双腿下意识地抖起来。她紧闭车门,突然发现车窗留了一条缝,赶紧神经质地关死。"我的倒后镜被人和行李刮得乱七八糟。我绝对相信,这个时候,但凡有人起哄,这些像马蜂一样扒在我车身上的人会迅速把我给吃了。"

车死死地被人群堵着,没有一丝能前行和后退的迹象。

这个时候,前面来了一个警察,"我想,不管你是来帮我的骂我的罚我的,快来救救我。"

警察在人群中蠕动,眼看还有几米就到了,这时,一群人从另一个方向围上来问他什么,人群好像意识到那里有个信息源,立刻饥渴地扑向他,那个警察迅速被人群埋住了。

最后,陈晓琳知道只能自己救自己了。她壮着胆打响喇叭,一寸一寸往前挪……100多米路大概走了30分钟。

当陈晓琳终于冲出人群冲上内环路时,她回头看看火车站"让人头皮发麻"的人群,看到人群中一个抱着孩子的女人,那个女人怀里的孩子跟她女儿一样大。她哭了。

潮 涌

2月1日,广东媒体刊载了省委、省政府"告全省人民书":"我们必须清醒地看到,目前的胜利只是阶段性的,未来形势依然严峻。我们诚恳地希望大家正视现实困难,留在广东、留在这片洒下了你们辛勤汗水的地方,过一个特别的春节。"

而就在温家宝视察广州站后的1月31日,媒体刊登了广铁集团的通稿:京广南段铁路运输能力基本恢复。力争在今后5日内完成广东地区所有持票旅客输送,确保在春节前夕,这些旅客全部踏上旅途。

更多的人受到京广线恢复消息的鼓舞,重又涌向本已脆弱的广州站。2月1日这天,从四面八方涌过来的滞留旅客猛增至50万人。

陈新生也在此列,他执意照原计划回金华老家。

陈新生来广州6年，每年回家过年都坐火车，那是最方便也最经济的方式，"原来也就是提前个把小时到火车站，到哪里候车都有明确指示，直接进去就好。"

今年，一切都变了。紧张气氛已经蔓延到地铁里。为了将人流压力分散到火车站广场外围，地铁通向火车站内候车室和广场内侧的B、C、D1等出口全被公安和武警封锁，上行电梯已停止运行，转而密密实实地坐着两排换岗休息的武警。

出地铁D4口，就是目前这个星球上大概人口密度最高的一块地方——广州火车站广场。流花车站立交桥下，陈家3口人被挤在人群中间。

这里无人引导，不知道该往哪里排队。他们问维持秩序的武警，回答说"不知道，就在这里排队吧"。

尽管已经有思想准备，但他们还是无所适从。车站天桥两边都有进口，不知道哪边开，人们只能听信传言。"那边开口了"，人们迅速向着话说的方向跑，像急起的潮。一会儿，有人说"那边开了"，又起一阵海啸。在人群中间，他们不是自己在走，而是被裹挟着往前。

陈妻把拎包挂在脖子上，低着头，"像'文革'时的反革命"。为方便取用，毛巾、雨伞放在拎包里，腾出手来拉行李。她拼命用一只手，抵住前面人的后背，身体往后仰，争取一点点空间。如果脚发软倒下去，可能被人踩踏。女儿袖手跟在旁边，但已经无法拉住手。

受的这一切罪都是为了要回家。

电台中，像陈晓琳那样的DJ不断地游说在火车站广场的人们不要回家。DJ们给他们算着回家和不回家的成本对比，选择在广东过年有政府免费提供的电影和娱乐活动享受，还能省下至少1000元来回路费和花销，这笔钱足够在广东过个他们从未有过的好年了。

然而，这些游说都避而不谈一个成本天平上的重要砝码：情感。

此刻，在庞大人群外围挤不进去的赵宝琴不得不回家，这个离异的女子此行的目的地是甘肃甘谷县安远乡大成村。背井离乡的她在东莞大朗镇一家毛织厂打工，供养她在兰州读大学的女儿，过年是她一年中唯一一见到女儿的机会。

此时,她无论如何不会想到,几小时后的一场事故可能让她永远失去了再次看见女儿的机会。

对于陈新生这样想移居广州的异乡人来说,过年不仅意味着一年来终能够亲人团聚,更有现实意味:陈新生的女儿今年中考,按广州新规,必须回户籍所在地办身份证。

同样挤在人群中的陈妍也不得不回家。在广州做保姆的她家在衡阳,这个冬天南方雪灾的重灾区。家里的老父亲瘫痪,家里停电停水,最近连家里电话也打不通了。她迫不及待地回家,即便那是灾区,但在那里,她便不是一个没有安身立命之所的都市游魂。

织 女

1日下午3点多,陈妍带着2月2日凌晨的票,与丈夫和儿子挤入人群。

人群中有人说:"有小孩可以先进去。"他们抱着儿子,原本拥堵不堪的人群主动让出一条狭小通道,他们挤到栏杆前对武警说:"能不能把小孩抱过来?"

"孩子在哪?"武警的回答很痛快,"但大人只能进来一个。"

陈妍和儿子先进入到站前广场。在一个原购票大棚里,她和其他跟家人失散的旅客待在一起,一站就是10个小时。她越来越焦急:丈夫失去踪迹,票还在丈夫手里,手机也无法打通,她只好在寒风里哆嗦着。

陈妍拉着儿子站在火车站西侧的进口,成了现代望夫崖。这些女人要么是挤晕的,要么是发病的,要么是抱着孩子的,只有上述情况才可以被抬出来。这几天,被挤晕倒的人数超过了1000人。

这些出来简单治疗后的女人们在栏杆这边坐着哭,因为丈夫或者男朋友还在武警守卫的铁栏杆对面,多数已被人群吞没,她们毫无例外地只知道哭。这样的防线一共有三道,这是第二道,她们有的人已经不是第一次经历这种短暂而痛苦的两地睽违了。

一个叫宋秋芳的女人边哭边喊:我胃痛得不行,挤的时候,一些男人的胳膊肘挤我的胃,晕了才被抬出来。我老公在里面,也不知在哪里,还有两个包找不到了，都十几个小时没有吃东西了，也没有水喝，已经挤了一天了！

武警通讯员陆健东一边拍着照片，一边同情地说，他们活脱脱是现代的牛郎织女。"想进，进不了；想退，退不了。"当陈新生他们来到第二道防线时，已是暮色四合，每一秒都在往前推挤，又好像原地不动，陈新生基本是一只脚站地。没有退路，他只有熬。

从中午两点开始，雨一直下。

雨水从伞与伞的交接处滴到陈新生的身上，他的鞋子都进了雨，止不住打冷战。

这个区域最前面，用铁栏杆隔开，与火车站广场有一段100米的距离，由武警把守着。进入火车站广场区域，才算进入正式候车的范围。从那里一直到进站台，放行的节奏和人数，由2008年广州春运指挥部统一调度。

前一批人被放进去，陈新生一家挪到了队伍的前头。这时一个年轻人爬栏杆，想硬冲过去。一个三杠两星的武警干部命令手下，将他从火车站广场押出去，重新再排队。

来了两个武警。周围的人说女人和孩子可怜，希望让她们进去，武警同意了，但不敢打开铁栏杆，让陈新生妻女和另外3个女人从栏杆爬过去。从此，陈新生一家被分隔开，互相看不到，只能通过手机联系。

妻女走后，陈新生忍受不了，跟着周围的人一起喊"放人"、"要有点同情心"。回答他的只有广播喇叭不间断的声音——"请持当日车票的乘客才来火车站，第二天的不要来。"

闯　关

面对在雨中长时间的等待，人群中有人开始歇斯底里地吼："我要回家！"一嗓子引燃了无数嗓子，跟着吼起来，群情激昂。三层手挽手的武警封锁线已经被冲成S形，人群中有人开始搭人梯踩着武警的头硬冲过去，武警也搭成两人高的人墙抵挡。这个进口，防守的武警有两百多人，而冲击的人群有两万人，领头的人被打退，其他人又前赴后继地冲将上去，一个冲过去了，两个冲过去了，第三个居然也冲过去了……

武警的人墙被冲开一个口子，疯狂的人群蜂拥而入，有人喊："有人被挤倒了，停下！"但没有人听，人潮继续往前推。"踩着人了"及"停下"的喊声一直没停过。而人们的步伐也没有停过。

武警通讯员陆健东说，人数这么多，情况这么复杂，人群冲击时挡也挡不住，再挡就要踩死人了，但也不能放任一窝蜂地冲击站内，这样会造成更大的悲剧，只好慢慢疏导。

这也许是世界上最奇怪而悲情的一种对抗。双方都没有把对方当成敌人，一群没有免于恐惧的自由的人们和一支没有使用暴力权的国家强力队伍的对抗，目的却是同样的——保障这些乘客能够顺利回家。

在前线指挥的武警广东总队春运执勤指挥部常务副总指挥朱广英告诉南方周末记者，这样的冲击每天都会发生四五次。朱广英已经连续在广州站执行了5年的春运任务了，这样的场面，今年是第一次。

如果没有后援，武警战士只能在疲惫中坚持。甚至还出现了"换岗不换人"的情况，下了执勤岗位的部队就在原地退后休息，以待不时之需。

之前一个晚上，在这样的疲劳战中，武警陈文已经在一场同样悲壮的对抗中负伤。

陈文说："如果他们涌进来，就会发生踩踏事故，我们是一定要维持秩序的。"他带着20名武警，和其他人组成3道人墙，堵在出口处。尽管他们面前有铁栏杆，但这已不起作用。

武警尝试用网状分割的办法隔离人群，但旅客有了应对招式：他们人贴人，前后互相抓住腰带，武警很难切割进去。

人群里不断有妇女昏倒，旅客把她们举起来，传到武警前。陈文过去把妇女抬出来，人墙在一瞬间出现薄弱缺口。就在这时，所有的人涌向薄弱处，栏杆快要倒了。

陈文想把缺口堵上。在吆喝声、起哄声中，他模糊地看到一个物体呈抛物线砸向脸，他一阵眩晕，用手一摸，满手都是血。在倒地前，战友迅速将他抬出现场，马上到医疗点止血包扎。

在武警总队医院，他靠近鼻子的右脸颊出现1.5厘米长伤口，缝了8针。

这个 23 岁的小伙子有些担心，将来留下伤疤可怎么办？

朱广英后来告诉本报记者，在 2 月 1 日晚的几次冲击事件中，有 20 多名官兵受伤，多是被硬物砸伤，最严重的是被人用拳打伤。

守 护

陈文受伤时，武警贺柳明正在陈文身旁。

隔着栏杆，贺柳明直接面对着汹涌的人群。有妇女躺在人头顶，想直接滚入栏杆内侧。他没有办法，只能接住。这名妇女下来后，马上大声呼唤同伴也过来。有位妈妈昏倒了在医疗点治疗，留下嗷嗷待哺的婴儿，他抱着哄着，婴儿一个劲儿哭。过了许久，他才看到寻婴的母亲哭泣地走过来。

更多时候，他拿着凳子架在栏杆上和旅客们对峙着。人群中不断传出叫骂："你们没有良心！"这时贺柳明会觉得心痛。

他回话："你回家重要还是生命重要？"

人群里传来喊声："死也要回家！"

常务副总指挥朱广英说，他们每天都教育官兵要理解群众心情，又冷又饿又下雨，有的旅客在雨中等了 20 多个小时，有的几天几夜滞留车站，有一些群众情绪比较暴躁可以理解，他们连大小便都不能，我们武警也着急啊，更值得同情和需要武警官兵帮助的是，多日滞留的群众中，有心脏病、高血压的病人，还有老人和孩子，"我甚至自己都抬出过几个孕妇"。

从 26 日春运进入非常局面以来，朱广英已经处理了 30 多起冲击候车室和站台的事件。"我们都能做到及时化解，没有发生过控制不了局面的情况。没有出现像北京密云彩虹桥一样的可怕局面。""但不管任何时候都有一条铁律，就是不准对群众使用暴力，我们绝对做到打不还手，骂不还口。"朱广英自己在 1 月 31 日被旅客扔出的一瓶满满的矿泉水砸中左耳，目前依旧红肿，听力两天都没有完全恢复。

被群众不理解的时候，贺柳明心里很难受，"那个滋味很难说出来"。在人群里，他依稀看到了父亲矮小的影子。父亲在他读高中前，一直在广州打工，年年遭遇春运。但回到家后，父亲从没有跟他讲起。现在，他才知道父亲在外打工的苦楚。

贺柳明的手臂也在执勤期间脱臼了,他让人接上,继续执勤。守护和他父亲一样善良而无助的乡亲回家。

生 死

2月2日凌晨刚过,第二道防线西进口终于获得指挥部命令开始放人,拥堵的人群像决口的洪水般涌入站前广场。

陈妍丈夫忽然出现在她面前,来不及惊喜和拥抱,他二话不说,抓起陈妍手里的鸡蛋就往嘴里填。然后立即卷入汹涌的人潮里。

身后,人潮凶猛,武警又开始封堵进口,人堆里传出一声声女性的尖叫声。很多人在人潮中根本拿不住行李,又不敢停,停了就可能被踩在他人脚下。人潮退去,进口区留下行李包、塑料袋、报纸、高跟鞋,一地狼藉,有的铁栅栏甚至已变形。"织女们"哭着拥抱像漏网之鱼一样幸运的自己的爱人。公安和武警催促他们赶紧往前走,不要做停留,以免在人潮中碰撞伤亡。

17岁的湖北监利女子李红霞没有像他们一样,逃出无序人群的外围。2月1日晚上9点,她倒在省汽车站外路段,被汹涌的人潮踩踏导致昏迷。

在广州番禺某钟表厂打工的李红霞,家在湖北监利县白螺镇薛桥村4组,家有7口人。初中肄业后,她帮家里干了两年农活,2007年农历正月十三到广州打工。

李红霞的弟弟回忆说,1日晚7时许,李红霞给家里打了个电话,称已到火车站,将乘当晚8点的火车。当时她对家人说的最后一句话是,"挤上火车后再给家里打电话"。

广铁一位负责人向本报记者透露,2月1日当晚,广东省委书记汪洋在广州火车站与各相关负责人开会时说,如果处理得好,这里的一切就是经验,如果处理不好,这里的一切就是教训。言犹在耳,当晚悲剧即已发生。

事实上,李红霞并不是1日当天发生事故的第一个人。

1日凌晨,和其他人一样,李满军在搜索被武警忽视的角落。他发现很多人穿过一道铁丝网，爬上了火车站南边的天桥。

李满军带着女朋友张池爬上天桥。有人告诉他们，只要从这里跳下去，就能上火车了。

他们购买的是1月29日往岳阳的火车票。如果没有雪灾，李满军此时应该在老家，1月31日是女朋友生日，他将为张池戴上一枚求婚戒指。32岁的李满军离过一次婚，他将开始另一段婚姻生活。

天桥有些高，李满军先跳了下去，张池准备将行李递下去。然而，李满军一声不吭地卧倒在火车顶上。衣服开始冒烟起火，火借风势越来越烈。这时，盲目拥堵的人群才开始注意到这对情侣。有人马上报警。民警带着灭火器赶了过来。

张池玩命跳了下来，想扑灭李满军身上的火。后来医生诊断，她的腰椎和脚踝骨折。

在医院里，李满军曾一度被痛醒过来。他问守在身边的张池："我是不是在做梦？""我就骗他说，你是在做梦，等你好了，咱俩就结婚。"事后张池告诉媒体记者。

但李满军还是没有抢救成功，2日凌晨5时20分去世。"他是复合伤，除了电伤外，内脏功能都损坏了。估计是电流通过导致的。"烧伤科主任告诉媒体记者。

同样在2日凌晨1点40分，在攀越广州火车站东广场对出的内环路高架桥时，赵宝琴不慎从10多米高处坠下。10多名武警战士紧急救援，拆下路中一面栏杆作担架，一路接力将女子抬着朝广州军区总医院飞奔。

"过了桥就能走到火车站，她的行李我都已经帮她拿过去了，我回头再看赵宝琴时，她人突然就不见了。"她的同伴杨晓英说。

此前她已一天没有进食。赵宝琴的表弟对本报记者说，离了婚的表姐家里面特别困难，女儿上大学的学费和生活费全靠她在东莞每个月1000元的工资供给。

为了维持现场秩序、确保旅客生命财产的安全，经中央军委批准，素有"岭南铁军"之称的驻粤某集团军装甲旅迅速派出1500余名官兵，于1日晚连夜进驻广州火车站广场执勤。

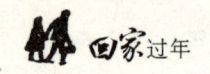

广州军区某师随后也派出数千精锐将士,一同协助地方维持春运秩序。

回　家

1日晚上11点半,陈新生一家好不容易从几万人的最末梢挪到入口前——6小时挪了200米,这个距离本·约翰逊跑下来不需20秒——之前也是如此排了5个多小时的队才被获准放入第一道防线。

而这第二道防线他们同样花了5个多小时。在同样的狂澜下,陈新生被推倒,所幸绊在一只行李箱上,才没有全身卧地。他的右手中指淤青,左腿被踩出血,裤管沾上泥。

2日早上10点,陈新生妻女进入雨棚区。10点50,陈新生也来到这里,与妻女会合。11点,一家人听从指挥,穿过候车厅,前往站台。

2月2日11点10分,陈新生夫妇和15岁的女儿终于上了K326(广州至温州)。6号硬座车厢空荡无人,但他们径直坐在一、二、三号座位。在过去的24个小时里,他们"屁股没沾过一个地方"。陈新生的眼镜沾了水渍,眼珠要往上转。他的黑色夹棉外套、黑色毛衣、保暖内衣、蓝黑色外裤、里裤和袜子濡湿透了,只能等车开了,到厕所去换。陈妻像刚出发廊,做了个直发烫,没完全吹干。陈女坐在他们对面,不声不响。不过他们已经挺满意现在所得的这一天一夜的成果了。

对比相同车体的K325次,1月25日从广州开往温州的那批乘客,在这趟车的所有人真是幸运。那趟车1月31日下午5点才返回温州,整整晚了三天三夜,而且遍体鳞伤:56块双层中空的车厢玻璃被砸,餐车冰箱遭弃,桌子掀翻、炉具被毁。

"一块玻璃两千多块,餐车不能用,损失50多万。"列车长陈小雄目睹了从业几十年来最可怕的景象。

也是在2日,广州警方正式公布了李红霞的死讯。她成为首名在广州火车站的人流中失去生命的乘客。随后几小时,是李满军。

3日,广州市委书记朱小丹说,"要给火车站减压,再这么压下去,出事是必然的;不出事才是偶然的。"

回家：非常广州站

一直到 2 月 4 日下午 5 点，赵宝琴还在昏迷中。杨晓英说，在掉下天桥的那一刻，她手里还攥着那张花 420 元从认识的黄牛那里买来的火车票。

1 月 27 日，列车大晚点的时候赵宝琴曾经去退过票，经过站方扫描检查，这价值 420 元、寄托着赵宝琴回家希望的纸，是一张假票。

（邬宝山、陈晓华、李成贵对此文亦有贡献）

回家过年

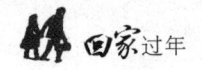

暴风雪中，一个农民工老板对抗"春运帝国"

■ 张 悦

一年来，老板张全收大大小小的坎都迈过去了。可快到年关时，他发现自己像刘翔的对手杜库里在雅典奥运会决赛那样，绊倒在最后一个栏架前。

该追讨的欠款都差不多讨回来了，员工的工资都发下去了，可要完成他全年最后一个承诺——他手下13000多名农民工从珠三角到中原老家过年的乾坤大挪移，实在太困难了。

跟副总发火，跟司机发火，甚至跟记者发火。尽管现在已是专事劳务派遣的深圳全顺人力资源公司的董事长，但埋在他生命底色里的农民工的身份像无名之火，在他的身体里燃烧得噼啪作响。

春运是每年世界上最大的人类迁徙活动，农民工也是春运帝国的子民，而且是其中最大的群体。7年前，张全收两手空空来到深圳，后来靠经营深圳关外一家长途车站发家，从原来火车皮中的一条小沙丁鱼抽身而出，在那里他第一次俯视那个悲壮得要他落泪的春运帝国：

"春运时候，整个车站陷于混乱，那么多外出打工的，有的小孩在这里住几天，没有路费回家。有的车拉不满又没法走，饿得很难过，有的小女孩人家拿10块钱就跑出去跟人家睡一觉，多可怜，你说这多可怜，可就没办法。"张全收说。

后来他的企业做大了。他发誓不再让他的员工遭遇这种痛苦。所以他春节前就像经历一场战斗一样解决两个问题——一是替他派遣到珠三角各厂的农民工追讨欠款，二是自己包车直接把10000多名农民工安全送回河南老家。

"我们老板组织车队回去，包车。个个都送到家里。他就怕员工有的买不到票坐不到车，上当受骗，所以他要把每个人安排到家。"全顺公司的副总经理赵伟说。

2008年1月25日之前，一切都很顺利。因为事先已将农民工的回程日期错开，全顺公司已经有6000余农民工顺利返乡。然而，从这一天起，张全收再也睡不好觉了。下3班大巴在从河南赶来深圳的不同地点传来消息，分别是：大雪封路，大雪封路，大雪封路。第二天，剩下11班大巴又再次车陷湖南。一直到1月30日再也联系不上这些司机，情况从未好转。

全顺公司当时有好几百名农民工堵在高速公路又冷又饿，张全收在电话中听到了他们的哭声，食物也贵得离谱——一根火腿肠10块钱，一碗方便面35块钱。而上一辆26日出发的大巴甚至到了广东从化后，就再也挪不开步了。

1月27日起，张全收所有尝试的努力均告失败，他再也坐不住了。早上10点，他对记者说，只能去东莞和深圳火车站想办法了。

11点，到了位于常平镇的东莞东站，几万人流让他咋舌。《春运帝国》将陈道明设为主播，表现了普通百姓在春运期间的经历以及车票黄牛的勾当。今年春运，似乎比前几年更为拥挤，潮水一样的民工们一票难求，拿到票的人回家路途也不再顺畅。片中广播道："我们的队伍现在已经延伸到3公里之外，新来的旅客朋友请到3公里之外去排队，不要插队。谢谢合作！"极尽夸大嘲笑之能事，因为这场大雪，已经在南中国的很多火车站成为现实。

车站播音传出"在这种时刻，更要加强党在各地的领导作用"时，身为河南省党代表的他似乎为自己明知不可为而为之的行为找到了某种逻辑。为了进站找站领导，他拿出了自己的各种代表证件，甚至是几天前刚刚当选全国人大代表印有他名字的报纸。"我要找你们站长反映农民工回家的问题。"他对站警说。

他终于进站，但被告知领导忙要等待通报，在贵宾室门口等了足足10分钟。从玻璃门中，他可以开到站长和副站长以及其他站领导坐在沙发上以国家元首交换意见的坐姿说着什么。

　　后来才知道站领导们正在商量紧急预案。这个时候东莞站还不算什么，广州站已经堆了几十万人。接待他的东莞站一个部门的负责人很客气，也很热情，只说这个时候一张票都出不了了，整个向北的铁路都晚点了4个小时以上，情况还可能更糟，负责人还不断地承诺他一定把他的意见反映上去。

　　张全收接着给郑州的朋友打电话，请求增开专列支援。解决几千农民工的返乡问题只能增开专列，而春运时增开农民工专列是不可能完成的任务。他陷入绝望。

　　他手下5000多等着回家的农民工也渐渐陷入绝望。下午，不断有电话说，农民工情绪不稳，提前拿到了节前工资的员工开始不肯工作。张全收马上坐车回深圳，到了公司，他拿着小喇叭给等在公司要说法的员工们做说服工作：这是天灾，不是人祸，你们要看到老板一直在为你们努力。

　　可张全收完全明白他们：有了这一年一次的"家朝圣"，他们才不是背井离乡无处安身立命的流亡者。

　　1月30日，张全收给记者传来喜讯：从江西搞来10辆旅游大巴，把农民工都先运到江西赣州然后坐火车回河南，曲线救国。来回拉个四五趟，就差不多能解决剩下这些农民工的回家问题。

十年春运：一部好莱坞大片
——一个有关回家过年的摄影展

■ 陈军吉

一位外国男摄影师手持相机，为着装艳丽、表情冷酷的外国女模特拍照。模特周围，一群过年回家的中国农民工匆匆经过，他们扛着编织袋，挎着冒牌阿迪达斯包，衣着灰暗，用不可思议的眼神看着他们面前这个外国女人，仿佛在看天外来客。这个场景发生在 2007 年春节的广州火车站，一家法国时尚杂志正在拍时装大片。

在现场，还有一位拿着照相机的中国人，看到这幅场景，按下了快门。这个人叫邓勃，是广州一家报社的记者。2001 年起，他连续 10 年拍春运。2010 年 11 月，他把这些照片发到了自己的博客上，被广州创意产业园红专厂"厂长"黄丽诗无意中看到，在常办各种展览的红专厂办了"十年春运"纪实摄影展。

摄影展选择了邓勃从 2001 年到 2010 年 10 年间，在广州开往全国各地的春运列车上拍摄的 100 幅照片，主角多是农民工，影展 2010 年 12 月开始，持续了两个月。

红专厂曾是亚洲最大的罐头厂——鹰金钱豆豉鲮鱼罐头厂厂址所在地，至今这里还矗立着高大的苏式厂房、裸露的红砖墙和刷着绿漆的陈年机器。春运开始后，之前来看这个展览的农民工，已经把自己塞进像沙丁鱼罐头的车厢，踏上了回家的路。他们大多来自四川、湖南、湖北。如果周六一个人来了，周日就会再带几个老乡来，有的女孩子看到这些照片就哭了。

观众还包括土生土长、从未经历过春运的广州本地人，外地在广州工作的白领，甚至还有老外。摄影展感动了他们中的很多人，3天后，400多页的留言本就写满了；换了一个500多页的红皮本，很快又满了。"农民工的伟大和艰难，不是这些照片，又有谁能知道？"一位观众这样写道。

在春运车厢里裸舞

春运的列车上，一个女孩的上半身不见了，只有一双穿着劣质皮鞋的腿在一人多高的车窗口挂着——她正在爬窗，整个人如倒插葱般栽进绿皮车里了……

早上7点钟，广州火车站，"啪"的一声响，一个女民工的耳环被拽下来强行抢走了。抢劫的人速度非常快，女民工吓呆了。天太冷，血顺着她的耳垂而下，滴滴答答，在衣服上滚成了凝固的血珠，她还来不及擦……

十年拍春运，邓勃见过很多这样的画面。"其实春运和所有中国人都有关。"邓勃说。

邓勃是广东雷州人，之前在湛江工作，雷州到湛江坐汽车只要一个多小时，那时候，他觉得春运无非是人多一点。1999年，他调到了广州当摄影记者。第二年，他被派去采访春运。"我从来没有见过那么震撼的画面。"广州火车站周边全是乌泱泱的人，挨挨挤挤等着回家。广场上的农民工是分堆的，老乡与老乡站在一起，四五个人一团，互相照应。很多人背着带两个耳朵、红白相间的编织袋，装着各种什物。有农民工告诉邓勃，里面有棉被。邓勃很好奇：反正他们过完年还要再来，为什么要背棉被回去？后来他才知道，有些人家里没有棉被。他们背棉被回去盖，春节过完再背回来，反反复复，就像候鸟一样。

邓勃没有坐过春运火车，为了拍照，他找了一趟最挤的车——广州开往重庆的临客。火车是绿皮车，人密密麻麻，像蚂蚁一样，邓勃说，"真的太恐怖了"。站在车厢里，根本无法晃动，连睡觉身体都倒不下去——前胸后背都是人。不单行李架上坐满了人，座位上的人都是站着的，因为

十年春运：一部好莱坞大片
——一个有关回家过年的摄影展

坐着占的空间太大了，站着的话，放腿的地方可以多站一个人。座位下面也是人，厕所也塞着四五个人。很多女孩子的脸都是红红的——想上厕所是不可能的事，临客开得慢，连忍一两天，她们都憋红了脸。

从此，邓勃每年都在春运期间选绿皮车搭，并把观感用文字和图像记录下来。大家都赶着在除夕前回家，车在大年二十九、三十的时候最挤，载客量1000人的车往往要装上3000人甚至更多。时间长了，邓勃发现了人在列车上的分布规律：行李架上比下面宽敞，有经验的男人一上车就抢占这里，在别人的行李上或坐或躺，身下就是黑压压的人。女的很少上行李架，因为太高不好爬。躺在座位下的一般是孩子：容易塞，丢在脚下也安全，不会丢。孩子不知道生活艰辛，觉得人多更好玩，都开开心心，辛苦的是抱着他们、照顾他们的大人。他们上厕所倒是没有大人麻烦，拉好了，用什么东西一包，直接往窗外一丢。

就这样，孩子拉屎拉尿的味道，一大群人凑在一起的体臭，烟味，方便面味，站台快餐的味道……绿皮火车没有空调，这些味道就在空气中混合发酵。

一位男青年当着邓勃的面疯掉了，列车到达一个小站时，他从敞开的窗户往下跳，在站台上扑通一声跪倒在一个警察的面前，连声说："我受不了那个味了！"警察吓坏了，随即把他带走了。邓勃跟列车长说起这事，列车长说："这算啥呢？前一趟车里面有两个乘客才是疯了，脱了衣服在那跳舞。"

临时列车一停，电压不稳，灯光时明时暗。上客时，车门处往往叠着十几个争先恐后的人，一手紧握车把手，一手提着行李，有的把车票叼在嘴里，有的干脆爬窗。大站一般不准爬，可以爬车的是小站，春运返程时，很多小站无法买到票。人们只能爬进去再补票。有的车窗打不开，有人干脆用石头把玻璃打破，很多绿皮车的车窗是破的。

爬窗常两个人合作，多为一男一女，男的先把女的推进去，再把行李丢进去，最后自己再爬。有时人的脸都贴在窗户上，被挤压变形了。载客过多，有的车弹簧被压坏，中途不得不强行卸客。

2001年，在武当山下的小站六里坪，要上车的农民工沿一列停下来的

131

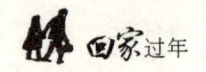

火车狂奔,发现没关的车门、被打破的窗子,就疯狂地攀爬。石头从邓勃的眼前飞过,砸碎了玻璃。很多人努力钻进 20×30 厘米的车窗,一眼望过去,一行窗户上都爬满了人。一个小姑娘怎么也钻不进去,几乎直坠下来,邓勃用肩膀帮她顶了上去……超载严重时列车甚至不开车门或不停,买到票也上不了车。上不去的,就在一边抹眼泪。

因为车门被塞住,到岳阳站时,一家人中有两老一少无法下车。列车员要乘客开窗,但面对随时准备爬窗的人群,开窗无异于打开地狱之门。直到列车即将发动时,车窗才开了一条缝,递出一个老人。剩下的一老一少,在亲人眼睁睁的注视下,被拉向了下一个站。可是,在后面几个站,他们可能也很难下车。

车厢下的铁轨是回家的路

春运列车很残酷,但邓勃觉得,对农民工来说,"其实它是最温馨的列车,车厢下的铁轨是回家的路。不管挤得多变形,挤得多没有尊严,他们都还是被挤得很快乐,同时又快乐地艰难着。"有个小女孩打电话给家里:"我们很顺利,车上人不多,放心吧。"其实,这女孩被挤得半死,电话都是悬在半空打的。

不认识的两个人坐在一起,往往就聊起来,聊的都是自己的家乡有多好,外面永远比不上家,"就好像全世界就他们家乡最美。"2009 年春运,一个老汉在车上说起他家里的情况,邓勃明显看到老汉两眼发光,一说到兴奋处,眼睛都在笑。老汉说:我们村里的那棵树,长得多奇怪呀,多漂亮呀,我在外面从来没有见过那么漂亮的树。邓勃想,那棵树可能再漂亮也漂亮不到哪里去,不过他在村里跟着这棵树慢慢地长大,对它很有感情,所以觉得它很美。"当然,可以想象,这些人回到村里之后,肯定就说外面有多好多好。说上海的外滩有多美,广州的西塔有多高。这也是他们回家过年的一个使命——表示自己见识广,见的好东西比你多。这是很人性化的东西,很快乐,让人温暖。也正是这个东西在支撑着他们。"

春运列车再挤,人们也不忘自娱自乐,他们轮流唱歌,从早唱到晚,

十年春运：一部好莱坞大片
——一个有关回家过年的摄影展

车厢里充满了歌声与笑声。2000 年到 2005 年列车较少，因此挤得不像样。从 2006、2007 年开始，拥挤程度稍好一些，可以腾出一点点空间来了。于是有人跳舞，有人打牌，年轻人拿着啤酒，年长的拿一点白酒慢慢喝。有人在地上铺一张报纸，双手握拳，把双腿拉成一字，周围的人都看着笑。

很多人赚到钱以后不会直接寄回家，而是回家过年时带回去。他们把钱放在胸口贴身的暗袋里，钱和身体的温暖互相融合，感觉很踏实。到了家，拿一沓钱出来给家人，感觉和掏出银行卡是完全不同的。不过这也给了小偷可乘之机。邓勃拍过一张照片：在广州火车站广场，两个小夫妻抱在一起痛哭，他们被偷了，行李还在，钱没了，连车票都被偷走了。"火车站里的小偷很厉害，你放在哪里，如果他要想偷都能偷得到。"邓勃觉得他们很可怜，给了他们两百块钱。

"在春运列车上，酸甜苦辣的东西都经历过了。我看到了一个时代的面孔。"邓勃感慨。

为了了解春运列车背后的故事，有一年，邓勃跟一个叫阿莲的打工妹回家过年，跟踪采访。阿莲在东莞做衣服，是重庆开县人，她有一个姐姐。那一年，阿莲十八九岁，姐姐二十一二岁；姐姐已经打了很多年工，阿莲也有两年"工龄"了。

阿莲和姐姐从东莞赶到广州坐火车，邓勃一直跟着，跟到了重庆开县。下了火车，坐船到对岸，再坐五六个小时的公共汽车，就到了她们家附近的一个偏僻小镇。

阿莲的爸爸妈妈早就等在那里了，问了一句："回来了？"妈妈走在前面，爸爸拿过行李提着走在后面，打着手电筒。他们走的是野地，怕邓勃走不惯，爸爸的电筒老是照他的脚。此前阿莲已经告诉家人，有记者跟着回去了。阿莲家刚建好房子，是两姐妹打工赚的钱盖的，就抹了水泥，窗都还没装，就搬了进去。屋子空荡荡的没什么家具，厨房挂了两条腊肉。窗外飘着雨，那晚邓勃和同去的同事差点被冻死——棉被太薄，冷得无法入眠。而村里人已经习惯了。

村子不大，差不多整村的人都过来和他们聊天。他们待了 3 天，村民很热情，家家户户都请他们去家里吃饭。那边每个村都有鱼塘，年前都要

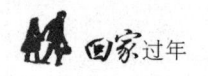

逮鱼来分，村民们分得很开心；半夜三更就开始放鞭炮，买春联贴春联。"这种过年的方式，我差不多已经遗忘了。"邓勃说。

邓勃问过阿莲，为什么你们平常不回家，非要在那么挤的春节回？就回那么四五天，有什么意义？阿莲反问："平时我们回去干什么呢？"村里几乎所有的年轻人都在外面打工，平时都不回来。

而在中国人惯常的情感中，孩子不在身边过年，就冷清清一片。孩子回来，就算在屋子里睡觉，爸妈心里都会很甜蜜，到处逢人就说："我孩子回来啦。"话里渗出来的就是幸福。

从那年开始，邓勃理解了他们为什么历经千难万险，也要在春节回家。

返乡农民工改穿西服了

十年春运，邓勃几乎每年都年三十才回家，有时，春节干脆就在外面过。他拍的很多照片，镜头都是晃动的，"模糊点更有现场感"。拍照初期用胶片机，胶片上的划痕、灰尘，他都没修，让它们留着，就像保留一个时代的记忆。

拍春运比乘客更加辛苦。乘客一上车就可以不动了，摄影者却还要到处移动。冬天，车厢人多水雾大，刚从冷的地方进来，相机镜头会生成一层雾气，要等它慢慢蒸发掉才能拍。最挤的时候，邓勃在冲进硬座车厢之前，要先在餐车喝些酒，脱得只剩下单衣，提一口气进去，就是这样，行进五六米后也会完全陷住。"那时候相机比较少，一上车他们都知道你是记者。"农民工对记者有好感，尤其看到邓勃还背着电脑，除非完全不能动弹，否则都会让座。如果还能挤，邓勃会举着相机从第一节车厢挤到最后一节，还不时对他们笑一笑，不拍照，只是让他们知道：有记者来了，给他们一个心理缓冲。"如果你一下就拍，会把人吓呆了，不好。"到处晃一下就熟了。在回家的路上，大家心情都很愉快，会问是哪家电视台、哪家报纸的，很少有不让拍的乘客。

不让拍的主要是铁路方面。有一次在郴州站，很多人爬窗，拍的时候铁路工作人员过来了："你辛苦了，请到办公室来坐。"他们给邓勃不停

十年春运：一部好莱坞大片
——一个有关回家过年的摄影展

地倒茶，态度非常好，但是让他一坐就几个钟头，等于被软禁了。所以后来他很小心，拍照前先遮掩相机，努力不被发现。他曾在列车上过了两个春节：年三十到站之后，乘客下车，满满当当的车厢空了。他和列车员很认真地在车上贴对联、挂灯笼，布置出过年的气氛。接触下来邓勃才知道，基层的铁路员工其实也很苦。

2008年雪灾，邓勃先搭车到武汉，回广州时坐了一辆T字头的特快，不想京广线大瘫痪，车在茶岭站一停15个小时，车门处白色饭盒堆成了小山，厕所粪便横溢。突然，列车员跑来说："邓记者，列车长快被群众围攻了，你快过去搭救。"过去一看，疲惫的车长正被怒气冲天的乘客包围，低头反复说着"我会尽力"。面对已经失去理智的群众，邓勃不敢拍照。车长只能保证再去跟调度站争取开车（之前数次都失败了），然后被邓勃拉走了。幸运的是，这次成功了。

在茶岭漫长的等待中，挤来挤去、无聊透顶的邓勃，突然看到不知道是谁，在满是水雾的车窗上，用手指写下了两个字："回家。"字体边缘的水淌下来，像是眼泪。窗外是枯树枝、高压线、灰色站台、白雪茫茫。

2010年，邓勃搭了一辆广州开往汉口的临客，车组织得好，没挤得那样离谱。他回广州发了一组正面的图文报道，正好被一个铁道部领导看到了，这辆车副车长以上全部停职两三个月。因为报道里出现了两张图，一张是一个乘客给头顶掉下来的行李砸伤了眼角——后来列车员帮他包扎，行李的主人、一个19岁的少年赔了200块钱；一张是一个乘客在行李架上坐了一个晚上。邓勃去向铁道方面求情，无济于事，"现在铁道方面对于员工要求非常严格，行李架上规定绝对不能坐人。从这点感觉到，这10年的春运确实变化很大。"

广州到武汉的高铁票价最低490元，而最便宜的快车硬座只要129元，临客更低。但高铁开通后，普通车减少，对农民工来说，合适的车票反而更难买了，而且电话订票往往不是打不通，就是被告知票已售完。"他们只能够'被高铁'。其实就算是和往年一样的挤，他们都无所谓。他们只想票价低一点。"

十年春运，拥挤依旧，但邓勃觉得还是好了一点点。有人跟他说，你不知道 90 年代的时候，都是我踩着人，或者人家踩着我上车的。他分析，这可能和整体的民工荒有关；另外很多人开始提早回家，避开春运高峰；还有一些人在城里生活久了，也就不回老家过年了。

10 年前，农民工背着编织袋挤火车。2011 年春运来了，邓勃去广州火车站，发现他们好多人都拖着很时髦的皮箱了。10 年前，他们大都穿打工时的"工作服"回家，个别年轻人穿着西装，但从 100 米外看还是农民工的样子；现在他们的穿着、眼神，和城里人已经差不多了。10 年之前他们背被窝卷儿回家，这两年，硬座车厢可以看到笔记本电脑了，有人在座位上放电影，后面站几排人一起看。"十年春运，真像是一部好莱坞大片，惊悚、温馨，兼而有之。"邓勃说。

邓勃去了自己的摄影展现场，入门处悬挂着 3 幅人山人海的大图。有一些听口音像是广州人的父母带着五六岁的孩子来，指着照片跟孩子说，他们去外面打工，回家那么辛苦，但他们还是要回家看爸爸妈妈："你以后工作了，我们老了，也要回家来看我们啊。"

展厅木桌上放着写满留言的红皮本，有人写："问题不在于春运，即使运力提升十倍，我敢担保拥挤依旧。问题在于，为什么会产生春运现象。收入差距、发展机会，这才是真正需要解决的。"

从东莞到广州：14个人的遭遇

■ 姚忆江　秦　旺

骚动观望

"你用这几个法子进站……"2月2日（编者注：2012年），挤上车的杨思义跟待在东莞的同事易清伍传授了自个的经验。他这个成功案例，马上在派思奇包装有限公司的工人中蔓延开来，一些被劝回工厂又没退票的人们重新骚动起来。

东莞厚街开往广州的大巴停运，南城客运站也停止发售去广州的票，易清伍迅速登上了石龙去广州的高速列车。

在火车站附近，他找到了杨思义上车的捷径———一个建筑工地的围墙。但这时，围墙已经被一排武警挡了个严实。

东莞宇航玩具厂副总经理郭晃豪介绍，这个厂从除夕至初四这几天上班的员工，除了能领到双倍工资，伙食标准也从3块提高到6块。

在对回家望眼欲穿和劳作一年的工人们眼里，这些几乎不构成"诱惑"。

从1月26日放假，东莞宇航玩具厂里共有大约260名员工买了车票，后来退票回到工厂的只有20多人，到家的也只有80多人，剩下的100多人都还在外面不愿回厂，"拿着票在观望，看看还有什么机会或途径能回家。"

1月26日到2月5日，广州站已售车票约358万张，而1月30日前只发送旅客70万人，截至1月29日傍晚的退票也仅49万张。

铁路部门的表态是：力争确保在春节前夕，让所有旅客全部踏上旅途。

在乐观承诺的鼓舞下，持票观望的旅客去了车站，有些原本放弃回家打算的民工也改变了主意，重拾行李上路。

风雨之下，更是阴冷。2月2日，广州站刚输送完22.8万旅客，又有超过24万人向这里聚集。

广州地区春运指挥部发出《致广大旅客的一封信》：2月4日后，旅客将明显减少，请持到期车票未走旅客选择2月5日或6日前来乘车，持未到期车票旅客请不要提前来广州火车站。

但谁能顾得了这些？唯一的愿望就是：在除夕前到家。

2月1日火车站再度告急后，广东省春运办公室通过手机短信表示："不要用盲目乐观的通车信息误导滞留旅客。"广铁集团告示说，由于天气仍然恶劣，三五天内无法送走所有的旅客。

一边是乐观的鼓励，一边是泼下凉水。许多人的心里没了底，绝大多数人决定去火车站"碰碰运气"。

冒险赌运气

于是，能否回家，已经变成胆量的追逐，对个人机智的考验。向工友传授经验的杨思义就是其中的幸运者。

在漫长的等待后，来自派思奇包装有限公司的民工杨思义决定开始一次冒险，赌一赌运气。

2月2日凌晨，这个机灵的湖北人发现了火车站右侧一个"情况"：在几个人指引下，一群人翻墙进入一个建筑工地。杨思义带着老婆和亲戚，也跟着翻墙。

"墙后面都有梯子，肯定是有人准备好了的。"墙里面是个大工地，工地又翻过一道墙，是一个铁路员工宿舍，再过去就是第三个隔离围墙，"只要进入站台，就畅通无阻了。"

迎面过来一个铁路职工制止，杨思义他们已经顾不得许多，"觉得希望就在眼前,翻越过去就直接到达站台。"

后边的旅客纷纷效仿,但很快被武警战士发现。骚动中,武警的警戒线被冲开,"一下拥进去几百人"。

杨思义一闯进站台,就碰上开往武汉的L151次车,坐进13号车厢,他才发现,几乎所有人都是掏了"引路费"才得以上车,最高的出了500元。

来自某制衣厂的工人曾忠平和他13个同乡每人付了150元才上车。他们从三元里走小巷,从火车站后面环卫工人出入的地方进站。还有的是从广州东站道口步行5公里到广州站上车。

这时,的确难以苛求广州火车站秩序井然。据统计,截至2月2日18时,广州地区待发送旅客仍有139.6万人,其中持有前几日车票的滞留旅客26.6万人。

春节一步步近了,冰雪天气肆虐依旧,有些外地旅客的心里更乱了。

"想尽一切办法在1日或2日上车,就能保证在年前回到家。"一位同杨思义一般冒险翻进车站的旅客如是说。

苦等拼抢

为了保证年前回到家,东莞宇航玩具厂的陈才斌和老婆在1月27日来到广州。出发前,他已经向其他工友打听广州的情况,"本来是24日、25日就该走的老乡,已经在火车站上等了两天。"他觉得事情有些严重,所以提前出门。

前一天晚上,已有将近30万人口滞留在广州。等陈才斌到了广州站,人还在越聚越多,挤进广场中心,就再难出来。

陈才斌1月25日在东莞从黑市上买到两张高价票。今年的春运高峰预计为创纪录的1.77亿人次,车票难求,120元到万州的车票炒到了360元。。

入夜了,气温降到5℃,还有风雨扑面而来,陈才斌只好带着老婆到广州客车站过夜,那里总算比火车站暖和点。

这天傍晚,中央气象台发布了湖南、湖北、河南、安徽、江苏等地最高等级的暴雪红色警报,这意味着返乡的路程将更加艰难。广州火车站广播不停播出停运的消息，陈才斌回家的热望一点点被浇凉了。"线路都停了，这样等下去，天知道要啥时候才轮到我们。"陈才斌去锦汉展览中心退了票。

"我和老婆这么一折腾，白白折腾掉了700元，黄牛票那么贵，还有来去广州每趟一个人40元的车费。"陈才斌叹了一口气。

陈才斌被迫回到东莞的时候，他同厂、同乡的吴孝强跟父亲还在深圳火车站苦等。他们26日就到了深圳火车站，得到的消息却是"火车还没来，被困在湖南"。吴孝强得知火车被堵在了湖南。

午夜特别冷，风一阵阵的，吴孝强和父亲钻进地下通道。天亮后，父子俩一人吃了碗方便面，还是决定等下去。

1月27日，广东省省长黄华华要求千方百计说服外来工春节期间留在当地。

至少在东莞宇航玩具厂的工人中，像陈才斌这样退票的属于少数。更多的都跟吴孝强一样选择了煎熬与等待。

1月28日，陈才斌返回工厂时，同厂的王虎，已站在细雨和冷风下的广州东站了。"实在冷得不行了，我只好去了天河体育场，那里有政府专给旅客搭的帐篷。本来说有免费吃喝，可谁知道只有免费热水。"

虽然有点失望，王虎更多惦记的还是列车。"每到过年，脑子里就满是回家的念头。我实在是惦记老婆、孩子和老妈。"

1月29日午夜12点半，王虎再一次来到广州东站，这一次他运气好，马上就有工作人员举牌子通知，开往武昌的L446次列车，就快出发了。

好容易挤进月台，又等了一个小时，L446终于出现在眼前。

又一轮"磨难"开始了，车门一打开，人群蜂拥向火车，"有直接翻窗的，有硬冲的，所有人都疯了一样，谁先上车谁就有座，哪管坐票还是站票。光为等所有人上车，就耗去了两小时。""春运我走了好多次，从没这么乱，一个维持秩序的人都没。"王虎回忆说。

这天，吴孝强在深圳车站苦等了3天之后，也终于上车。这之后，他又在列车上煎熬了3天。

退票再买票

同厂的涂家亮和王芳夫妇为了防备"煎熬",早就做了"战斗"准备——借来塑料桶,"这个能当凳子用,就算等个一天两天咱也不怕。"今年的春运没往年那么简单。

车票上的发车时间是 1 月 27 日晚 10 点。"怕人太多,去晚了就挤不进去了。"他们就在 25 日下午 3 点左右,进了广州火车站广场的人群。

涂家亮夫妇没能如愿上车,火车站就传来了多辆列车停开的消息。

夫妻俩也犹豫过:是退票还是继续等?"我们还专门打电话回厂里咨询领导的意见,领导说,要实在走不了,就赶快回来吧。"与妻子王芳讨论了很长时间后,涂家亮还是决定继续等下去。"什么时候能上车,我们心里也没底,但辛辛苦苦花了那么多钱,加上又在火车站等了那么久,现在退票实在不甘心。"

1 月 29 日晚 10 点,他们夫妇终于赶上开往湖北广水方向的列车。"我们直奔卧铺车厢,厚着脸皮爬上了上铺。哎,这次为了回家,脸完全不要了……"

这一天,同是来自湖北的黄云在京广线难恢复正常消息的影响下,急急忙忙退了票。

第二天,黄云看到的是:京广铁路南段运输能力基本恢复,铁道部力争 5 天内将旅客全部送回家等。好消息让黄云"肠子都悔青",他联系一个又一个同乡,发现同乡们在不同时间里先后回到了火车站,他决定再去买票。

1 月 31 日,他连夜赶到广州,在锦汉展览中心退票处,从"黄牛"手里花 300 块买到票。只要有票,就有了回家的希望。

回家!回家!

黄云同乡的崔彦也为退票犹豫过,最后考虑到票是高价买来的,他决定先等等再说,并最终站在候车的人群中。

2月1日，上个厕所的工夫，同伴们就被放进了候车厅，崔彦只能捺着性子从最后排起。

傍晚，冷雨越下越大，环市西路、流花路直至人民北路全部堵满淋雨的旅客。"大家都被挤得前胸贴后背，依旧是挤牙膏似的放人。"不知道突破口在哪里，也听不到广播，人实在太多，没公告和指示牌，只有凭着求生本能向前。

"那种被丢下的感觉非常不好。"崔彦说。但总会有人被拉下。

2月3日凌晨，从东莞去湖南永州的车还没来。

18岁的蒋小聪还是想等下去："我妈让我一定要回家，而我也想我妈了。"

"孩子几年都没见了。""老婆在家里，希望我回来。"

"过年，我是家里不能缺少的，再难我也得挨过去。""回了家，才能再有劲头出来干上一年。"回家成了一种信念，在凄风冷雨中，支撑着每个人。

民工在工厂里也许只是一个抽象的工号，唯有回到家中，才能还原为儿子、女儿、丈夫、妻子、父亲、母亲的身份。家里还有亲情。可打工在外除了挣钱带来的快感外，却没有情感的慰藉和满足。

路途艰难，仍然看到数以十万计的人们，还挣扎在回家的"苦旅"上，圆自己和家人一个"团圆梦"。

慢车上做着快车的梦

■ 陈 鸣

从社会经济结构的角度看，45岁的徐和平就是一辆往返于故乡和广州的"临客"。他过早地衰老，失去了健康，并且没有可以与时代同步的知识和技能。他们也恰是春运中临时旅客列车最主要的乘客。

2012年1月12日早上，徐和平在电话里告诉67岁的父亲徐铁匠，马上就要回家了。

在这个千万级人口规模的城市里，45岁的徐和平只是一个油漆工，一张黝黑的脸，一个老实而沉默的路人，也可能就是你看到坐在马路沿上喝啤酒的那排民工中的一个。而在湖北省浠水县团陂镇桃树村，他有自己的身份——67岁的徐铁匠的儿子，17岁的徐海林的父亲。

自从2003年到广州打工，"回家"两个字总在他脑子里从年头徘徊到年尾，尤其是遇到工期断档的时候，没活儿干的焦虑感很快就会啃开他的颅骨，露出"思乡"二字。

13日，徐和平兔年里最后一次到工地上干活。午间休息的时候，他骑着自行车穿过广州大道，在沿路鳞次栉比的高楼下穿行，沿途寻找火车售票点。

他对这一带了如指掌，在大型企业、城市白领和高端私人买家进驻之前，他和工友已经拿着刷子把附近的高楼上上下下钻了个遍，他们才是真正的第一批房客。经过南方报社新大楼的时候，一直埋头走路的徐和平抬头努

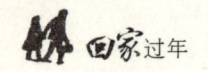

一努嘴："这个楼就是我们装修的，有两年时间我们就住在B座的9层。"但是这样的细节在城市里不值得流传，每当一座大楼竣工，徐和平们与这个建筑的故事也就宣告结束。

拐进寺右新马路，徐和平找到了一个售票点，在数次"没票了"的回应之后，他终于找到了唯一回家的机会。他递进去145元，窗口里伸出来那张粉红色的小票。

广州东—汉口
16日下午15：13，K2004次。
无座。
临客

K2004去一趟武汉，G字头列车在广州和武汉之间可以穿梭4次。

在徐和平买票的时候，K2004已经载着他家的老四徐国善奔往武汉。

他们徐家兄弟四人从2001年就开始陆陆续续在广州做油漆工，住在同一个工地，干同一个工程。多年来春运的经历已经让他们总结出一条经验：各自买票，各试运气，先买到票的先走。这个策略使得他们兄弟四人在2008年春节严重的冰灾发生前依然顺利回去了两个。

买到票的那天夜里，徐和平打通老四的电话，询问这趟车多久可以到汉口，电话声音嘈杂信号微弱地飘出答案："17小时。"那个时候老四正在餐车里寻找座位，一旦其他车厢的地板、洗手盆和卫生间都被乘客占满的时候，手持站票的人要么坚持站下去，要么到餐车吃一顿，然后赖在那儿直到下车。

如果不算上绕道江西的K921次列车，K2004就是广州开往武汉最慢的一趟。17个小时已经够那些G字头的列车在广州和武汉之间穿梭4次。

D字头和G字头的高速列车出现之后，在广州到武汉这条线路上属于K字头列车的故事已经逐渐暗淡。只有在40天左右的春运时间，它才再次成为众人哄抢的紧俏货，这辆定员1428人的车，每趟运送着两千名旅客，人们排队、打电话、托关系，就只为了登上它。

但是对 K2004 来说更不好的消息是，虽然挂着 K 字头，但它却是一辆临时客车。这意味着一路上它需要"不时地停下来，为正班车让路"，K2004 的列车长、43 岁的龚放界对此也颇为无奈。

但春运毕竟使得像徐和平这样的民工获得了一次接受国家系统动员服务的机会。K2004 的车体是广州铁路局从昆明铁路局专程借来的，乘务组成员也是临时从各地抽调到一起：3 个乘警是从广州到烟台线路调来的，两名列检技术人员是昆明的，32 个乘务员是来自湖南铁道职业技术学院的实习生。铁路系统能动员的职工都动员起来了，甚至一名广州铁路局的会计也被派到这趟车上担任监督工作。

徐国善在第二天下午抵达家中。每年第一个回家的兄弟都会打回电话告诉后面回家的人，路上是什么情况，如何转车，他是返乡队伍的侦察员。K2004 的乘客大部分在长沙分流，只要坚持半夜里站到长沙，之后车上就会出现一些空位。这个车原本只有两个硬座车厢，为了迎接春运，卧铺车厢也都改成座票，一个铺上坐 4 个人。

回家的路程如此曲折，以至徐氏兄弟在电话里也很难给家人估算出一个准确的到达时间。徐和平的路线和徐国善大体一致，他首先需要从广州坐 17 小时的火车到湖北武汉，再由汉口火车站转 3 小时的长途汽车到浠水县的团陂镇，然后坐上一辆小面的在土路上奔行半小时，最后在山路上走半小时到达父母的家里。

旅　程

这一趟运营，人们在厨房消耗了 100 斤的大米，在洗手池里丢进了上千个烟头，总共制造了 400 袋的垃圾。

3 天后，徐和平左手提着一只油漆桶，右手挎着一个行李包，出现在了 K2004 次列车的站台前。两千多名乘客迅速用行李、身体和烟味把 18 个车厢统统塞满。

列车上将会遇到的拥挤嘈杂，徐和平心里早就有底。头天夜里，他在

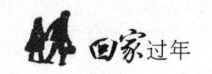

工地的板房翻出一个空的油漆桶，圆的，底下装着给亲人买的衣服，上面塞了报纸，封好胶布，一个随时随地可坐的小板凳就此诞生。只要上车的时候及时找一面墙，夜里就有靠着睡觉的地方。这是个经验老到的做法。

K2004次"临客"，43岁的列车长龚放界每年被抽调来跑春运，他在铁路上已经干了20多年，他对这样的场景再熟悉不过："先是两条腿笔直地站着，累了开始左右脚轮流弯着，慢慢地就蹲到地上，最后就坐在地板上了。"龚放界的这个名字来自于父辈"放眼看世界"的期许，最后他成了这个流动世界里的一员。

徐和平占据的是有利的地形，他坐在1号车厢的尾部靠近水槽和厕所的地方，凭险而守，不好之处就是这里人来人往夜里总会被人踩到脚。

在广州，徐和平住在工地搭建的板房里，那里的环境其实比车厢也好不了多少。小屋子里散落着他的衣物，地上零星躺着几个酒瓶和一台他自己买的电视，这构成了他的全部家当。这是城市里临时给他留下的空间，是人生路上驶往下一程的一节车厢而已。

徐和平打工的地方是在建的新广州图书馆，那儿是广州市最繁华的珠江新城，靠近海心沙。图书馆的内部尚未完工，空荡荡的空间里总散发着和车厢上一样的怪味道——汗味、烟草味，还有建筑材料释放出来的化学气味的混合。

怪味在未来一年的工期内都不会消散。这种糟糕的味道对徐和平兄弟四人来说是件好事，起码一年之内他们不会面临找不着活干的窘境。按每天130元的工钱算，工地管吃管住，每个人至少能赚到30000块钱回到家里。

车厢里，人群聊天的声音始终在低沉地轰轰作响。17日凌晨3点02分，列车驶进长沙，车上的人群走了大半，车厢才开始显得安静。

王检是1号车厢的乘务员，这是个1991年出生的小伙子，来自湖南铁道职业技术学院，一路上临客车厢的秩序和保洁都由他们这些实习生完成。跟徐和平相比，王检也不见得轻松，他和归途上的人们一样怀揣着心事。夜里22点，他从休息车厢里醒来，和爸妈聊了一阵子电话，才穿上制服，开始他的夜班。他的休息车厢在列车最尾部的18号车厢，不得不提前一小时前往1号车厢，他在人群中不断寻找落脚点，缓慢得跟K2004一样。

时针指向 17 日早上 6 点,列车在赤壁停车,又有人群告别 K2004,车厢里终于彻底安静下来。

事后,列车上统计,这一趟运营,人们在厨房消耗了 100 斤的大米,在洗手池里丢进了上千个烟头,总共制造了 400 袋的垃圾。

村里"特快"

这个 45 岁的油漆工,曾是村里的"名人",是村里的"T 字头特快"。

67 岁的徐铁匠又一次从老家桃树村打来电话的时候,时间是 17 日早上的 9 点钟,徐和平终于抵达了汉口。一户打工回来的人家忙着盖楼房,把村里的有线电视线路给扯断,徐铁匠让徐和平在汉口转一转,买一条电视天线回去。

列车上一夜的摇晃之后,徐和平依然精神饱满,离家只有 3 个小时的车程,他发现武汉人说话也不再像以前那么"冲"了:"卖车票的人说话多优雅哦。"

在这一年里面,城市里的徐和平感受过赚钱的焦虑,为了 5 块钱的火车票手续费跟人砍半天价,也有挫败,有一次他们湖北人和河南人打群架,后来还打输了。每天早上 7 点,他和工友坐上老板的大巴被送往工地,开始一天的工作。

他眼前的世界变化飞速,2005 年他经过海心沙北边的时候看到的还是满地荒草,现在那里已经是广州现代、精致、富丽的地块,人称"小蛮腰"的广州塔近在咫尺,游轮在不远处的江面逡巡,旅游大巴每天在附近的博物馆门口放下一车车惊叹的人群。徐和平读书只读到初一,每回他形容眼前这个文明世界的美好一面的时候使用的词汇都是"优雅"。

他每天工作的那个优雅而巨大的"车厢",在建中的广州图书馆,那个建筑造型现代而且夸张,设计师说它的外墙看起来像是两堆摞起来的书本,徐和平觉得它更像一个人乱蓬蓬的两丛头发。总之,它是中国城市先

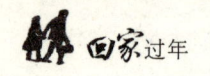

锋和创新精神无数典范中的一个，令徐和平惊奇。

他们这支施工队里，年纪最小的才20岁。和他们比，徐和平真的显老了。他不时咳嗽，他说那是给栏杆、铁架喷漆的时候，油漆被吸进肺里。有的油漆掉在头上，时间一长他就开始掉头发。他的心态比身体更老迈。对现实和未来他都采取了一种"积极"退让的策略，他总是不断地说，"不知道"，"没想那么多"。

如今徐和平身体糟糕，每次他拿起那台破旧的手机阅读信息的时候，都不由自主地把身体往后倾，他的腰上有伤，坐不了太久。更多时候他躺在工厂的板房里看电视。亚运会开幕式的晚上，他就住在离海心沙不远的工地里，他没有去看焰火，因为干完一天的活已经很累。

徐和平也有过属于他的"闪耀"时刻。1986年，19岁的徐和平参军，村子里的人给他戴上大红花，敲锣打鼓把他一路送到县里的武装部。在部队里吃的、住的，都比家里好，家人感到光荣，那时候他是村子里的"T字头特快"。

他在广西巴马瑶族自治县服役了3年半，有一次急性阑尾炎住院，徐和平无意中认识了当地的计生干部黄秀英，两人一见钟情，1990年结为夫妇，黄秀英放着"干部"不当，跟着徐和平回到了浠水乡下。

当四兄弟在山路、公路、铁路重重连接的那一头时，徐铁匠带着5个孙子孙女住在铁路、公路、山路这头的桃树村老家里。由南至北，徐和平面向的是中国经济的两极。而一年里头他第一次离家的这极如此之近。

驶往浠水县的车上，属于村庄的徐和平不再像在城市里那么拘谨紧张，开始跟着车上的MTV哼起了小曲。他认得"凤凰传奇"的男主唱叫曾毅，"湖南人，唱歌优雅哦"。

未来的"动车"

徐和平所有的希望都在17岁的儿子身上。

徐和平的父母住在一栋两层楼房里，大堂里用瓷砖贴着毛泽东的巨幅画像，在毛泽东的头上高悬着"天地国亲师"5个字。村子里家家如此，人们崇拜领袖，认为他能镇宅祛邪。

如今这个村的常住人口只剩下300人不到，大部分是老人和孩子，组成另外那一半人口的青壮年沿着公路和铁路去了广州、上海和北京。人群离去得如此匆忙，村子里用石头垒起来的厕所，有的倒了有的歪了，没有人重新去修它。村民连男厕女厕都懒得写，他们在男厕门口系条黄布，在女厕那头系上红布。

多年前村子里的荒地，现在依然长满茅草。教育在村子里显得多此一举，多年来整个村子里只出过一个大学生。

四兄弟当中的老三在广州接到工程之后，又陆陆续续从村里和镇上带过来了一支三十几人的队伍，村镇上的人都十分感激。老四偶有抱怨："广州的工价比武汉还低，老三把大部分钱赚走了，我们其他人都是给他打工。"但是真的让他回到离家近的武汉却并不现实，因为"不像广州那样，有现成的门路"。一个村庄和一个城市的连接通常就基于这样的机会。

在历时27个小时后，徐和平终于走到了家。电视天线没有买到，不过他带回来一双匹克鞋，一件羽绒服，一把抽气式的拔罐器和一大把车上别人送的花生。

2009年他在离着父母的房子大概100米远的地方建起了自己的房子，基本上没有住过，房子的一楼挂着毛泽东，二楼堆满了柴木和建房子时候的建筑垃圾。只有17岁的儿子徐海林曾经有段时间自己住在这个房子里，如今他考去浠水县一中，房子平时就彻底空在那儿了。桃树村里到处是这样的空房子，村民们用它们展示自己在村庄存在和城市的成就。只有到了春节这些房子突然人声鼎沸，厨房的窗户飘起炊烟。

回到家里，徐和平不再像在火车上那样不断谈论当年的同学"有的当上了保险公司经理，有的在部队里当了干部"。夜里，他和徐海林坐在一起烤火，作为父亲和他交谈。

他现在的希望都放在这个成绩不错的儿子身上，这个家庭以后需要一辆马力强劲的动车。

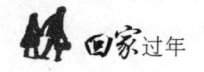

接线员：听见春运的叹息

■ 范承刚　马乾杰

从电话里，广铁客服中心的接线员们听到了春运的另一种声音。他们手里的电话就像个"树洞"，无数的人在朝它倾吐回乡的疑问、抱怨以及期望。

归乡人的"树洞"

恍惚间，接线员们会觉得手里的电话就像个"树洞"，无数的人们拨通它，并将回乡的忧愁隐秘相传。

黄元飞常常觉得，自己从电话听筒里，能"听见整个中国的叹息声"。这样的叹息声，总是夹杂着火车的轰鸣声、人群的熙攘声、冬日寒风的呼啸声乃至孩子的哭闹声蜂拥而至，一股脑灌进她的耳朵里。接听电话久了，每次她把脸贴近话筒，都像被电击一样生疼。恍惚间，黄元飞只听得清人们反复念叨的两个词：车票、回家。

32岁的黄元飞是广州铁路集团客户服务中心的一名接线员。相较于成立近20年的广铁集团，这个刚创建两年的部门还显得局促、狭小。但在仅有40名正式员工与51名志愿者的客服中心，你能听见人们对这个拥有京广京九两条交通大动脉、承担全国铁路旅客发送总量1/8的铁路系统的所有疑问、抱怨以及期望。

2012年1月15日清晨8时，刚上班的黄元飞打开系统，接听了第一个电话。"你们是不是在搞鬼！"话筒里传来一个低沉的、压抑着愤怒的男声："我不懂什么网络订票，就是个穷卖力气的，以前还可以拼拼体力，现在我还能拼些什么？"

这一天，广铁集团通报称，除夕前广东出省火车票已基本售空。这个男子如同数以千万的农民工一样，清晨4点赶到火车站，背着4岁的儿子排队，想买一张到四川达州的火车票。广播里的消息敲碎了父子的希望，电话里他嘶哑地问："国家是不是不管我们了？"

黄元飞只能对他说一声抱歉。这一声抱歉她不知重复了多少次。据广东省有关部门通报，今年广东省外来务工人员达2667万人，预计春运出省外来务工旅客达1600万人，而广铁集团出省的有效运输能力约800万人。这意味着广铁集团倾尽全力，也只能满足50%左右外来务工旅客的出行。

更多难踏归途的人则急欲求解或宣泄，这让黄元飞所在的客服中心成了中国承载最多压力也最为忙碌的热线之一。据广铁集团统计，2012年1月1日0时至1月10日17时，客服中心每日会接到约24000件人工咨询投诉，每日实际受理为5000余件，平均接通率为22%。

电话24小时响个不停。黄元飞和她的同事们已学会从每一个来电者的语气声调，迅速判断对方的"心情指数"及"攻击指数"，并能平静面对每一个问题。疑问，投诉，甚至是咆哮。

"我开的淘宝店整天搞秒杀抢购，那么多人点击都没事。怎么你们的网站那么快就瘫痪？"

偶尔，黄元飞还会接到在车站苦苦排队者的电话。"我排了10个小时了，不知道能干些什么，你能和我聊聊天吗？"

曾在家乡电视台实习的黄元飞，最喜欢的电影是《花样年华》，里面梁朝伟有一句台词："以前的人，心中如果有什么不可告人的秘密，他们都会跑到山上，找一棵树，挖一个洞，然后把秘密全说进去。"黄元飞每天都会接两百多个电话，有时太累，恍惚间她会觉得：手里的电话就像个"树洞"，无数的人们拨通它，并将回乡的忧愁隐秘相传。

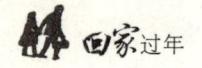

聆听沉默之声

"我听见那边很长一声叹息,随后没了声响,就像灯灭了一样。"

接听数千个电话后,接线员们还学会了从来电者的口音、语调,第一时间判断对方的身份、阶层,并采取不同的回答方式。

普通话标准、语气平和、问题清晰的,多是学生、白领、知识分子,回答要简短、直接,省略一些技术常识。他们有时还会问一些"特别的问题",比如有一个公司白领,订了票,但公司有事没能取,他会专门来电询问:这是否会留下"不诚信记录"?

带着方言口音、声音急促、问题含混模糊的,则可能是农民工兄弟,就需要尽可能耐心、翔实,具体到"如何登录购票网站"、"如何注册邮箱"、"如何使用电话订票系统"等问题。今年春运期间,每位接线员的平均接线时间增长了一倍,由4分9秒增至8分29秒。

回答的问题越多,黄元飞越感到心疼。她出生在"铁路王国",父母都是铁路职工,自20世纪90年代起,火车的颜色从绿色而斑斓,设计时速也由每小时五六十公里飙升至每小时400公里,这群外来务工者归乡的艰难却年复一年,不曾改变。

1月5日,重庆籍民工黄庆红致信铁道部,称其4次到火车站排队买票未果,对民工而言,网络购票比通宵排队购票更加困难,激发了人们对农民工购票难的同情。

他们似乎极少分享到技术飞跃所带来的便利,如同成群结队的大马哈鱼,每一年被湍急的经济浪潮裹挟而至繁华的南海,却发觉要历经千般坎坷,才能涉途数千里,溯河而上,返归故乡。

黄元飞曾接到一个年轻人的电话,她能听得见话筒里传来隐约的抽泣声。这个20多岁的小伙子排了几天队,买不上票,一咬牙走进网吧,准备买一张到贵州凯里的火车票。他误登录了一家诈骗网站,用自动提款机给对方汇去了1000多块,却迟迟得不到回音。

"姐姐,你说我该怎么办?"小伙子询问她能否要回那些钱,那是他仅存的积蓄。黄元飞迟疑着，给了他否定的答案。

电话那头，是令人窒息的十几秒的沉默。

还有一天午后，一个中年男子打来电话，语气焦灼："我给你一个身份证号码，能不能查查是在哪个火车上？"这是位在工厂打工的父亲，他的女儿在一次争吵后，离家出走。他报了警，但没用。绝望的父亲拨打了客服中心的电话。他以为实行火车票实名制后，能幸运地查到女儿的哪怕一丁点消息。

来自广州铁路职业技术学院的志愿者汤思云，曾接到这样一个电话：一对中年夫妻同在广州打工，父亲病重，两人用妻子的身份证买了一张火车票，妻子却因工厂加班，不能回去。

"能不能把票转给丈夫？我爸快不行了，但我买不到其他票了……"这个刚上大二的志愿者一下子手足无措起来。她只能告诉对方，实名制火车票不允许转让。

"我听见那边很长一声叹息，随后没了声响，就像灯灭了一样。"汤思云说。

最让黄元飞心里堵得慌的，是一天深夜接到的来电。话筒里传来的不是询问，也不是投诉，而是近乎宣泄的自白。这是一个在小厂打工的年轻人，工厂太小，没法购买农民工团体票；而他没有身份证，没有暂住证，户口本也遗留在家乡。

在这座大城市打工刚满一年的他，几乎没有使用身份证的机会——从未与老板签订过合同，也从未办过社保、医保，也从未住过旅店、坐过飞机。

"为什么回家这么难？"黄元飞听着电话，沉默以对。年轻人急促而焦躁的喘气声，一次次地敲击着话筒。

倾听外界的声音

那一刻她觉得声音是有温度的，过去一个月来的种种疲惫委屈都被吹淡了。

黄元飞及同事们所在的客服中心，是两间不到50平方米的狭小房间，60个坐席被隔音板阻隔。春运期间，91个接线员分成两班，24小时工作。封闭、拥挤、紧张，如同春运现场，是这里留给人的第一印象。

客服中心成立前，铁路行业普遍采用分散式的客服方式，站站有意见箱，车车有投诉线，混乱无序的服务让人们长久认为这是个封闭的国度，任何疑问、控诉都会迅速湮灭在车轮的轰隆声中。

2010年10月，客服中心成立，最初以95105688为号码。一年后，广铁集团将号码变更为12306，并投资百万将原有的240线升级到480线，形成客运、调度、票务、多元延伸服务为一体的信息共享平台。

客服中心的办公地点，目前设在广东铁青国际旅行社。第一批26名接线员即是旅行社员工。2011年12月，广铁集团又从客运、货运等工种中遴选了24名接线员。2012年1月春运中，广州铁路职业技术学院51名大学生，也作为志愿者前来"增援"。

"就像是一条巨龙终于有了耳朵。"黄元飞这样形容客服中心的作用。

黄元飞与绝大多数同事一样是铁路子弟。她出生的地方是湖南怀化的城北区，大半的居民都隶属铁路系统。从小，黄元飞就知道，城北区与其他城区，总横亘着一条隐形的界线："城北人"从不说方言，只说普通话，拥有自己的医院、法院、学校，甚至很少与城南的人来往。城北区就是一个独立王国。

黄元飞的父亲是一名铁路警察，母亲则是一名列车员。长久以来，黄元飞一家人的全部世界，全部构建在铁路之上。1998年从警官学校法律系毕业后，元飞听从父亲意见，当了兵，并最终以退伍军人的身份分配进入铁路系统。"因为这里稳定、没有风浪。"

黄元飞记得，母亲在列车上清扫积雪摔断了手腕，自己在湖南怀孕生产，在外执勤的父亲都选择固守岗位，在山野乡间的小站执勤，几个月后才回到家中。父亲告诉她："安心本分、不越雷池"是铁路人最大的准则。

然而，10多年来，先后做过线路工、列车员、接线员的黄元飞慢慢发觉：父亲并不全对。这个王国早已风光不再，公路、航空不断冲击着铁老大的地位；铁路系统也正逐渐蜕变，变得愈发开放而多元，开始倾听外界的声音。

黄元飞很喜欢现在的这份工作。1月15日晚，这一天接听了200多个电话的她，满身疲惫地又一次拿起了话筒。这是一个关于网络订票的普通问题。末了，黄元飞却意外地听见了一个清脆的女声："您的回答真棒！祝您工作愉快！"

这是黄元飞在春运以来，除了"谢谢"之外听到的第一声称赞。那一刻她觉得声音是有温度的，过去一个月来的种种疲惫委屈都被吹淡了。

黄元飞也很喜欢旁边坐着的小姑娘汤思云所说的一句话。整天笑嘻嘻的汤思云因小儿麻痹症致残，放弃假期、坚持做志愿者的她，每天要花半小时才能走上500米外的班车，打字时得用食指一个字一个字地敲，回答问题时也是一个字一个字地吐。别人问她，为什么这么辛苦？

她回答：慢不要紧，只要让人们都回家。

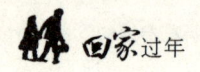

带着体面与尊严回家，实名制远远不够
——火车票实名制元年广州春运观察

■ 潘晓凌　刘志杰　王芳军

实名制购票上车，这一尝试也激起了我们对另一种可能性的向往——能否让返乡民工这支全球仅有的年度迁徙大军开始带着体面与尊严回家。

买火车票前，湖南打工者王中仁和妻子石辉荣大吵了一架，他们谁也不记得一年多没用的身份证搁哪去了。翻箱倒柜了3小时，王中仁终于在一件衣服口袋里翻了出来。

好在买票空前顺利。在广州白云区——他们打工的鞋厂所在地——一家火车票代售点，王中仁排了两分钟不到的队，递过两张身份证，印有各自名字与身份证号码的火车票很快打印了出来。

得知自己赶上了中国首趟实名制列车，石辉荣兴奋地给儿子女儿打电话，让留心晚上的电视新闻，"可能会看到你爸妈"。坐在一旁的王中仁却不安地用手试图盖住裤子上遍布的鞋胶印，以免被镜头拍下。

这身工作服也是他来广州打工12年回家时的必备行头，以应付拥挤、脏乱与火车站广场上的露宿。彼时，王中仁第一次觉得，今年春节，他可以穿得整整齐齐地回家了。

这趟开往湖南邵阳的实名制列车启动于1月30日凌晨0点09分，旅客须提前4小时到琶洲会展中心候车，可29日下午3点，两口子就赶到了琶洲。

候车大厅已经坐下了100多名同样早到七八个小时的乘客，数名手持摄像机或相机的记者穿梭其间。王中仁作为数十万返乡民工的代表，被摄入镜头。

2010年春运就此拉开大幕。广州与成都作为全国两个试点，实施实名制购票上车，以解决黄牛猖獗、一票难求的困境。这一尝试也激起了对另一种可能性的向往——能否让这支全球仅有的一年一度的迁徙大军开始带着尊严回家。

没有身份证就没有火车票

这趟开往邵阳的实名制首发车，还是出了个小意外。4名乘客被禁止上车，他们均因本人身份证不在身边，借用亲友的身份证买的票，以至验票时票证信息不符被拒。

这一问题于1月30日实名制启动之后，在广州火车站临时身份证办理点前不断上演。这个为实名制购票后遗失或损坏了身份证的乘客办理乘车手续的服务窗口，解释工作远多于售票业务。

在检票口被拒进站的乘客源源不断地涌向这里，他们中的大多数人是因为票证不符；有的因没有身份证，要求购买非实名制车票；有的请求紧急办理临时身份证，却被告知，必须回户籍所在地办理。"回得去，还找他们干吗？"咨询者挑着大包小包的行李，气呼呼地向媒体倾诉。

时不时地，一些情绪激动的乘客会激起周围人的同情与骚动，随即被遍布附近的武警与警察平息。为顺利实施实名制，广铁集团与广州市政府调动人力规模仅次于2008年冰灾下的春运。

在寻找身份证的大军中，王中仁夫妇是幸运者。对于这些外出打工者而言，这张认证作为公民的资格的证件从来没有如此重要过。王中仁与妻子石辉荣同在一家鞋厂做技术工，工资按件计算，一双靴子16块，一双春秋单鞋4块5，无底薪。

在这座大城市打工12年，他们几乎没有用身份证的机会——从没与老

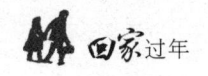

板签过用工合同，自然也没有社保、医保；从没办过信用卡、会员卡；也从没住过宾馆、坐过飞机。仅有的派得上用场的两次，一是在白云区一城中村租间月租160块的房子时，二是在建行开户往家里汇钱的时候。

在这座城市，他们频繁使用以证明自己身份的证件，前些年是暂住证，现在则是居住证。

王中仁夫妇的五六个工友因身份证放在老家，或因遗失而迟迟未补办，不得不提前告假，赶在1月30日启动实名制之前回了家。许多在珠三角小工厂做计件工或打零工的农民工也做出了同样的选择。据广铁集团统计资料显示，今年春运较往年有所提前，在30日之前，已经出现过一次客流小高峰。

临时身份证办理点前，关于身份证的风波还在继续——对在东莞打工的父子，只有大人买得了票，在警察的追问下，父亲才支支吾吾地说出，儿子还没成年，没办身份证，去年辍学和父亲一道到东莞做建筑工；在顺德经营早餐店的一家六口，因其中两人没有身份证，一家人不得不兵分两路回家；一个常年跑长途运输的司机，无暇订票，托朋友代买，到火车站后才发现上不了车……

"票证符合"的两难

在深圳宝安区打工的贵州人黄帮军可能是没有票却上了火车的极少数人之一。在回家当天，小偷从水管爬进他的家中，摸走了他裤袋里装着现金和火车票的钱包，只留下了身份证。

报案后，黄帮军急匆匆地从深圳赶到广州火车站，揣着报案回执与身份证请求警察帮忙补票。警察拒绝了他，因为目前的查验系统只能通过车票核查身份证信息，而不能倒查。

在开车前40分钟，在公安干警刘靖（化名）的帮助下，黄帮军被送上了回家的火车。

旁边的同事善意地提醒他，最近东莞一列车员因帮助乘客挤上火车，导致车站书记、站长都被撤职了，你要小心。刘靖犹豫了一下，还是在一

带着体面与尊严回家，实名制远远不够
——火车票实名制元年广州春运观察

个女乘客的票上盖了通行的戳，再三强调，"进站后，不许再出来"。这名来自湖北荆州的女子因身份证遗失，只能今年回家过年才补办，于是借用了另一个坐汽车回家的工友的身份证。

在连续几天超负荷工作中，刘靖经常陷入矛盾。一边是那些没有用自己身份证购票，苦苦哀求的农民工，另一边是要求严格执行的票证符合规定。

这同样是广铁集团的难题。实名制实施后，广铁集团接到许多关于身份证购票难的投诉，2月2日，客运处处长黄欣在做客广州一电台节目时，接到的热线，也多是抱怨类似问题。

眼下这一状况让广铁集团也颇为纠结。客运处处长黄欣坦言，订票、登机出示身份证，对乘机旅客从来不是个问题，没想用在春运购买火车票上，问题会这么大。

黄欣坦言，系统的刚性操作让一些乘客受了委屈，但是又不得不严格按规则执行，因为一旦网开一面，就很难收住，实名制的初衷与效果也就大打折扣了。

2月1日，一名旅客拿着5张残票到身份证临时办理点要求换票，乘车前一天，这五张放在衣袋里的火车票被他误洗，二维码区受损，验票机无法识别。在工作人员表示没有办法后，这名中年人当场撕碎了票，愤怒地说，"老子坐高铁去！"长途客运站就这样意外迎来了被身份证拱手"送"来的客流。据广铁客运处处长黄欣提供的数据，春运前3天，广东长途客运的客流量较去年增长了5%，增加的客源集中于工厂密集的广州、东莞与深圳。同一时段，铁路的客流量同比下降了8%。可资佐证的是，春运临近，往年常在工厂附近转悠兜售车票的黄牛竟然都不见了，多起来的是一些推销长途汽车票的代理商，他们说服农民工的理由很诱人：你没带身份证没关系，汽车不需要身份证；汽车还能把你直接送回老家县城甚至到乡。

这样的局面让广铁集团颇为尴尬。客运处处长黄欣说，铁道部为实施实名制前期投入的1亿元是不会通过提高票价的途径分摊到旅客头上，广铁只能通过自身的客货运输增量和节省开支来消化这笔投入。"眼下看来，想通过春运客运量增收的可能性不太大。"黄说，这项目标得寄希望于2010年广州亚运会了。

黄欣告诉本报记者，目前的难题与困境，在推行实名制的第一年，必然无法避免。如果将来，乘客尤其是农民工们对身份证的作用与用法已经有了正确的认识，该补办的补办，该随身携带的随身携带，各种误会与麻烦会大大减少。"消减了这些磨合期困难之后，再来总结反思要不要继续推行实名制。"

带着尊严回家，实名制远远不够

2月3日凌晨，春节前10天，春运最紧张时段的车票开始预售。买票难，重又超过身份证的风头，成为火车站里等待回家的人们最关注的话题。

凌晨一点，流花展馆——广州最大的火车票售票点——繁忙如白昼。售票大厅前的广场被之字形栅栏隔成6列，排队买票的人群密实地填满其间，等待限量分批放行入内。

从排队到达窗口不到两百米的距离，李智（化名）挪了整整一个小时，这是他第三天前来排队买票。李智来自江西吉安，今年春节得带怀孕的妻子回家乡待产，此前通过电话预订，只能订到无座票，这对行动不便的妻子与尚未出世的孩子，无论如何不是个好消息。

一小时，两百米，平均一分钟挪动3米，这对李智而言，已是不慢的速度。此前，在流花展馆，他曾经排了5小时队，眼睁睁看着疑似黄牛党夹在前面疯狂抢票，只能干着急。轮到他时，连站票都卖光了。来粤打工9年，李智都是从黄牛手中买高价票回的家。

尽管实名制以打击黄牛为初衷，但在铁路运力仍然不足，供大于求的现状下，黄牛不休，斗争不已。

多家媒体纷纷以暗访的形式披露了新一代黄牛党大同小异的囤票路数：从实地转至网络，联络更为隐秘；装备已迅速更新换代，代理订票成功后再付费，中介费为50~100元；数量骤减，小范围游击。

愈接近春运高峰，车票预订电话愈难以拨通，好不容易拨通了，却被告知开往湖南娄底的票已售完。在朋友的指点下，方小同（化名）找到广州南方医院一家电话吧，老板记下他的身份证号码与目的地，告诉他第二

带着体面与尊严回家，实名制远远不够
——火车票实名制元年广州春运观察

天来取票号，中介费 30 元。

方小同注意到，记录身份证的本子上起码记了上百条信息，第二天，他顺利拿到了票号。

这几天，公安干警刘靖见过最没底线的黄牛是假票贩子。3 名在三水郊区工厂打工的农民工，在工厂附近小贩处，每人花两百块钱买了 3 张开往重庆的火车票，上面只有二维码，到了车站验票口，得知是假票后，当即失声大哭。

凌晨两点一刻，李智终于挪到了售票窗口，运气却比前两天还要糟糕，连站票都卖光了。李智打算次日凌晨继续来排队。

像李智般无功而返的人不在少数，但聚集到流花展馆的人流只增不减，彼时，已是凌晨 3 点。等待买票的人群中，大多数此前都通过电话预订到了无座票，这是与往年相比最明显的变化。但是，他们希望有一段更舒适的回家之旅。"实名制不就是要让老百姓好买票，体体面面地回家过年么？"排队的人群中扩散着类似的疑惑。他们中的大多数这几天在报纸上，从身边的工友口中都得到同一条让人振奋的消息，今年黄牛没了，票好买了。

但加入进抢购最高峰车票的大军时，官岭才发现，票就那么多，一票仍然难求，不同的是以前售票处"求"不到，还可以"求"黄牛，今年连黄牛都难"求见"。这让李智甚至觉得，黄牛不应全部"赶尽杀绝"。

对此，广铁集团客运处处长黄欣认为，解决一票难求的问题，关键不在于实名制，而是提高运力。在实名制实施之后，买票仍然困难，在意料之中，也是铁路系统下一步将解决的问题。

未来 10 年，铁路主要靠高铁提升运力。2009 年 12 月 26 日，武广高铁开通，亦开启了中国高铁新时代。这条将广州—武汉运行全程缩至 3 小时的高速铁路，为广州首个实名制春运分担了部分客流。

2 月 2 日傍晚，发送武广高铁的广州火车南站广场放着电影《珍珠港》主题歌"有你相依"，来往旅客从容地从广场穿过，进入接近机场规格的大厅，等待候车。截至 2 月 3 日，武广高铁 11 日之前的票已全部售罄。

在南站工地做木工的杨力树希望高铁一条接一条修下去，"那些白领、学生哥就不再来跟我们挤火车了，大家都能体体面面地回家"。杨力树的

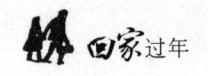

工友中，不少来自湖南和武汉，但没有一个人选择自己参与建设的高铁回家。最低 400 多的票价，是他们一星期的工钱。

杨力树已经买了回广西玉林的汽车票，"一年就回一次，还回得灰头土脸的，没劲"。他的老乡工友、来自广西柳州的林大方身份证放在老家，他干脆召集了几个老乡，一起开摩托车回家，全程约 10 小时，便宜又自在。

他打算在工地上一直干到大年三十再走，工资按天结算，每天 90 块。他不太关注社会上炒得沸沸扬扬的火车票实名制话题，自从 2008 年冰灾之后，他对回家的恐惧至今仍存。他有自己的世界与人生理想——再在广州打几年工，攒够钱，在老家买辆车，自己跑运输。"谁都不想离乡背井，不想每年站十几个小时回家，让列车员拿着扫把踩在我们肩膀上走来走去。谁都想要体面、有尊严的生活。"他说。

常回家看看

> 每个人的家
> 对他自己都像是城堡和要塞。
> ——科克*E*

回家：攀越雪山

■ 向 郢

从贵阳到印江10个小时的车程，任文彬走了7天，7个小时是在翻越一座冰雪覆盖的大山。

停、停、停

1月17日上午，列车离开贵阳站驶上湘黔线不久，就穿行在一场纷飞的大雪中。贵阳医学院2007级新生任文彬看见窗外簌簌刮过的雪片，有些担心，玉屏也下雪吗？

从1月13日晚上开始，贵阳气温骤然降到摄氏零下几度，飘雪的雨雾粘到哪里都会结冰。

任文彬的家在印江县城附近的板溪镇上洞村。从贵阳到印江，原本只需要买张车票，往客车一钻，就到家了。

贵阳到印江的长途汽车是从15日停运的。从14日起，因为贵阳往外的凯麻、玉凯、玉铜、贵新等高速公路路面变得无比湿滑，桥面结冰，就开始多次紧急封闭。

任文彬决定乘火车到玉屏自治县，然后再转汽车到印江。这个19岁的农村大学生不知道，贵州57年以来最恶劣的凝冻天气正在等着他。

车窗外雨一直没停过,整个天灰蒙蒙的。中午 11 点半到玉屏,任文彬直奔客车站玉屏的所有班车停开了。

这个平时极少出远门的农村孩子一下愣了——回家的路,突然就断了。

任文彬和同学们围着玉屏火车站的铁路车次表研究了半天,最终决定先到湖南怀化,从那里再折回铜仁市。只要先到铜仁,印江就更近了。

18 日上午,火车到了铜仁。任文彬在候车室看到了滞留在此的几百人,他们躺着或靠着,满脸倦容。

任文彬无奈投奔堂哥家。这天晚上 9 点半,突然停电了!

原来,从铜仁到黎平的 220 千伏线路因覆冰跳闸,下辖的黎平县城第一个停电。在野外的山岭上,厚厚冰凌覆盖的变电站和电线塔之间,粗大的冰缆在空中摇摇欲坠。

任文彬并不知道,停电背后是大面积坍塌的贵州电网。

1 月 28 日,受雪凝天气影响,贵州电网 220 千伏以下低压配电线路较大范围遭受不同程度损坏,全省 41 个市县受到停电影响。与此同时,贵州省共有 6045 个移动基站由于停电导致 377 万手机用户通信中断。

任文彬的堂哥不时带回来印江方面的消息说,去往印江半路上的苗王坡已经封路了,最高海拔 1200 多米处,已经积了 10 多厘米的雪。山脚下,邻县的德旺镇上已经滞留了上千人。

任文彬也并不知道,此时,贵州的公路网也几乎坍塌。

1 月 20 日,贵州东、南部的高速公路封堵已逼近高峰。东部,从玉屏到凯里滞留了 300 多辆车,南边,往广西方向的贵新高速连绵 20 多公里,阻塞了 2800 多辆车,10000 多人在荒郊野外的公路上瑟瑟发抖。当天晚上,贵州省政府召开紧急会议,全省启动三级应急预案。

1 月 21 日,任文彬打电话回家,父亲说,村里回来的几个都是徒步走到江口自治县,然后再翻苗王坡走回来的,听说摔了很多跤。

任文彬决定,走回去!

爬、爬、爬

1月22日一大早，天下冻雨。任文彬拎了旅行包和背包，还有一个塑料袋，里面装着三嫂煮的12个鸡蛋。

下午两点，任文彬和其他6个男生开始爬苗王坡。

上山的路是一条废弃了几十年的老路。苗王坡上盘山公路的冻冰有拳头那么厚，根本无法行走，而陡坡上这条小路，脚窝子踩到的地方，积冰也还没有完全碎。

任文彬小心翼翼抓着两边的灌木枝条往上走，但还是摔了几跤。有一次，他刚掏出两个糍粑，吃了一个就摔倒了，另一个糍粑甩了出去，滚下山坡。

4个小时后，任文彬和同伴跌跌绊绊爬到了山顶的公路。岔口上的风更猛烈了，夹着细碎的雨雪扑面打来，脸颊冻得发硬。树桠子上的积冰也不时"咔嚓""咔嚓"地一块块往下掉。尽管天色已经暗黑了，但任文彬依稀看得见不远处低矮山头的积雪下露出来的黑色树林。

很多人聚集在公路边的一个斜坡下避风歇脚。大家相顾大笑——每个人的脸颊和鼻子都冻得通红，头发也凝成了硬邦邦的冰块。几个同学还掏出手机，互相拍照留念。苗王坡是江口县和印江县的交界处。顺着公路往下滑就是印江县的缠溪镇，这边会不会有人接应，大家都没有底。暗黑的天色中，这条凝冻的公路，泛着清冷的光，向山脚下延伸。

大家一开始是手拉手连成一排，蹲着身子往下滑。但是，一个人摔了，所有人都猝不及防地往后翻。众人撒开手，三三两两地牵着，一步一步地慢慢往下挪。

两个男生专门负责拉着那个女生，还有一个摘了眼镜的男同学则由一位名叫任征兵的拉着。他的镜片不几分钟就被扑面而来的冻雨糊花了，什么都看不清。只有任征兵走得最稳当，他把在路上拣到的两根草绳套在鞋上，一路上就没摔跤。

穿着一双球鞋的任文彬侧着身子，小心翼翼地伸出左脚，测试着脚掌上的摩擦力，站稳以后，再迈出另一只脚。或许是饥渴的缘故，他感到身体发冷，双腿也越来越僵硬，接连摔了几跤。山坡上不时传出尖叫声。还有个穿红衣服的男人摔出了一二十米，滚到沟坎下面，折腾半个多小时才被同伴拉上来。

天边的光亮一点点褪至山后，快到山脚打杵坳村，有人高兴地喊叫起来。路边的农舍透出光亮，里面，一大堆人挤在几盆炭火边，屋檐下还架了两口大铁锅，热气腾腾地煮着稀饭，路边的人都说是缠溪镇政府免费提供的，随便吃。

大家后来才知道，印江县政府在沿路所设的3个救援站不仅有火有饭，还有棉衣棉被和医生，医生都在，准备了很多跌打损伤和感冒药，最后统计下来，救护了10多个孕妇和100多号病人。

这些年轻人在犹豫着要不要停留。"一烤火，头发上衣服上的冰块化了，全身都要湿透，再走出来就保不住体温了！"任文彬说，这个道理，农村孩子都知道，"再一个小时就到缠溪了，那边肯定还有火。"

众人哆嗦着，继续往前走。

家、家、家

半个小时后，经过湄沱村村委会，又看见一堆人围着热气腾腾的柴火，任文彬也忍不住了，靠拢过去，从外面要了一杯热水，喝了，然后催促着大家继续上路。

天色已经黑尽，看不清路面，但冻冰似乎已经很薄了，踩碎成冰碴。冻僵了的脚只能机械地往前迈。缠溪镇，就在前面几百米了。

刚转过一个弯道，前面有一束光柱直直地射过来，还有马达的轰鸣声——是汽车！

众人狂奔过去。中巴车上已经坐满了人，正要往印江县城开。挤上车，有人看了眼手机上的时间，晚上9点。

这一天，有3500多人从江口德旺镇翻越苗王坡抵达缠溪镇。后来印江官方网站统计说，这个数字在1月27日累计达到10000余人。1月25日县委会议提出口号：不准饿死人！不准冻死人！

半个小时后，任文彬终于站在了印江县城的街道上。路面上是干的，没有结冰。任文彬和任征兵，还有一个邻镇同学，钻进一家面粉馆，要了一碗米粉，呼噜噜地几口刨下去，这才觉得又冷又累。

面粉馆旁边有一个网吧，掀了布帘子钻进去，里面有口大铁炉子，火烧得很旺。一个人给了5块钱，三人就围坐在火炉边过夜。挽起牛仔裤，任文彬看见自己的膝盖摔出了一大片淤青。

昏昏沉沉睡了一晚，1月23日早上，任文彬坐上了县城开往板溪镇的第一趟班车。

半个小时后，任文彬走进了上洞村，他风雪兼程要回来的地方。

（感谢印江县秦义琼为本文采访提供巨大帮助）

跟着棒棒回家乡
——是什么原因，让他们抛妻别子、背井离乡奔向城市

■ 张　立

在重庆朝天门二码头的棒棒里面，年龄最大的当数65岁的杨明达，在做棒棒之前，他是村里的支书，所以棒棒们至今称他为"杨书记"。

杨书记干瘦，头发已花白，牙齿一颗不掉，肩上能挑150斤。他当棒棒8年了，有儿女3人，儿子也在重庆做棒棒，两个女儿则远嫁广东和湖南。

连村支书都领头到重庆做了棒棒，这个村庄让记者产生了浓厚的兴趣。刚好，杨书记要回家送春耕的化肥种子钱，我们于是一起踏上了回乡的路。

长途车在山腰不断盘旋爬高，山脚下是奔腾东去的长江，一衣带水，两岸青山。经过4个多小时的颠簸，我们抵达了合川市太和镇，这里离杨书记的老家隆兴镇新田村，还有10多里的路程，不过已经不能通车，只能租摩托车代步。路边就是悬崖，摩托车在泥泞的山路上"扭秧歌"，惊险了1个多小时后，终于到达了新田村。

几个山湾包围着这个小山村，田地里满是金黄的油菜花、石块和土砖砌成的田舍，掩映在修竹和梨花树下，小狗在田径上追着小羊羔，坐在屋前的老人看到外人就含笑点头。这是一个美得令人心醉的村庄，恍如世外桃源。

沿着田埂往杨书记家走，一路上却有不少田地杂草丛生，一看就知道已经抛荒。正是春耕的季节，有几户在犁田，都是年近半百的老头老太太

扶犁牵牛。杨书记说，"在村里找不到18岁以上、30岁以下的青壮年，都出去打工了。"

村里的房屋，以土砖和石块房为主，还有少量的茅屋，红砖屋寥寥可数，走过第8村民小组的50多户人家，只发现了两幢红砖楼房。

现任村支书叫秦邦银。秦书记告诉记者，"我们村就是一个棒棒村，全村一共1689人，出门打工的大约900人，其中有600多人在重庆当棒棒。"

"村子里80年代就有人出去当棒棒了。"秦书记回忆，"那时候不多，也就几十人。"1996年，棒棒开始激增，1999到2002年达到最高峰。

这背后，农业税费的一路上扬，是村里"棒棒潮"的最大动力。秦书记告诉记者，"1991年上过粮之后，还可以分点钱，到1996年税费就开始往上涨，1999年到2000年最不得了，那几年，每人要交160公斤谷子、20公斤麦子，还要交160块钱，这是什么概念？你把庄稼种了，全部交出来都不够。"

送我们前往村里的摩托车司机秦华云，原本是远近闻名的种田高手，那几年，他种了10亩地、喂了11头猪，到年底，却还倒欠了1500元，秦华云从此砸掉了农具，他告诉记者，"发誓这辈子再不种田了。"

离杨书记家几百米，有幢破旧的土砖房，屋残瓦旧，大门紧锁，门上祈福迎春的门联，犹带着尚未褪尽的残红，门前的田地已经荒废，只有几树梨花独自盛开。村民们介绍，主人供孩子上高中，家里又没人出门打工，成了全村的烂账户，亲戚朋友借遍了，连村里的提留，至今还欠着1600多元。今年2月底，这家人不辞而别。村里人都议论："欠这么多钱，只怕再不会回来了。"

像这样人去屋空的景象，远不止这一家。离此500多米远的第5村民小组，是新田村举家外迁最多的一个组，一共20多户人家，现在只剩7户。

"感谢党的政策好，这几年农业税费已经大大降低了，"秦书记告诉记者，"人均税费已经降到49.5元，再加5元钱的一事一议（注：村民人均集资用于村庄公共产品建设的资金，由村民委员会集体讨议，一事一议通过），一共54.5元，比前几年降了很多。"

跟着棒棒回家乡
——是什么原因，让他们抛妻别子、背井离乡奔向城市

不过即使如此，种田仍然无法与打工相比，秦书记扳指算了算："一个劳力平均产量500斤稻谷，值350元钱，各种成本相加为270元，一年的利润也就70多元，而如果出门打工，一年的纯利润最少也有2000元。"

新田村现在30%的土地抛荒，这些土地成了村里巨大的难题，因为土地虽然没人种了，但上级政府仍按田亩向村里收取农业税，秦书记没办法，只好将村干部的工资款垫上去补这个缺口，从2002年上任，村干部们没拿过一分钱工资。

问起村里最富的人，大家都说是唐化泉，他有一手泥瓦匠手艺，在重庆做装修发了财，盖了全村最豪华的楼——两层红砖小楼，村民们估计，"这幢楼最少花了30000元。"

秦书记告诉记者，"新田村的人均年纯收入400元，其中打工收入占了其中一半。"不过这些钱很少投入到生产发展中，从记者的调查来看，这些钱有3个去向，首先是购买种子化肥，以维持农业的简单再生产；其次是供子女上学，这是一笔主要的开支，一个小学生一年的开支是400多元，一个初中生为1000多元，一个高中生则为2000多元，而供养一个大学生，一年得8000元左右；第三才是用于修建楼房，对于村民来说，这是最奢侈的支出。

秦书记现在最担忧的，是"学费能不能压下来一点，不然越来越多的人读不起书了"。

这位61岁的书记，以前也在重庆做棒棒，临告别时，他要求拍张照，站在家门口摆好了姿势，秦书记突然又改了主意，他脱下长筒雨靴，几步跨到田里，说："还是拍我劳动的照片吧，搞农业，就得有个搞农业的样子。"

左家兵还乡

■ 成 功　朝格图

　　一个死于异乡的老年农民终于回到贫困的家，不是在同乡李绍为很吃力的背上，而是装在儿子胸前书包里的骨灰盒中。

回　家

　　左家兵终于要回家了。

　　这一次背他的不是"千里背尸还乡"的同乡老友李绍为，而是他那在深圳打工的大儿子左云福。

　　2005年1月8日晚，广州火车站第二候车室旁的天井小花园内，23岁的左云福双手紧紧抱着怀中的父亲——这不是李绍为背得很吃力的130斤身体，而是装在他胸前书包里的骨灰。

　　黑暗之中，坐在石凳上的左云福在不断抽泣。"这几天，云福一直为他爸的事操劳奔波，忙得连哭的时间都没有。"陪同左云福的堂哥左小元说，现在终于要回家了，左云福反而在这片刻安宁中不禁悲从中来。

　　8日中午12点，左云福和堂哥一起办妥各项手续后，花了2770元将父亲送到广州火葬场"特急火化"。"我们家乡有个风俗，一般死人要在7天之内入土，现在看来赶不上了。"左小元到广州火车站买了两张最便宜的到湖南衡阳的火车票，"火车是晚上11点17分发车，明天早上到衡阳。这几天衡阳最好不要下雨，不然办大伯的丧事就麻烦了。"左小元不无担忧地说。

晚上10点半，左云福抹了抹脸上的眼泪，整理一下情绪，排队准备登车。这是一趟发往衡阳的区间车，绝大部分是返乡过年的民工。

广播里传来了"检票上车"的通知，原本还算平静、整齐的队伍一下子被挤乱了，左云福夹杂在扛着大包小包的汹涌人潮中，竭力在众人的左推右搡中保持身体平衡，他的双手死死抱紧胸前的书包，就为了让父亲能平平安安回家。

入　棺

1月9日凌晨6时许，这趟绿皮列车到达衡阳火车站，让左小元一路担心的事还是发生了：鹅毛雪片夹着黄豆般的雨点砸在衡阳的地面上，空气阴冷潮湿。

左云福的家在衡阳市区18公里之外的雁峰区岳屏镇福龙村千户组，天冷再加上外面雨夹雪的天气，来接他们的叔叔左家军决定花30元租辆车回去。路上，车轮搅起的泥水溅在挡风玻璃上，司机一路嘀咕抱怨路不好，这趟生意亏了。左家军不断地抱歉，说些好话。

出租车在弯弯曲曲的乡村道路上缓慢爬行着，40多分钟后，车停在福龙村村口。福龙村122户人家坐落在两片丘陵中间的平地上，与外界仅有的联系就是这条去年9月修好的砂石混合路。

因为怕出租车司机忌讳，等车开远后，左家军才从包里取出一串小挂鞭炮。

左云福抱着父亲的骨灰盒往家里走，"回家了！"左家军嘶哑了一声，用香烟点着了鞭炮，跟在左云福后面。"啪！啪！"的鞭炮炸响惊醒了沉睡的小村子，远处传来几声狗叫声，空气中飘来火药爆炸后的硫磺味。也许雨大浇灭火星，也许鞭炮的质量差，炸了几响小挂鞭就哑了，左家军嘟哝了一句，再次点响鞭炮，紧步赶上左云福的步伐。

在村里破落的祠堂前，村里的族人和亲戚家人早已帮忙用防雨布搭了一个临时的棚子作为灵堂，里面停着一口还散发着油漆味的棺材，棺材前的小桌上放着一些祭品和长寿油灯，"这是跟亲戚们借钱草草办的一副棺材。"左家军说。

左云福小心翼翼把用红布包裹的骨灰坛放进棺材里，并垫上几层厚厚的黄草纸。听说丈夫的骨灰归来，陆淑梅一路哀嚎，奔向停在祠堂前的棺材，声嘶力竭的哭喊撕碎了小村庄的宁静。

众 议

外面满山遍野的白雪和0℃的气温让左云福坚信，一定要让母亲呆在屋子里，要不然身体肯定会哭垮的。陆淑梅坐在屋里小炭炉边，但寒风还是呼哧呼哧地从农用塑料薄膜盖住半截的窗子里钻了进来。在这个称之为"家"的地方，除了两张床以外，连件像样的家具都没有。家里唯一的家用电器是1990年左家兵41岁生日时亲戚凑钱买的12英寸黑白电视，也只有电视中港台电视剧传出的声音还透出一丝现代气息，但是屏幕上严重的雪花和图像扭曲使得剧中人物已很难辨清。"我的命好苦啊。"只要有亲戚邻居来看望，陆淑梅就会一把抓住别人的手，一边不断向每一个人重复哭诉着左家兵离家时的种种细节。

和外界对"千里背尸还乡"的争议不同，福龙村的村民更关心左家兵的死因。"好好一个人在福建龙岩干活死了，对方应该给个说法。"同村村民李先发觉得这里面疑问重重。

而对于背尸还乡，在这些依旧从事农业耕作的农民眼中并无出奇之处。千年沿袭的土葬文化深深地影响着世代生活在乡土社会的福龙村村民，他们都"天然地"能够理解李绍为的这次惊讶之举。

"叶落归根，入土为安。我们农民辛苦一辈子，最后就想买一口好棺材，回到熟悉的田地里。"44岁的当地村民左家喜说。虽然在城市和部分农村实行火葬，但整个福龙村的生活比较传统，办丧事时民间习俗基本都是土葬，坟一般在村后荒凉的小山上，所以对耕地没有什么影响，村里和乡镇也不会来干涉。

福龙村党支部书记左云标告诉记者，福龙村532人主要有两大家族，一个姓左，一个姓吴，还有几户是水库移民杂姓。

记者在走访了福龙村20多位村民后，发现这些村民们都能理解和同情李绍为，对背尸还乡的行为持认同和赞成的态度，觉得唯一"欠妥"的地方就是李没有及时通知死者家属。

"李绍为人很纯朴，有责任心。"村支书左云标说，"我们这儿有个说法叫'活要见人，死要见尸'，李绍为是凭良心办事。""李绍为和左家兵关系比较好，他们有活都一起出去干的。"左家兵的邻居左家省说，"要是他遇到这种情况，我也会把他背回来，当然我要先通知他家里人。"

据说，在衡阳市委一次会议中，一位市委领导说李绍为背尸还乡说明他"是个有情有义的汉子"，尽管他没有通过适当的正规渠道通知家属。

但村里的年轻人已经开始渐渐接受城市生活的观念。23岁的左云福——死者左家兵的儿子——并不拘泥于非得把父亲的尸体运回老家，"在城市里火化，这样处理比较妥当、方便。"左云福现在深圳一家玻璃钢装饰公司打工。

打　工

提起左家兵，村里人不是摇头就是叹息。"左家兵是千户组最困难的一户，现在还是住的砖土结构老房子。"邻居左家省说，左家兵家本来准备今年3月要造房子，因为孩子都大了，到了成家的年龄，但现在这事肯定黄了。

现在农村里，农民光靠种田只能维持生存、解决温饱问题，年成不好时甚至还会亏本赔钱，所以每家每户都必须出去打工或做些生意，不然这个家肯定运转不起来。

据左云标介绍说，原来隶属于衡南县的岳屏镇福龙村现在划到衡阳市雁峰区，属于丘陵地带，人多地少。全村122户532人，共有430余亩地，人均只有8分地左右。以左家兵家为例，全家4口人近4亩地，一亩地早、

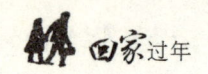

晚两季水稻平均可产 1500 斤左右，2003 年前粮食价格每斤 0.37 元，每亩收入 500 余元，除去每亩税费 130 元、农药化肥 100 多元、种子劳力 100 余元，再扣除其他杂项，最后每亩收入也就剩下 100 多元。

"2003 年各种杂项税费特别多，例如当时每人要交纳的教育附加费就达 69 元，2002 年开村民大会时，我给大家算了一笔账，当年种地每亩亏至少 50 元。"左云标回忆说。

在这种情况下，左家兵家生活更加困难，靠左家兵农闲时在外打些散工补贴家里，但也是杯水车薪。"左家兵属于那种比较老实巴交的类型，靠干体力活挣钱。"

2004 年，左家兵在衡阳市东环县修了两个月国道，没有拿到一分钱；2003 年，左家兵在衡阳市一个加油站附近，给人修房挑砖头，累死累活干 4 个多月只拿到 300 块钱。

妻子陆淑梅身体不好，因怕去医院花钱，只得"小病忍，大病熬"，每次熬不住时才去找村里的赤脚医生，花点钱打吊针了事。

而左家兵的两个儿子都在读书时，本已很困难的家庭更是雪上加霜。

离福龙村最近的车江镇中学有 15 里路，所以读中学必须住校，学费、住宿费再加上生活费每年需要 3000 元左右。2002 年，深知家里状况的左云福读到初二，终于恋恋不舍地离开了学校，先开始学了七八个月厨师，后到深圳去打工。2003 年下半年，弟弟左云寿考上车江镇一中，因为每学期要交 1000 多元，他也很快放弃上学的"奢侈"念头，去年辍学随哥哥去深圳打工。

对于福龙村的贫困，左云标分析说，福龙村在雁峰区算是比较差的，但是在整个衡阳市，则属于中间水平。福龙村主要地理位置偏僻，又没有什么资源，"离市区有 18 公里，交通不便"。仅有的一条宽 5.3 米、长 10.5 公里的砂石路，还是去年 9 月由市公路局投资 14 万元修的"村村通"工程。

在左云标记忆中，这是自改革开放后，政府对福龙村投入的唯一"大型公共工程"，当然村里通过"一事一议"每户还为这条公路集资 75 元。

在福龙村，除了种地，还有十几亩鱼塘，祖传的"养鱼苗"，"一年一亩能挣四五百块钱就很不错了"。眼下福龙村剩下的挣钱方式，只有出去打工了。

从20世纪80年代末开始，衡阳就有大批农村劳动力涌向广东等地打工，现在打工已经成为像福龙村这样农村社会生活的常态。在福龙村，大概有30%的人出外打工，50%的人到衡阳市附近打工，像李绍为、左家兵这样的老年人大概占到5%。福龙村千户组30多户，户户有人出去打工，其中有9户打工、做生意混好后，搬到城里去，家里的田转给别人种了。

从2004年开始，福龙村的情况有了起色。"农业税改革后，以往最高达到180元的税费去年降到了40多元，听村支书说明年每亩只收10元左右，以后还要完全取消。"村民李先发心头一宽，现在粮价上涨到7角3分，"这样里外里算下来一亩地能挣到400~500元"。

农业税降低、粮价走高，给福龙村带来欣慰。但对于温饱之后的福龙村往何处走时，更多村民还是用出外打工来回答这个问题。

下 葬

1月11日，左家兵终于在福龙村后山下葬，"入土为安"，他是村里为数极少的火化后埋葬的。劳苦一辈子的左家兵走时，给支离破碎的家庭留下一笔"巨额"债务。"本来我和妈妈商量不买棺材的，省些钱，可是妈坚持给爸买口棺材，送他最后一程。"左云福说，加上去广州处理父亲遗体以及过去陈年老债，他们家的债务已经超过了10000元。

但生活还得继续，左云福打算把父亲的丧事料理妥当后，再和弟弟去深圳打工，左家兵一次出远门的劫难并没有动摇他们到大城市闯荡的信心，"爸爸去世后，照顾妈妈和还债的重担就落到我们身上了，我们要去挣钱"。

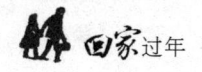

"大篷车"千里返乡路

■ 杨继斌

返乡一直是宗教与神话的重要母题。四川平昌县的60多个民工在2008年末的寒冬,像希腊神话里的奥德修斯一样,在自己的梦想终止后(经济萧条而失业,无法再靠打工致富),他们骑由三轮摩托车改成的"大篷车"队,挈妇将雏,经广东、湖南、贵州、重庆……行程约6000余里,返回四川老家。

奥德修斯说:"当我回到家中的时候,我穿着别人的衣服,用着别人的名字。"而大篷车队回到故乡时,故乡人因为他们蓬头垢面,"也差点没认出来"。在随后的一段时间里,他们也将像奥德修斯一样,重新打理并恢复到自己远游之前的生活。

失 业

"有钱人都坚持不下去,我们还待在这干吗?"

决定回家,是在2008年11月中旬。那天中午在三轮车码头上,秦江仁听老乡说,欠他工资的老板自杀了。晚上回家,秦江仁跟妻子商量:"有钱人都坚持不下去,我们还待在这干吗?"

秦江仁打工所在地广东省汕头市贵屿镇，被称作中国最大的电子垃圾集散地。在过去的近4年里，他和妻子李惠琼依赖分解、运输电子垃圾中的塑料赚了近30000块钱。

从9月20日开始，码头上就已经很少有生意。秦江仁是一名三轮车驾驶员。每天靠给各工厂拉塑料原料赚钱，运气好的时候，一天能拉个五六车。而妻子李惠琼则每天用打火机点燃塑料闻气味，区分哪些塑料适合做凳子，哪些又适合做手机外壳或者瓶子、杯子。

10月初，码头上彻底没了生意，妻子也失业了。往日为了抢夺客户而争得面红耳赤的三轮车手，开始因为百无聊赖而变得和睦。"看来没指望了。"收工的时候，秦江仁对同村的秦洪说。秦洪提议再等等看，"往年也有淡季旺季，也许最近碰上了淡季"。但是，"等等看"得花钱。全家三口一天吃饭至少得20块，连水都要花钱——早在10年前，贵屿就已经没有人敢喝地下水了，一桶100斤重的自来水要1.5元。

回到大约6平方米的出租房，秦江仁决定"裁员"，让儿子先回去，但遭到儿子毫不犹豫的拒绝。

儿子秦锡军初中辍学，是在贵屿成年的，土地以及故乡对于他没有任何吸引力，"我想在城里，我不会种地"。但最终没有熬过父亲。在多次讨要零花钱失败后，秦锡军改口讨了路费，带着女朋友——一个长着娃娃脸的河南女孩回四川平昌县元山镇八村了。

10月25日，平昌籍的20多个三轮车手聚到一起，开了一个小会。大家很快形成了"回家"的一致意见，分歧在于来年还回不回贵屿。

如果年后不来了，意味着必须带走出租房里所有的东西。这不是一个简单的事。煤气罐、锅碗瓢盆、被子、衣服、电视机、自行车，这些简单的家具总是有的。"我来年不来了。"元山镇九村的浦清升说。他被老乡公认为"见多识广"，平昌籍的三轮车手和湖南或者贵州的发生纠纷，也都是他出面协调。他的判断以及决定，在老乡中有着绝对的影响力。当然，最关键的是，街上的人越来越少，几乎没有人能再找到工作，大家都看在眼里。

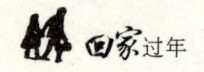

一举三得的提议

"他们知道我们要回家,所以故意压价。"

2005年2月,秦江仁初到贵屿时,做过一段时间的拆卸工,在一排人工做的烤炉上,将电器元件的电路板上的锡烤化,然后取下来,一天工作16个小时以上。3个月后,浦清升给他介绍了开三轮车的工作,到码头上拉货,要比干拆卸自由,赚得也多。

这辆后来驾驶6000里回家的三轮车,是秦江仁当年花了3000元在一家维修点买的组装货:挂着斑驳绿漆的车头,像砍下不久的树枝,没有时速表、油表,锈迹斑斑的三脚架,锈迹斑斑的车厢,只有110马力的新发动机反射着诱人的银光。

平昌县的三轮车手们几乎都开着和秦江仁类似的组装车。没有牌照,但是便宜,正规厂家的三轮车得要10000多块。

2008年10月25日的会议过后,女人们开始卖东西和买东西。卖的,是这几年在贵屿添置的家具;买的,则是返乡带给家里老人和孩子的衣物,男人们开始去排队购买车票,并联系下家,出售自己的三轮车。

浦清升和秦江仁找到了一个废品收购站。对方说,得按废铁的价格,一辆车就300块。

这显然是一个不能接受的价格。三轮车久久找不到下家,而卖家具的女人们也迟迟下不了狠心。从9月份民工返乡潮开始,就有当地人开着汽车,到民工居住区收购各种家具。一辆自行车10块钱,电视机15块,煤气灶6块。女人们觉得太便宜了,"他们知道我们要回家,所以故意压价"。

但返乡的大巴车票价在一路飙升,8月份的时候380元一张,后来卖到了400、450、500,并且很难买到。29日,最新的行情是涨到了520元。

"干脆我们把三轮车骑回去。"12月14日,当记者问到这个提议最初是谁提出的时候,这些后来花了17天,骑了6000多里返乡的男人们,没有一个人承认是自己。

但这个提议在10月29日那天下午得到了所有人的认可,至少看起来"一举三得"：家里最大的财产三轮车，可以骑回去；舍不得的家具、帮朋友带的东西可以拉上；车票也省下了。

当天下午，有 19 户参加了会议。会议选举浦清升当返乡摩托车队的队长。

有人提议车队叫"回乡团"，并且头车要挂一面旗帜，但大家觉得绝大部分是黑车，"太招摇会给车队惹来麻烦"，否决了这个提议。

一个都不能少

从一开始大家就说过不能把任何一辆车丢在路上。

在浦清升他们的计划中，11 月 10 日，是出发的日子。男人们喝着啤酒，决定用剩下的 10 天为这一路所可能遇到的各种情况做准备。"每辆车多准备了三个内胎，一套轴承。这些东西，肯定是要在路上换的。"秦江仁说。最重要的环节，是给三轮车装上雨篷，因为女人小孩得一路坐在车里。

负责给 18 辆车安装雨篷的是维修点的一个学徒，平昌县灵山镇人，16 岁，姓伍，所有人都叫他小弟。小弟的叔叔伍云国也失业了（他声称自己也是开三轮的，但后来的经历让所有人怀疑），听说有一大群老乡要骑着三轮车回家，赶紧赶过来问，能不能带上他们。"我侄子会修车。你们车队里缺一个修车的吧？"伍云国很会谈判。车队自此拥有了一个专业的技师。

女人们则开始打包、装车，尽可能把行李平摆整齐，以保证最上层铺上被子，晚上可以安卧。车厢吱吱呀呀地叫唤，秦江仁根据车胎的下陷判断，500 多斤吧。

车队安排的导航员，是初中毕业的秦雄，29 岁，头脑灵活，是车队中不多的能看懂地图的人。11 月 7 日，他买了一本《中国地图》，在斑斓的色块中，找到了经广东、入湖南、越贵州、翻重庆回四川平昌县的道路。

万事俱备的当口，秦洪以及灵山镇的另外两户突然退出了，因为薪水仍然没有领到，他们决定再等等。

秦江仁的出租房，是出发当天早上退的。房租一个月 100 元，交到了年底，现在提前走了，房东也不会退。夫妻俩觉得心疼。房东转了一圈，拿着钥匙走了，往年春节回家，他还会说一声"明年再见"呢。

摩托车踩响之后，秦江仁回头看了一眼这个低矮的平房。前面有一块房顶是下陷的，几乎随时会砸下来。他突然意识到过去3年里，自己生活在一个十分危险的空间里。

11月10日8点过一些。秦江仁的摩托车来到了仙马村的菜市场前。这里是队伍约好的出发汇聚点。以前，李惠琼每个星期，都会来这里买菜。

附近菜市场的一些商贩，多是四川老乡，前来送行。有人送来水果，有人搬来纯净水。"老乡们都说我们了不起，连我们自己都觉得自己是英雄。"

伍云国是最后到达出发点的。车开得很慢，并且总熄火，小弟坐在车厢里一直喊小心小心。"我发誓，伍云国他绝对没有开过三轮车。"秦雄说。有人担心伍云国这一路会拖累大家。但队长浦清升说，从一开始大家就说过不能把任何一辆车丢在路上，我们更不能还没上路就把伍云国丢下。

11月10日上午10点，车队出发了。浦清升打头，秦雄收尾。16辆车在道路拐弯处臃肿地扭曲。

第一次减员

他们为这个城市工作了近4年时间，突然之间这个城市再也不能养活他们。

如果车队中有人查黄历的话，他们会发现，这一天是一个适合出行、迁徙的好日子。没有风没有雨，阳光也不强烈，车况也很好。没有警察来盘问。这曾经是车队最担心的问题，因为几乎都是黑车，大家曾担心，也许车队还没有离开贵屿，就已经全部被交警扣下了。

上路后他们发现自己多虑了。走到一些堵车的十字路口，交警甚至会优先让他们通过。

一路马达欢唱，每辆车的车距维持在三五米左右。出了贵屿城区，收尾车上秦雄的妻子突然喊，"有只狗跟着我们唉"。

狗是贵州人的狗。贵州人是捡破烂的，上个月就回老家了，狗留了下来，把三轮车手当成了新的主人。

车队以 20 公里的时速，沿着 324 国道——4 年前，他们一家就是乘坐大巴走这条路抵达汕头的——一路向西，向平昌县蜿蜒。

秦江仁后来告诉记者，从贵屿出发后，他的心情就非常复杂，有返乡的欣喜，有失业的忐忑。他们为这个城市工作了近 4 年时间，突然之间这个城市再也不能养活他们。"我们是逃难的。"下午 1 点，在一个小餐馆吃饭时，因为价格发生了争执，秦江仁没好气地对老板说。有人从碗里刨了些吃剩的给卧在车队旁的黑狗。

没有人能猜到前面的 6000 多里有什么在等着他们。甚至大家不清楚故乡有什么在等着自己。

儿子秦锡军回家后，给秦江仁打过一个电话。家里没有米，是附近的邻居每家给了一点。家里的房子漏雨，三年来无人照看，儿子和女友只好挤在村里小学老师的宿舍里。

下午 5 点，车队快到陆丰时，伍云国的发动机烧了。队长浦清升决定就在陆丰过夜。

这是大篷车队六千里归途的第一个夜晚。车队停靠在一个加油站旁（后来，几乎每天晚上，车队都是在加油站过夜），"因为考虑到安全问题。"夫妻两口出行的，尚能都挤在车上，如果还带着小孩，男人只能在公路上打地铺。

睡觉的时候有人发现，黑狗不见了。这是车队的第一次减员。

车祸与交警

"人家那个老板（丰田车主）是个好人，自始至终没有骂我们一句。"

依照计划，每天天黑则歇，天亮则行。因为除了领头车外，其他大篷车都没有大灯。但第一日，因为伍云国的发动机烧了，耽误了一个多小时。

伍云国后来吞吞吐吐地承认，他的确不太懂骑三轮，为了回家，应急以几乎白捡的低价买了一辆货三轮，并临时突击学习了一下驾驶。

后来 6000 多里的驾程证明，伍云国成为了车队最短的木板。几乎每天都因为他的车出现问题，耽误车队的行程。

但车队里唯一会修车的小弟，是伍云国的侄子，这是一个有趣的平衡。小弟善良、热心，他总是猴子一样出现在需要修理的三轮车前。车队进了湖南之后，差不多每过三四个小时就有车抛锚。小弟成了车队里最受欢迎的人。

仰仗自己的侄子，伍云国花了 600 多元钱在陆丰淘到一个匹配的发动机，当晚 8 点，就把车修好了。600 块钱让伍云国心疼了一阵子。睡觉的时候他对小弟说，真该坐大巴回去。但这个时候后悔已经来不及了。

次日上午 9 点，车到惠州博罗。秦雄正要给领头的浦清升电话商量是不是该吃饭了，就看到他前面的伍云国歪歪扭扭地从车队里冲出去，刮到了一辆黑色的丰田，丰田的后车门上多了一条近半米的刮痕。

交警很快就来了，问公了还是私了。伍云国还在犹豫，交警补充说，公了得关半个月。"私了私了。"伍云国赶紧回答。他在身上摸烟，什么都没有摸到。反而是丰田车主掏出了烟递给交警和伍云国。"人家那个老板（丰田车主）是个好人，自始至终没有骂我们一句。"秦雄说。3 个小时后，伍云国和丰田车谈妥，给人家赔了 1500 元后，车队重新上路了。

因为自己的驾驶技术和运气，伍云国为这条返乡之路支付了 4000 多元，这是后话。

才走了半个多小时，打头的浦清升又看到路边一个交警示意车队停下。莫非是刚才忘了处罚伍云国驾驶黑车，现在要补上？浦清升赶紧堆着笑脸停下了车。

伍云国事后回忆，如果交警真的拦下罚款的话，他就要横。才走了一天，2100 元钱就没了，"你大不了把我三轮车没收了。"他远远看着浦清升跟交警交涉。

南方周末记者在采访车队成员时发现，每每谈到路上的情急之处，这些男子有一句共同的口头禅："反正我什么都没有，你爱怎么罚就怎么罚吧。"

但仅仅过了一分多钟，浦清升就很兴奋地往后边喊，跟上跟上。车队又满腹狐疑地启动了。

后来他们才知道，这个交警其实是特意给他们带路的。过去的一个多月里，已经有好几支返乡"大篷车队"经过这里，但凡走错了路，交警便会开着警车把车队带回正确的道路上。

和车队分手的时候，交警甚至到路边的小店买了两件纯净水分给了大家。秦江仁说："这是我见过的最好的交警。"

队长出走

14 辆车在队长和导航员之间选择了支持后者，实际是出于对知识的崇拜。

11 月 11 日，是车队一路上最困难的一天。上午伍云国发生交通纠纷，下午又发生了队长浦清升出走事件。

在罗浮山一带的一个岔路口，导航员和队长产生了分歧。浦清升相信自己的经验，"我每年都要坐大巴走这一路。"但秦雄相信自己的地图，坚持队长这一次记错路了。

12 月 15 日回忆此细节时，队长浦清升——这个年近四旬的男人甚至有些害羞。但当时他非常地强硬，"这一路有千千万万个岔路口，得有人说了算。要是谁想怎么走就怎么走，车队出不了广东就散了。"

他试图用自己的影响力结束这次争执，直接踩响了发动机，"相信我的跟我走"。

他轰了两下油门，可并没有其他的发动机回应他，后面静悄悄的。他的发动机扑腾扑腾的很孤独，"我当时觉得没面子，又觉得很委屈。"浦清升索性一个人往北走了。

秦江仁说，那天下午，另外 14 辆车主在队长和导航员之间选择了支持后者，实际是出于对知识的崇拜，"文化人方能看懂地图"。

失去了队长的大篷车队，没有走多远就在一个加油站停了下来。"得等他，他肯定会回来。"车队里有人说。

果然，5 点多的时候，秦雄的手机响了。浦清升在电话里问，你们在哪？

这一次折腾，耽误了大概 3 小时的路程。从 12 日开始，导航员秦雄成了车队的头车。"但大家仍然很听队长的话。啥时候出发,啥时候休息,在哪吃饭,在哪睡觉。都是他做主。"秦雄说。

被旅途绑架

每次一有人提起放弃时,总会有人说,已经吃了这么多苦,钱也已经花了这么多。

从气候上讲,大篷车队的返乡是一次季节之旅。从贵屿出发时,司机们只穿了单衣。

一路往北,背心、毛衣不断加上。16日、17日车队进入湖南境内的时候,碰上了雨天。司机们全身都湿透了。尽管有雨棚,但车厢里的女人和孩子们仍然得把自己包在泛着湿气的被子里。

所幸的是,一路上只遇上了这两个坏天气。但不幸的是,这两个糟糕的雨天恰好碰上了最糟糕的路段——雪峰山。雪峰山,因山顶长年积雪而得名,主峰苏宝顶,海拔1934米。

17日上午9点车队到了山脚下,在一个四川老乡开的餐馆里吃饭。老乡瞟一眼门口花花绿绿的大篷车,笃定地说,"你们的车过不去。"

秦江仁沿着公路的走向,往山顶望了一眼,但雾把老乡所描述的陡峭包裹了起来。车队里没有人当回事。从广东往北,车队翻过一些陡峭的山。他们已经有了经验,有山就让女人们下车推。

开餐馆的老乡最后没有收他们钱,"你们要是过去了,就是给四川人扎起了(方言释意)"。

行至山腰,秦江仁的离合片坏了,车子不能制动。秦江仁开始下车拉,李惠琼在后面推。因为总是需要下车推车,李惠琼的鞋在过广州的时候就已经破了。"山上很冷。"这是20多天后秦江仁唯一能回忆到的当时的细节,"我长这么大从没吃过这样的苦。"

看到其他车一辆辆超过自己,妻子说,要不把车扔了吧。秦江仁没回答。要不扔一些东西吧,妻子又说。最终从车厢里拉出水桶,随后两个碗,一个小铁锤也被翻了出来,还有弟弟在贵屿塞给的矿泉水,也被放到了路边。

"扔的这些东西其实不到 10 斤。但一下就觉得车变轻了。"秦江仁说。

在雪峰山上，秦江仁第一次感觉到"力竭"是如此真实。扔掉的那不到 10 斤东西尽管少，但恰好是他心理的体力上的"最后一根稻草"。

这种"力竭"感一路上伴随着每一个人。后来这些车手们承认，几乎每天都有人打退堂鼓，嘟囔着把车扔了坐大巴回去。"也就说说而已，半路上放弃，这账怎么算。"秦江仁说。

他们已经被旅程所绑架。这种绑架既是经济上的也是情感上的。每次一有人提起放弃时，总会有人说，已经吃了这么多苦，钱也已经花了这么多。——离家越近，他们被回乡之路绑架得越紧。

下山已经是晚上 7 点。秦江仁下山的第一件事，就是赶紧给后面的秦洪他们电话，千万不要走东线。

秦洪的工资是 16 日领到的。11 月 18 日，他们重新组织了另一个大篷车队，14 辆车。因为秦江仁的提醒，第二个大篷车队没有从广州北上，而是一路往西入桂，以求走西线绕过雪峰山，"谁知道碰到了蒙山，吃的苦更多。"秦洪说。

蒙山让第二个车队付出了惨重的代价。下山时，一辆三轮车冲进山沟里。车子全毁了，车上的一家四口受伤，被车队送到医院，所幸伤都不重。

而浦清升、秦江仁他们第一支大篷车队，损失的第一辆车，出现在 19 日中午 11 点。

第一次交费

碰到收费站，队长浦清升就会冲着小屋子里的人喊：我们是逃难的。

就像奥德修斯把他多个水手的性命留在了返乡途中一样，大篷车队也把王磊德的三轮车留在了返乡途中。走到湖南怀化的时候，王磊德车的活塞烧了。"当时老婆就坐在地上哭。我说没事，去修一下就行了。老婆说还修它干吗，于是便找了废品收购站把三轮车卖了。"王磊德说。

王磊德的三轮车，是秦江仁给拖到废品收购站去的。一块钱一斤，卖了 298 块钱。一些锅碗瓢盆的，老板不收，就全扔了。下午 1 点，大家吃

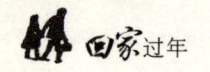

了一顿饭，把王磊德一家送上去达州的火车。

如果换一个角度来理解农民的返乡之路，其实他们留在外面世界的东西远远不止这一辆三轮车。在过去的10多年里，秦江仁的家乡八村共有7人因工伤而留下残疾，两人留下职业病，一人死亡。"我们这一路是宣传队啊。"秦江仁说，"一路只要碰到有人问汕头现在好找工作不，我们就说，没看我们都逃难啦。""逃难"是大篷车队常用的一个词。这个词帮他们一路省了不少过路费。碰到收费站，队长浦清升就会冲着小屋子里的人喊：我们是逃难的。"一路上还是好人多。"秦江仁说。他认为他们一路碰到的最好的人，是重庆一个收费站的妇女。

这个桥段发生在11月21日，大篷车队进入重庆境内之后。某个收费站坚持要收每辆车2元的过路费。收费站是一男一女跟大篷车队交涉。僵持了半个小时，车队一路过关斩将的"逃难"口号在这里失去了作用。

双方僵持的时候，收费站的那个女工作人员，走出小屋子，到车队转了一圈。秦江仁看到她红着眼睛回来了。"我们半个多月没有洗澡了，车里的女人们脸上都是黑黢黢的。估计收费站这个女的看到了。"秦江仁猜测。

女的对浦清升说，你们过吧。横杆抬起来了，但男的仍然说不行。

女的又对浦清升说，你拿15块钱给我，还有15块钱我给你们出。浦清升同意了，女的从兜里掏了15块钱，接过浦升清交给她的15元，递给男的，然后再次摁下电钮，抬起了横杆。大篷车队鱼贯而过。这是大篷车队在6000多里的返乡途中，第一次交过路费。

收尾的浦升清回头看了一眼这个帮车队垫过路费的女人："记得她30岁出头的样子，圆脸，长发，个子不高。在小屋子里望着我们笑。"

陌生的家

他的镢头吭哧吭哧的，一心想把家门口原本作为晒谷场的十几平方米开垦成菜园子。

11月22日到达重庆市区后，伍云国的车最后一次坏了。这一次因为配件的欠缺车队耽误了整整3天。浦清升竭力维持着队伍最后的团结。

无聊的时候，男人们也曾去重庆市区走走，看能不能找到活干，但是连棒棒们都说，生意很冷清了。25日，车队正式解散。车队里剩余的15辆车，三三两两地走了。过去的3天，剩余的15辆坚持了自己"不丢下一辆车的"承诺，在马路边露宿了3天，等待小弟修好伍云国的车。

以前他们也曾等待过。但是家从来没有像这一次这么近过。11月27日9点。秦江仁和秦雄走到了平昌县县城的大桥头。桥头一个巨大的广告牌上写着，欢迎家乡打工的亲人回家。

秦江仁的邻居、村里代课的教师贾德生说，"第一眼看到他，我还以为是外地到我们这里来逃难的。"

这一路，秦江仁花了1700块钱，很亏。并且，三轮车刚回到家里就坏了。但来不及怨艾，他必须像奥德修斯一样，重新打理并恢复到自己远游之前的生活。

12月初，秦江仁找到贾德生，想提前收回自己租给后者的一亩多地，否则明年一家人将没有吃的。

麻烦的是儿子。秦锡军声称自己明年无论如何也要出去打工。但是去哪里呢？秦江仁也不知道。他的镢头吭哧吭哧的，要把家门口原本作为晒谷场的十几平方米开垦成菜园子。

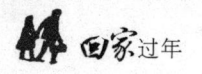

"80后"回村
——江西塘下村新生代农民工不再"东南飞"

■ 谢 鹏

农田机械化耕种,以及沿海地区企业内迁带来的就近入厂,让那些在外打工近10年、不善农活的80后这批新生代农民工的主力可以有条件回归农村,兼顾农活、工作和家庭。江西高安市塘下村正在发生的变化或许并不是孤例。

包产到户后再次分田

2月20日,正月初七。按照惯例,每年的正月初七是塘下村召开新年第一次全体村民会议的日子。

然而这天,会没有开,而且大家都很默契地不谈开会的事。因为开会就要"互相红脸",这在春节期间是很忌讳的事情。"红脸"是因为村里要重新分田了,这是自30年前包产到户以来该村第一次大规模地重调农田使用权。

分田源于去年下半年开始的农田机械化改造。为了加速"工业强镇和农业现代化"的步伐,人口规模近3000的大村塘下村,被所在的江西省高安市建山镇选为农田机械化改造,当地称"园林化改造"的试点村庄之一。

"80后"回村
——江西塘下村新生代农民工不再"东南飞"

以前田连阡陌的水田分布格局，在被机器碾断了田埂之后，变成了成片成片的大块稻田，以便实行机械耕种。

本来要开的村民大会没开，于是一群老农，抽着两三元一包的廉价烟，围坐在一台笔记本电脑前，盯着国家发改委网站上刚刚发布的一则消息议论纷纷：国家决定2010年继续在稻谷主产区实行最低收购价政策，并适当提高最低收购价水平。

对世代以种植水稻为生的塘下村农民来说，这意味着今年他们生产的早稻和晚稻最低收购价格，将分别从每百斤93元上涨到96元，从105元上涨到115元。"2009年的晚稻价格卖得越晚赚得越多，最后都卖到了115元，看样子今年的田一分也不能把（转让）出去。"一位老农说。

听到这话，笔记本的主人谢松林心里咯噔了一下。他50来岁，罕见地不抽烟，是村里的一位意见领袖。

谢松林这几年一直在珠三角等地开餐馆。去年10月，他和妻子回到老家，购买了全村第一台电脑，并以每年798元的包年费接通了全村唯一一条宽带，每天炒炒股过日子。他是村里公认的见过世面的人——他带回了全村人都没吃过的爆炒母猪子宫。

谢松林回村本来是想当个"地主"，承包大约100亩的稻田。这在往年是件很容易的事情，因为这个村庄打工者众多，稻田要么被抛荒，要么以每亩3年40元的低价转让给留守的农民耕种。

然而，因为2010年粮食最低收购价要上调，老农们更坚定了在随后的分田博弈中要多分几亩稻田，而谢松林则觉到，他离他的"地主"梦更远了一点。

都想多分田

塘下村分成三大区，分别是老屋、上屋和新屋。园林化改造之前，上屋区的村民人均耕地面积最多，有近三亩，新屋两亩多，老屋最少，人均只有一亩多。

上屋的村民，子女要么读书，要么打工，他们年岁已高，本无力耕种

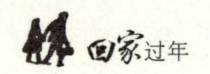

过多稻田，但机械化的突如其来，让他们开始对手头的水田紧抓不放。他们见过世面的儿女们给他们算了一笔账：一亩水田，租用机器耕种，只需要120元，折合成2009年晚稻的价格，也就是100斤稻谷的钱。

上屋区读书人多，出了不少大学生，他们的户口相继迁出，一旦重新分田按照户籍人口数量计算，上屋的村民拥有的耕地数将减少不少。

这些读书人有些已经毕业，那些进了政府部门工作的人，只要回老家过年，都会被各自的父母要求充当利益代言人去"想点办法"，对村里乃至镇里"发挥点影响，施加点压力"，保证上屋区村民在分田中的利益不受损。甚至有人开始筹划着让子女们的户口迁回老家，以在即将展开的分田中增加自己的稻田数量。

老屋和新屋区的村民，心态则完全不一样。这两个片区的人口较多，大学生和外出打工者较少，做小买卖的比较多。每家每户都有好几个青壮年劳动力，且各个都是干农活的好把手，他们希望能够多分得田地。

"80后"回归

"到底哪天讨论分田问题，怎么还没人来通知。"谢松林关掉电脑，冲着门外一群一边晒太阳，一边开着手机蓝牙互传歌曲并交换QQ号码的"80后"和"90后"打工青年们喊道："今年你们还出去打工吗？"回答截然不同。

对于刚刚辍学打工一两年的"90后"们来说，他们才学会了使用手机蓝牙技术和上网，他们相信，外面的世界还有更多的精彩等着他们。在正月初七，他们选择了重新返回珠三角的工厂。

而那些差不多打工10年的年近30的"80后"们，大部分已经在珠三角找到了老婆，有的还生了小孩。他们已经厌倦了打工生涯。特别是那些准备要小孩的打工者，很担心常年在有毒的染色厂这类地方工作，会影响生育。"我和老婆打算到附近的陶瓷厂去打工，收入我都打听了，只比我在东莞少500元左右，我觉得值。"快30岁的谢春华，已经和老婆一起在珠三角奋斗了快10年。春节期间，他们听说不久后离村子不到10公里的镇上今年将有3家从广东转移过来的陶瓷厂开工。于是，他2010年的计划

"80后"回村
——江西塘下村新生代农民工不再"东南飞"

变成了一边到本地陶瓷厂干活,一边种点水稻。

对谢春华这些外出打工多年的80后们来说,大多数是不懂耕种技术的,但他们现在不用担心了,这个至今每家每户都养着耕牛的村庄,正在迅速地向机械耕种转变。

就在打工者们的父母身体还算硬朗时,镇上卖农机设备的商家的生意一直不好。很少有人愿意以每亩120元的价格雇来机器耕种。但最近几年,越来越多的打工者们将在珠三角生下来的子女带回农村交给父母抚养,这些留守儿童占用了父母们很多的精力,他们的身体也已大不如前,现代化的耕种技术这才得以占领这个贫弱的山村。

工业化的陷阱?

对于那些80后的农民工来说,不会种田等门槛已经被突破了。现代化的耕种技术被引入之后,他们不再对耕田耙地等农活怀有忌惮。但是,让他们没有想到的是,现代化带来改变的同时,也让现代化的陷阱降临了。

经验老到的老农们告诉他们,不要高兴得太早,园林化改造之后的田地,在头两三年并不好打理。这些原本分割成多个小块的水田,高低深浅各不相同,机器到时将可能没法发挥工业化的力量,在家闲置的水牛们,依然将唱主角,而这正是"80后"一代们十分害怕的。他们大都初中没毕业就到珠三角打工,不要说耕种技术,那些小时候下水田插秧和耕田时附着在他们腿上的吸血软体动物蚂蟥,至今仍让这些新生代农民畏惧三分。"除非全面实现机械耕种,否则我可不脱下鞋子赤脚下田干活。"这是"90后"青年农民们的普遍心态。

好在这个小镇在向现代农耕时代转型的同时,加速了其向工业化的跃离。正是这种跃离,给这些"娇贵"的新生代农民提供了一种过渡方式,去避开老农们口中"头两三年田好种不了"的魔咒——到镇里即将开办的陶瓷厂里打工。

建山镇位于县级市高安市的西南部,算得上是高安的工业重镇。但近年来,随着国有大型企业英岗岭矿务局总部搬迁至江西新余市,建山镇的官员们面临着如何留住人气和积聚财气的命题。

由此，这个富含煤、瓷土、耐火土、石灰石等资源的小镇，开始卷入工业化。镇里去年签署的两个亿元投资项目都是污染型的电解铝项目和电化工项目。

建山镇距江西省建筑陶瓷产业基地仅20余公里。从珠三角的腾龙换鸟产业转移政策实施以来，江西省建筑陶瓷基地规模不断扩大，来自佛山的很多陶瓷厂转移到了高安，一些陶瓷厂甚至表现出了再次转移到建山的意向。镇上很多地方已经张贴上了"打造陶瓷重镇"的标语。

不过，村民们一些邻镇的亲戚过来拜年，却带来了和镇里的宣传画上不同的信息：附近刚刚摇身一变而成的陶瓷重镇新街镇，在陶瓷厂建好了之后，粉尘和污染严重，一些地方已经出现了粮食绝收的迹象。

一些在外面见过世面的打工者更是对此保持着审慎的乐观，村里曾来过一些从佛山过来考察投资环境的陶瓷老板，这些打工者建议他们不要在当地建厂，他们从网上找到了充足的理由试图阻止工业化的推进：陶瓷厂需要大量的透灰石，而这些资源当地并不具备，整个江西省建陶基地所用的透灰石全部都是从较远的新余市进货，企业来了难赚钱。

在这个总人口约40000人的小镇，集镇人口占据了20000余人，这个小镇的80后们，从一开始就被分成了城、乡两个群体，并且互相斗了十几年。

当家门口的工作机会降临的时候，像谢春华这样的打算留下来的返乡农民工，竞争力并不强，因为他们的文化程度普遍不高。然而他们唯一的优势是，他们比城里的同龄人更好管理。在珠三角长达10年的历练，让他们更容易接受像一颗螺丝钉一样，每天三班倒地被拧在工业化大生产的一条条流水线上。

母 亲

■ 佳 佳

　　这次回家，见母亲又胖了些，慈祥的笑依旧，精神也好。

　　我小的时候，因家庭有些变故，母亲对我的照顾，比起别的母亲对孩子的照顾，要少一些。而这份欠缺，压在心上，十几年竟压成心底浅浅的裂痕，所以以后我的心中，对母亲总不如对父亲那样信赖和尊重，有时也顶些小小的嘴。这时母亲的脸就像被打了一下，忧郁不自觉地露上来，许久都不再说话；而我，心也像被咬了一口，隐隐地疼。

　　这份痛，在我离家万里以后，因为思念和眷顾，而化作重重内疚了。这回见到母亲，迫不及待地叫声"妈"，便掏出带回来的衣料，殷勤地为她在身上比划着。母亲欣喜地将衣料接过去，一面唠叨着："这么好的料子——高贵哦！唉，这么好的料子！"一面站在镜子前比来比去，胖胖的脸泛着光。

　　我这次回家度假，计划做些新衣，所以早早地写信告诉母亲。母亲是个制衣好手。我从小到大的衣服，件件都经她的手，件件都是精心缝制。所以，万里漂泊回来，我依旧贪恋着母亲的好手艺。我再次将要求提出来，母亲高兴地答应了，并嘱咐第二天早点和她一起去买衣料。

　　于是便一件件地开始缝制，每一件都是一片爱心，即使是一个小小的粗心的折皱，母亲也一定拆了，细细地重新压过。有时中午睡不着，她便起来踩缝纫机，轻轻地，怕把我吵醒。

离开故乡，重踏上返往南国的列车时，正是暮色渐浓的黄昏时分，车窗外父母并肩而立，两颗白发覆盖的头殷殷地扬着，注视着车内的我，母亲的眼睛已有些潮了。我离开车窗，心底涩涩的，无名的泪水缓缓地在心底滑落。车开了，他们眼里的我，已是渐行渐远了吧？而那两个小小的身影，仍固执地立在月台上，将我的心弦，在这夏末的黄昏中，扯成长长的一根，随列车的远行而阵阵地疼。那疼，直到人心底里去。

总忘不了有一出京剧，扮小生的在远行时凄婉地喊出"母——亲——"，长长的腔调滑过高低起伏，像是要喊尽几十年的温情与辛酸。现在我的心里，一声声唤着"母——亲——"，心又涩又有些发苦了。

回家的路

■ 赵健雄

回家的时候太阳还很高,走到一片老树下面便感觉到特别凉快。我说过,这时格外能体会到历史的悠远所带来的好处。突然,有一滴沁凉的水珠落在脸上,并溅进眼帘,这也是让人爽快的。但猛然间就起了疑虑:这水珠是哪里掉下来的?此刻天上并没有雨,而隔着厚厚的树荫,似乎也不可能是由谁着意或无心洒落的。那么,这一定是某种昆虫的分泌物了,尿或别的什么。这样一想,刚才头脑里的诗意与历史感便踪影全无,而眼睛里好像真的有点不适了。

我坚持着不去揉它,因为这时骑在车上,略有不便,心想也不过就是些分泌物,不致有碍吧?一会儿之后,也就干了。想着回家洗一洗脸,等到了家,却又把这事儿给忘了。

这水珠究竟是何物,不得而知。

树荫与水珠,都是自然的一部分,眼下都市人离此已经渐行渐远。新建的大道宽敞是宽敞了,却一律钢筋水泥,这在夏日的太阳下面行走,就有些难耐。人们想出来的办法是坐进车里,而且是有空调的小车,太阳能奈我何?如此想来,便连说不清是什么的水珠也决不会落到头上来。于是历史加上自然像谜一样一同远去。

回到家里太阳仍老高,儿子把空调调得很低,窗户拉上了帘子,室内昏暗如傍晚,忽生今夕何夕之感。

今夕何夕？千百年前的古人，那些守着一片农田与一行老树的古人，你能告诉我吗？

大运河边，拱宸桥下的落日不久就要下山了啊。

今夕何夕？千百年前的古人，那些守着一片农田与一行老树的古人，你能告诉我吗？

常回家看看

■ 林德仁　李爱芬

一支《常回家看看》的流行歌曲唱遍了城市和乡村。这不仅唤起青年一代的乡思，增多了回到父母身边的意念和行动，加深了父母子女、翁姑儿媳之间的亲情，同时也能交流几代人之间的生活阅历、工作经验乃至一些对国家社会有益的见解，于国于家大有裨益。

我的小孙女在上海浦东区一所全托性小学就读，只有周末才能接回家，同母亲团聚。但是，每到假期，她的母亲总是让她回山东半岛农村老家，来到爷爷、奶奶身边，不仅交流了祖孙两代的亲情，同时一方水土养一方人，这对孩子的影响颇为明显。

首先是环境磨炼。暑假里小孙女最热门的活动是同乡村小伙伴去河边戏水，到河滩上捡河蚌，拾贝壳。烈日当空，用柳条编个斗笠戴在头上，简直像电视屏幕上的小龙人；从城里带来的阳伞和折扇早已束之高阁。夜晚，来到打谷场上，偎在祖母身边仰望星空：大熊星座中有7颗最亮的星星像勺子啦，天琴星座中的织女星表面温度约10000℃啦……话题像夜空的星星无穷无尽。无风的夏夜，蝉在树枝上焦躁地叫着，人身上汗津津的。祖母用蒲扇为孙女扇风纳凉，一边扇一边唱：风来了，风来了！大圣的芭蕉扇借来了！同时，小孙女的扇子也向奶奶摇过去。顿时，阵阵清风沁人心脾——这不光是天边吹来的风！奶奶的脸颊湿润了，不知是汗还是泪水——10岁的小孙女啊，你懂事了！

其次是当家理财。小孙女说，自己是这个家的小主人。因此，常由她去菜园买菜。有时候她会买回几棵青虫叮得厉害的甘蓝，理由是这些菜没有喷洒过农药，是无毒绿色食品，而且价钱便宜。中午防暑，她买来两角钱一支的冰棒，津津有味地吮吸着。奶奶嗔怪她为什么不买一元钱左右的冰糕，她的回答是：那么多小朋友都在吃一角钱一枚的冰块儿，我怎么就不能吃呢？早晨或傍晚，约几个小伙伴在庭前树荫下的石桌上做起暑期作业，说这样做不用开电扇和电灯——节约能源，节省电费。这些话震撼着祖辈的心弦——10岁的小丫头啊，你节俭的精神，让人辛酸中含着欣慰。

还可见到幼稚的创新。我们家庭院中有株高大的皂角树，树枝上落满了蝉。山东半岛的这种树木害虫是野生珍馐，乡邻小朋友竞相粘捕。小孙女提出条件：蝉是生活在我家树上的，无论谁来粘捕，按数对半分。这是历来从无先例的新规矩。可能是她的主权概念或者是商品意识吧！

不难看出，大城市的孩子常回家看看，对求知、健体、劳动、审美、创新以及做人等素质教育的实施有益无害。他山之石，可以攻玉。何况是回故乡呢！

回家过年

■ 石　头

　　昨天晚上梦见母亲。早晨起床，只觉心中堵得慌，于是拨通了家里的电话。

　　"又快过年了，你今年回家么？"母亲在电话那头轻轻地问，"你已经好多年不在家过了。"

　　1999年，我生意败落，工作也不如意，又经历了一些人情变故。我失意至极。别说接母亲来广州，连电话也极少打了。母亲问及，我也不愿细说，总是匆匆挂断。有一段时间，母亲甚至不知我的行踪，急得四处托人打听。以后打电话，母亲便藏起了心中的思念，总是说些鼓励的话。而我却总不以为然。我只想到自己的伤痛，却从不曾念及母亲，更不曾想到她的心其实会比我更痛！而时至今日，在这样一个梦醒的清晨，我才突然明白：无论我怎样远走他乡，其实，永远也走不出母亲的牵挂。这些年艰苦的磨砺，似乎感情也变得粗糙，其实却是因其更敏感脆弱而罩上了粗糙的外壳。就像蜗牛。而在亲人面前，我又何苦掩饰这份脆弱？

　　在今天，我只想回家过年。回家与母亲开开心心地吃几顿饭，聊聊天，在院子里嗑着瓜子，晒晒太阳。

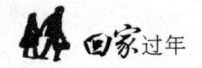

回乡三镜头

■ 孙立新

这两年，我的家乡（内蒙古赤峰市元宝山区平庄镇），得益于丰富的煤炭储量，发展很快。最近我回家一看：街上跑的都是保时捷、奔驰、宝马、悍马、凌志……但在这些之外，有几组镜头让我印象深刻。

镜头一：在从市区开往县城的车上，我一直在往窗外张望，看着路上的一屋一铺，一草一木，寻找从前的影子。突然，一辆保时捷吸引了我的注意力，不是因为我对其心仪已久，而是因为衬托保时捷的环境：后面是一间破得不能再破的商铺，商铺的三面都被玉米地围着；前面还有两辆车，车上套着两头毛驴。

镜头二：车子临近村口，我又看到了那一片破旧不堪的楼房。这是一家国企家属楼，这家已经倒闭的国企曾经烜赫一时，里面的人曾经根本不把我们这些农家子弟放在眼里。一晃二十几年过去，如今好多村民都搬到镇上去了，开香车住豪宅，而这里的人却固守着这一砖片瓦，即使它现在几乎成了镇上最破的楼，被拆的命运几乎不可避免。

镜头三：二表哥来了。二表哥家在一个非常贫困的山沟里，据说那里的姑娘有几分姿色就会设法嫁到别处去；小伙子无论多帅也只能娶到长相一般的媳妇。为了养家糊口，二哥在种好家里那几亩地之余还要四处打工。我们摆上好酒好菜，微醺中，二表哥谈到了卧病在床的舅舅和痼疾缠身的舅母，谈到了就要上学的两个女儿，谈到了打工的不易、种地的辛苦……

二表哥乐观坦然，自信满满，但那张沧桑斑驳的脸和那身挂满泥土的行头却已然说明了一切。

今年鄂尔多斯"人均GDP超过香港"，我们村里人腰包也渐渐鼓起来……内蒙古农民的日子似乎越过越好。只希望过得好的，以后能包括国企家属楼里的人们、还有我的二表哥。

暮春时节的思念

■ 白 桦

我的故乡是河南省最南端的一个县——信阳，对于南方人来说那里属于北方，应该说它是南方揳入北方的秀丽一角。过去很少有人知道地处北方的信阳出产茶叶，而且是很上乘的茶叶。

我在很小的时候就懂得饮茶了，抗战前，我只有几岁，家门前就是一条西关大街。那时候的大街，实际上是一条只能通行一辆卡车的狭窄街道。每天早上我都要早起，为了站在门前看热闹。早上的大街上尽是从西南乡来的农民，从早到午络绎不绝。卖柴的，卖菜的，卖鱼的，卖肉的，卖鸡的……也有卖茶叶的，茶叶装在竹篓里，那是一种很细密的竹篓，为了防潮，还垫着厚厚的棉纸。有一位老伯伯，在街边上摆了一张小条桌，做的是兑换零钱的生意，也代写书信。他是品茶的行家，一清早，摆好条桌就给自己沏一大玻璃杯毛尖茶，我呆呆地看着，看着一张张碧绿碧绿的叶片慢慢地在沸水里展开，就情不自禁地笑了，他总是心领神会地先让我尝那么一小口。那是一种让人终生难忘的馨香，至今我都还能感觉得到。街市上买卖茶叶的双方都向他请教，请他鉴定，只要他说个价就成交了。成交以后，买卖双方都要赠送给他一小撮茶叶，所以他的茶是喝不完的。

小时候，我只喜欢喝家乡茶，甚至不可替代，父亲从北京带来的茉莉花茶，从云南带来的普洱茶，我都不喝。一直以为那主要是乡情在起作用，是信阳毛尖和信阳的山水、亲人联系在一起的结果。当我饮遍全中国乃至全世界的名茶以后才认识到：不仅对于我，信阳毛尖是最好的茶叶，对于真正的识家，也属于上乘。

  20世纪50年代初，我在北京工作的一位同事，写过许多名片的电影剧作家沈默君偶然饮了一杯我招待他的信阳毛尖，他拍案惊呼："有这样的好茶！我听说过信阳毛尖是好茶，还不知道是这么好的茶。"他的认同可是非同小可啊！因为他在战前出生于安徽的茶商之家，而且是在皖南到上海的茶叶船上长大的，当是祖传的茶叶专家了。饮食上人人都有偏爱，在主客观两方面达到完全的统一是很不容易的，作为信阳人，我为此非常之自豪。有一段时间，买不到信阳毛尖的时候，我钟情过杭州龙井，太湖的碧螺春，也喜爱过六安瓜片和台湾的洞顶乌龙……甚至很长一段时间热衷过咖啡，最后还是回到了信阳毛尖，这也许是落叶归根的自然反映吧！

  每逢暮春时节，无论我在哪里，都会思念起故乡的河、故乡的鸡公山、故乡的茶园来。90年代初，我有过一次匆匆的故乡之旅，当汽车从鸡公山进入信阳境内的时候，就看到公路两旁全都是拦车叫卖的乡亲，他们叫卖的就是信阳毛尖，我品尝了其中有些所谓"信阳毛尖"以后，觉得很不是滋味，心情像云遮月那样黯然。回到故乡，故乡反而离我远了。信阳毛尖在我心目中是珍品呀！为什么还要拦车叫卖呢？这个问题在我心中一直困扰至今，为什么？在法国的波尔多，我从未见到过有人拦车叫卖葡萄酒。那么多葡萄园主的销售店门挨着门，每一家的酒窖都敞开着，任人参观。一条古老的街道，静悄悄的，络绎不绝的顾客和店主的交谈也是轻声细语。我问过一位波尔多人，他笑着回答我：在波尔多，还需要叫卖葡萄酒吗！是的，什么时候，我们信阳人也会像波尔多人那样说：在信阳，还需要叫卖茶吗！还是古人说的精辟：桃李不言，下自成蹊。

这个春节

■ 韩 雪

这个春节怎么过？

没怎么想过。

可是，大家都说今年是世纪之初的第一个春节，也许还是世纪末的最后一个春节，是千禧年，还是龙年，怎能不认真想想？

想想吧。很多个春节我都是和父母一块儿过的，我们吃饭，看电视，放爆竹（以前）。今年，我很想另类。因为出生在70年代，没经历什么风雨，所以我决定去过一个不同于以往的年。

我的想象力有些贫乏。翻翻报纸吧。贴近年关，报纸变得红红绿绿，弥漫着喜庆。那一大片一大片火红底色的广告常掀起我小时候对过年的渴盼。去旅游吗？最酷了！国内国外，陆上海里，初二出发！表姐来电话，说她春节去西双版纳。也好，离开黄草枯树的北方，去提早拥抱一下春花艳阳。在这个城市里，她是我唯一的亲人。我们都远离家乡。电视上也有人在鼓动，某某旅游团早已于某某日被预定一空。似乎，很多人都要离开这座城市了，这里的沸扬喧嚷很快就要被移到美丽的他乡。我，想另类。那就留下吧。空守漫天的飞雪，冰封的北国。

留下来做什么？再看看报纸吧。信息的时代，一切求效率。广告上说，大年夜去酒店，到饭庄，省时省力吃年夜饭，每位成人××元，儿童优惠××元。我，独自一人，家人距我千里之遥，谁人能与我在葡萄美酒温柔夜色中共度良宵。

听说火车票越来越难买。常有一大串的数字说明着又有多少人被发送走了。春运的大潮猛过往年，外出讨生活的人们与大学生们后浪推前浪，拥聚至车站。然后，他们奔向祖国各地。不管是衣锦还乡，荣归故里，还是黯然神伤，悄然归隐，总是因为远方有一盏永为他们开启着的夜灯在召唤他们。这里的冬天愈发寒冷起来，飕飕的冷风透过棉衣直入我的心里。我裹紧了暗红色的丝巾，漫无目的地走和想。我开始动摇了。或者，我被感染了。世纪初也好，世纪末也罢，叫千禧年亦或龙年，罢了罢了。新的一年，太阳照常升起，可我的父亲母亲却又要老上一岁。谁说过，尽孝心要尽早啊。

网上订票，选择了"送票"，在家坐享其成。

鲜红的灯笼在寒风中夺人眼目，商场正在打折，在年关前背水一战。买吧，就为了这气氛。

回家过年了，就这么平淡。

感念家人

■ 伍 振

好不容易有了一个长假，决定回老家湖北看看，其实是因为想买房，想向家里拿点钱。因为我知道，在城市的天空下，交个女朋友至少要有个自己的屋檐，尽管也有例外的。

家乡还是有些变化的，最起码左邻右舍都翻盖了小洋楼，只是我家仍是10年前的老平房，"鸡立鹤群"地挤在中间。看着周围气派的房子，父母亲却没有丝毫的羡慕，他们说："你就是我们最大的财富和寄托，将来你有出息了，建的房子肯定更气派！"说得我眼睛潮潮的。

知道我回来了，姐姐特意回来看我。我问姐夫怎么不一道来，姐姐迟疑了一下，说姐夫有要紧事脱不开身。节日里，一家人终于团聚了。可我总感觉他们谈话时的眼神有些异样，好像有些事瞒着我。他们都一个劲儿地向我碗里夹菜。看着他们削瘦的面容，我喉咙里像塞了团东西。

后来，我同舅舅谈心。当我询问家里近况时，舅舅说很好，但我发现他在尽力掩饰什么。在我再三乞求下，他最后拍着我的肩膀，意味深长地说："小振，你家为你不容易呀！本来这些你爸妈是交代过我，不让告诉你，怕你分心。你爸妈最近都退休了，因为单位不景气，他们的退休金都没保障。你姐不久前也下岗了，现在在别人家里当保姆。当初你上大学时，她结婚的钱都给你垫了学费，这样与你姐夫的婚约也推迟了。将来你一定要好好报答你的家人！"我突然明白了姐姐当时的迟疑和饭桌上爸妈的异样眼神。

小时候，我总庆幸自己有一个好姐姐，她很早就知道体贴心疼人。尽管姐姐成绩很好，可她读到初三毕业时就辍学了，毕竟家里条件有限。姐姐那时还骗我说："姐姐没考取高中，你就算帮姐姐上吧，用心点。"其实姐姐把重点高中的入学通知书藏了起来，而我带着姐姐的梦想和父母的希望一直读了下去。

姐姐临走时，硬塞给我两千元钱，说："这是我在厂里的奖金，你拿去买房，尽管少点。我现在的工作很轻松的……你要继续努力呀，小弟！"面对姐姐那美丽的谎言，面对她那满是希望的眼神，我目送着她远去的身影，忍了许久的泪终于夺眶而出。

母亲一退休就到镇上一所私营的轧钿厂做临时工。为多拿一点工资，她总是挑重活干。镇政府考虑到我家的困难，照顾性地划给家里半亩菜地。母亲从厂里回来，还要给菜上肥、浇水，常常忙碌到很晚。一天下来，母亲总是累得偷偷地揉腰、捶大腿。这些都被我看在眼里，疼在心上。我要替她上工，可母亲终究不肯："你现在是城里人了，干这粗活人家会笑话的，再说你从小就没做惯重活。你工作也挺辛苦的，回来一趟不容易，就好好休息一下。妈还没老呢！"母亲故作轻松地说。在她眼里，我永远是一个长不大的孩子。

父亲老了许多，也变了许多。我回来的那天晌午，我递一根烟给正在修理那辆破旧不堪的自行车的爸爸。他忍了忍，没接："戒了。"其实，抽烟是父亲唯一的嗜好，不过烟的档次很低。现在他居然戒了，这对一个曾视烟如饭的人来说，需要多大的毅力与决心！我深知，这一定又是父亲为我割舍的。

退休的父亲也闲不住，为了减轻家里负担，他竟瞒了我们到煤气公司替人送煤气罐。父亲身体本来就不好，怎么经受得住这样一折腾？一天，他终于累倒在送煤气罐的路上……

我不忍心再开口向家里要钱了。就在父亲出院的第二天，我起了个大早，替家里做好了早饭，留下了姐姐那来之不易的两千元钱和一封短信，便悄然返回天津。信是这样写的：

"亲爱的爸、妈：

我走了，这两千元钱你们替我还给姐姐。我会照顾自己的，更会努力的。以后，我会常来信的。你们注意身体！"

209

谁愿意重回乡村

> 锦城虽乐,不如回故乡;
> 乐园虽好,非久留之地。归去来兮。
>
> ——华罗庚

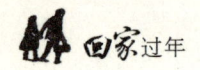

"放牛班"回乡

■ 沈 亮

2007年8月2日出发，8月15日返沪，12个志愿者带着35个正在上小学或初中的孩子，途经三省五市农村巡回演出，并在到达的每个地方进行了农村现状调查。

这次巡演的有趣之处在于，孩子都是民工子弟，生于农村，长于城市，名为"放牛班的孩子合唱团"，实在是一群未曾放过牛的孩子。

这是略带尴尬的一次旅行，也是组织者与孩子未经教化的粗糙持续较量的一次旅行。

"他们根本瞧不起农村了"

20天前，当离开农村多年的孩子重新站在农村的土地上时，他们用种种方式刻意保持着和农村的距离。他们在车上看到路边的牛羊会拍打着车窗故作兴奋地大叫，就像第一次看到动物园里的大象。

他们会抱怨农村的卫生状况，特别是那里的厕所，"简直不能忍受"。

他们亦自觉不自觉地掩盖自己的身份。到当地孩子家里做客的时候，会向孩子的父母解释说"我们来自上海"，而省略了"我们出自农村"。

有时同行的志愿者对当地人说，这些孩子也是从农村随父母去的上海，孩子们的眼睛里便流露出不大情愿的神情。

这样的行为，让随行的志愿者们感到了一些失望。一位志愿者在到达此行第二站江西新余市的当晚找到活动的组织者张轶超，说着说着就落下泪来，带些质问地说："他们根本瞧不起农村了，这就是你教出来的孩子？"

孩子的这种表现是张轶超在出发前未曾想到的。几天下来他自己也有所察觉，觉得"他们都好像觉得自己挺了不起的样子，我几乎没看到一个孩子对当地人有亲切感"。

相反，这些孩子很享受变为城市孩子的优越感。他们喜欢主动而耐心地向农村孩子描述他们在上海就读的公办学校，"我的校园很干净很漂亮的，有很多种类的课程和兴趣小组。知道么？跑道都是塑胶的。"这个时候，农村的孩子只呆呆地听着，说不出一个字。

这样的掩饰不是没有效果。每当真实的身份一显露，他们所得到的尊重就会减少一点，尴尬就会增加一点。

在江西上饶樟村村，他们按例和当地的学生们做游戏。

"你们是不是上海人？"一个当地的女孩子怯怯地问她的游戏伙伴。"不是。"被问者迟疑了一下，然后把目光移向了另一个地方。

"原来他们和我是一样的。"这个当地女孩子后来承认她当时有一点点失望。她本想看看城里孩子的漂亮衣服，没想到他们与自己并没有什么区别。

在从新余出发去第三站安徽怀远的当晚，张轶超召开了一次志愿者会议，会议上有一半的志愿者提到了小孩子们的"虚荣"行为。张轶超鼓励大家说，不要太悲观，这些孩子已经把城市生活看作正常，而把农村视为反常，他们想要把自己装扮成城里人，也是人之常情。但张轶超并不愿旁观这些欲念的发展，到达安徽怀远后，在他的要求下，孩子们在晚上演出的主持词里加入了对自己家乡的说明。

每一个这样的细节，都是张轶超和这些孩子身上暴露出的人性中未加掩饰的功利和未经教化的粗糙进行的一次较量。

喊叫是他们的说话方式

32岁的张轶超是上海人,高三时因病休学了一年,按他自己的说法,他在这一年中阅读了大量的书籍,改变了价值观,他开始愿意为促进一个自由公平的社会而努力。

第一次接触这些随父母进城的孩子时,张轶超还在复旦哲学系读研究生,他想为他主编的校园报纸《常识》写篇报道。他觉得这些孩子求知欲很强,特别的敏感、可爱。回到学校后便叫上《常识》报纸里的其他同学来为这些小孩子上课,回报孩子们对他的热情。

没过多久,他就发现了这些孩子表面热情和可爱背后的"无理和野蛮"。

新学期开始,张轶超给他们找来了两个乒乓球桌,意外的是,这些孩子为了占领乒乓球桌竟然大打出手。张轶超还为他们买了毽子和跳绳,这些东西也总是在一瞬间被一抢而光。那些抢到跳绳和毽子的孩子,也从不愿意和别人分享。

又带来糖果的时候,张轶超开始发愁如何分配。权衡之后,他把糖果交给学校的老师,他以为熟悉孩子的老师会有比他更好的办法。然而他所看到的场景是:这位老师跑上二楼,高喊几声"发糖果了",然后将一袋糖果天女散花般地倒出,所有的孩子蜂拥而上……

张轶超现在觉得,这些野蛮行为根源于孩子们的家庭教育以及平时物质资源的匮乏,他不断地看到"在物质的引诱下,人的占有欲的爆发",一次一次目睹着他带来的物质帮助破坏着他们原本看来和谐的同学关系。他对简单的物质资助产生了无力感。

2002年2月起,张轶超租借了一套三室一厅的公寓,为这些孩子开办了课外兴趣小组。他和志愿者给孩子们补课,带他们拍夜景、种植物、看星星,希望用各种活动来改变孩子的心灵。

4年之后的2006年2月,在中国做科研项目的美国学生柯慧婕找到张轶超,一起组建了一个由外来务工人员子弟组成的合唱队,取名为"放牛班的孩子合唱团"。这个名字来自法国电影《放牛班的春天》,影片讲了一个通过教授音乐来改变他人命运的故事。

合唱团刚创办的时候，上海戏剧学院的研究生孙悦凌过来帮忙拍个短片。第一天去拍摄，孩子们一看到摄像机便围过来上手就抓，孙悦凌陷在孩子里，只感到四周的声音已经超出了人类所能承受的分贝。柯慧婕陷在另一处，手中的吉他琴弦就快要被伸进来的无数双手拉断，她只能双手将吉他举过头顶，跑到办公室里。

喊叫，是这些孩子常态下的说话方式。张轶超去过这些孩子的居住地，他理解他们说话大声的原因。他们大多居住在上海市江湾镇一个废弃的机场，那里尘土飞扬，道路泥泞，最高的建筑物是一座塑料瓶堆成的小山，声音更是嘈杂到让他觉得"恐怖"，卡车不断地穿梭，做小买卖的人在不断地吆喝，"这样的环境里，他们只有学会高声表达，才能不被忽视。"

让张轶超高兴的是，这些喜欢喊叫的孩子，也喜欢唱歌。他们平时就经常边看电视边记下歌词，还会相互对照着补补，他们记下一份完整的歌词要用很长的时间。

即便如此，做他们的音乐老师依然需要拥有非常的精力。一个音节一个音节地纠正，进度慢纪律差，让在一旁拍摄的孙悦凌"大多数时间都觉得头晕"。

灰姑娘变公主

在合唱团成立几个月后的 2006 年 5 月，"放牛班的孩子"第一次得到了去上海市少年宫演出的机会，这也是他们第一次登上如此豪华的舞台。少年宫原是一位英籍商人的私人别墅，主要用大理石建成，所以也称为"大理石"大厦。它拥有一座宫殿式的主楼，进入主楼是一间欧洲宫廷舞场式的大厅，充满着上层社会的气息。

在上海市江湾镇高境三中读初一的周艳君，在那次演出结束一年后的今天，还会提起当初的兴奋，她清楚地记得那间大厅的样子，"很辉煌的，舞台上有红色的幕布，大厅里空荡荡的但有绚丽的灯，发出白色和橙色的光，那灯好像水晶一样。"她也记得台下那些外国观众的掌声，"有个人站起来说孩子，你们是最棒的"。

在跟拍者孙悦凌的描述中,当这些孩子看到这座上海最好的别墅后,就"傻掉了"。宽敞的舞台、富人的尊重以及一时间聚拢过来的媒体,让他们自己感觉从灰姑娘变成了公主。"后来孩子们再去上海第一高楼金茂大厦演出的时候已经比较放松了。这些孩子从此觉得自己颇见过些世面了,他们觉得金茂大厦正是适合自己的演出场所。"

孩子喜欢这样新的生活,让他们在上学和帮父母干活之外,感受到了从未属于过他们的被人尊重后的自信。合唱班的孩子侯学琴在她的作文里写了这样一个故事:有一天她带回家一个葫芦丝,遇到一个同龄的孩子,那个孩子指着葫芦丝问她:"这是什么?可以吃吗?"她说不能吃但可以吹。那个孩子请求给她吹一下,当她第一次听到葫芦丝发出的声响,高兴得笑了起来。在作文的结尾,侯学琴写道:"看见了她,我才知道我是幸运的。如果没有合唱队,或许那个孩子就是我吧。"

当某个人从一个场景转移到另一个场景里时,原本与周围协调的行为可能会立刻显得突兀。环境改变的不仅是孩子们的心态,也让张轶超对他们的期望值发生了变化。

一次演出结束后,张轶超第一次带孩子们去吃夜宵。每上一盘菜,男生就会把它一扫而光,他和女生都没吃到什么。这使张轶超突然意识到,走到这一步,对于孩子们的慈善性帮助已经到顶了,重复的慈善性演出遮挡不了这些孩子的局限。在张轶超心里,那一天是从慈善到教育的转变。在那之前,他只是希望给这些原本一生都没可能走上舞台的孩子以掌声和尊重。

"若想再往前走,教育是唯一的可能。"

葫芦丝和吉他之间

去农村演出和调查的想法,张轶超酝酿了大半年。他的理想目标是带着孩子回去寻根,因为他觉得他们对家乡的归属感已经不太多了。"孩子听到这个消息都很开心。"他回忆说,"对于他们来讲,这不过是一次旅游。"

五站的巡回演出全部结束后,张轶超问:"你们觉得哪场演出最好呢?"

他让孩子们按照地名一一举手，结果在其他地方均只有两三个孩子举手的情况下，新余一站获得了19票。孩子们解释说："新余的观众最好，很安静，还给我们鼓掌。"

与其他地方不同，由于新余当地政府的安排，"放牛班的孩子"的舞台安排在新余观巢镇镇政府的礼堂，而观众是前一天便被通知必须要到场的当地学校的老师。每一曲完毕，老师都会礼貌性地鼓掌。

孩子们最不喜欢的是在沛县的鹿湾村的演出，在那里，舞台是一所小学的操场，观众是听到消息而聚拢过来的村民。这次演出孩子们大都不在状态，唱歌跳舞有些敷衍。演出结束，观众便四散离去，没有好奇也没有掌声。孩子们于是给了沛县观众"不懂音乐"的评语。

在张轶超看来，孩子做出这样的判别，意味着他们还没有找到真正的自己。很多孩子的快乐和自信建立在对掌声的依赖之上，他们的演出态度也被舞台的大小所决定。

"新余观众的掌声并不是因为你们的表演，只是出于礼节。而在其他地方，那些从很远地方赶过来的农民，才是对你们表演的尊重。"张轶超反复告诉他们唱歌是为了表达自己的感情，而不是为了有人来喝彩，"就好像教堂里的唱诗班从不是为听众而歌唱，而是为了对天主的爱。"

但是，"这个道理大多数孩子是不能领会的"。

容易领会的是现实的利益。有一次，张轶超听到几个孩子在讨论乐器的优劣。一个孩子说：葫芦丝再好也不能出名，而弹吉他可以出名。"孩子已经可以判断出不同乐器隐含的不同的实用价值，很多的孩子跟我说过不想学葫芦丝而想练吉他。"

对此张轶超的评论是："如果一个人没有开放的心态，就很容易变得势利，迎合别人而不自知。"

脾气暴躁的合唱团

在阻碍张轶超的教育效果的因素里，最根深蒂固的是这些孩子在成长过程中所积累下来的性格和思维习惯。

志愿者邰艺是张轶超复旦毕业后在浦东平和中学任教时的学生，一年前过来帮张轶超教这些孩子英语和音乐。邰艺和孩子的关系很好，张轶超甚至觉得她比自己更了解他们。

在邰艺看来，这些孩子的脾气暴躁，情绪波动很大，即使是好朋友之间也会突然翻脸。他们对人好时特别好，但随即就可能反目成仇。

邰艺现在很理解他们，她觉得这些孩子的弱点来源于社会对他们的伤害。她感觉得到他们对平等的渴望，而这些渴望正是来源于他们体会到的不平等。他们看得到上海孩子得到了怎样的宠爱，他们看着想要的东西就在眼前，却很少得到。邰艺从不对他们说刻薄的话，因为她觉得他们所承受的刻薄已经太多了。

有一次，他们租用复旦体育教室排队唱歌，两个复旦的生活老师过来问"这些是不是民工子弟的孩子"，眼里充满不屑。这些孩子保持了沉默，闭口不答，但他们上前使劲去推这两个老师，想让他们快些离开。

还有很多时候，张轶超租下的公寓的物业保安和邻居也想把他们赶走，每次都需要张轶超不停地解释和说服。"每当遇到这样的事情，我们很怕的，我们都躲在张老师的身后看着他和别人讲道理。"张轶超曾经的学生姚茹惠说。"面对外界歧视的时候，他们都选择了压抑自己，看上去没有很明显的举动，但他们心里其实很难受。这些点滴积累下来的情绪，都需要发泄的出口。合唱队里的环境相对自由平等，他们的情绪就会在这里爆发。"

邰艺这样理解他们暴躁脾气的成因。

除了脾气暴躁，给志愿者留下深刻印象的，还有他们的自私和自我。

在这次旅途中，几乎所有的孩子晚上都要洗掉自己当天的衣服，而晾衣绳的长度却十分有限，于是占领足够长的晾衣绳成了孩子们每晚要做的"功课"。一些时候，他们会把自己的湿衣服搭在别人已经晾干的衣服上，甚至故意不收起自己已经晾干的衣服，以便用其霸占着绳子。

在邰艺看来，这样坚决不肯吃亏的特点，是家庭和社会教给他们的生存方式。这些孩子大多不是独生子女，家里原本就贫乏的资源还经常要和兄弟姐妹分，获得吃的玩的很多时候都要靠抢。有些在家弱势的孩子抢不过，心里的难过会慢慢积累，当来到合唱团这样平等的环境里，他们就会用最直接的行为来表达欲望。

"凭什么？凭什么他有我没有？"是他们的口头禅。除了"凭什么"，他们还常说"我的"二字，我的书，我的饼干，我的衣服，我的位置……

"你怎么才能帮他们把这个'我'字去掉？"孙悦凌曾这样问张轶超。

但情况也并不总是如此悲观。在很多时候，这些孩子懂事的行为也让张轶超和他的志愿者看到希望。

一次演出结束后，主办方没有为孩子们准备晚饭，只给了张轶超一小袋面包。在回去的车上，参加演出的20多个孩子都饥肠辘辘。张轶超对他们说："我现在把面包传下去，你们想拿多少就拿多少，但在你们掰面包的时候要想到别人也没有吃饭，你有多饿别人就有多饿。"最后，当这一小袋面包在传了一圈回到张轶超手上时，还有一大半。

"我想改变他们看世界的眼睛"

这些孩子们性格复杂，带给教育者的感受总是时喜时悲。张轶超意识到要使孩子们感动一时很容易，但若要让他们将这种品质稳定下来还是很难。他知道虽然大多数孩子在他面前显得很懂事，但他们也很容易适应一种分裂的状态：在这里是一个人，在家是另一个人，因为他们还不具备在各种环境里维持一个稳定的自我的意志力。在郜艺看来，在这场与孩子们积习的战争中，张轶超唯一的胜算就是唤醒学生的自我辨别能力。

"如果张轶超对孩子们使用权威，他们的父母就最终还是会赢。因为孩子与父母相处的时间远远超过和张轶超的相处，并且很多能决定孩子命运的选择权还是握在他们父母的手中。虽然他们的父母也是不平等的体制下的牺牲品，但是已经不可能被改变。只有教会孩子们自己去判断和选择，张轶超的教育才可能真正地发生效果。"

8月的暑期活动告一段落，上海市的中小学即将开学。此时的张轶超对他下个学期的课程也有了新的构想，他打算设置五类周边课程以及一项核心课程。周边课程是艺术、电脑技能、综合科学、逻辑思维和批判理性、历史和文学，核心课程则是社会服务。"我想改变他们看世界的眼睛，培养他们的独立意识。"

虽然部艺一直认为张轶超将要遇到的最大困难并不是资金问题，而是他到底能在多大的程度上改变这些孩子；虽然在能否改变孩子们的命运上，张轶超也承认自己并没有十足的把握，但他觉得自己唯一可以肯定的是，他给了孩子们更多的可能性。这个希望的可能性，至少在姚茹惠身上已经渐渐展现出来。

此次回乡巡演活动到达安徽怀远的时候，张轶超在2002年教过的学生姚茹惠从相邻的镇子跑过来看望他。姚茹惠说她在遇到张轶超之前的梦想是找到有丰厚薪水的工作，但现在，她更希望以后能像张轶超一样，去帮助更多的学生。2004年，当她在外来务工人员子弟小学上完五年级的时候，张轶超帮助她进入上海市江湾镇高境三中读初中。她不仅凭借着自己的刻苦获得了上海老师和同学的尊重和友爱，还学会了不断的思考，她说她想努力学着把问题看得更深些。现在上初三的她常常思考的问题是：为什么我们的命运会是这样？为什么生在农村和生在城里会有如此之大的不同？

8月25日，参加了此次巡演的孩子在浦东市民中心举办了一场报告会。3个孩子分别做了关于农村的经济、土地和农村儿童与父母关系3个主题的调查报告。他们在台上神情放松，声音稳定，脆生生的童音就像当日下午的阳光一样明朗。

合唱队的孩子们登上过各种样式的舞台，他们已经非常适应当下的场合。对他们来说，农村的语境似乎真的很遥远了。

"我，算城市人吧"

■ 师　欣

12岁的娇娇：一个对农耕生活全然陌生的孩子，在城市的中心向往城市。

家　乡

"我，算城市人吧。在北京这么长时间了。回老家，人家都说，从北京回来的。"娇娇不无骄傲地说。

娇娇出生第二年就跟随打工的父母进入北京，生活、成长、受教育都在城市里。离开家乡10年，娇娇总共才回去过3次。她不愿意回老家。

"我不敢上老家的厕所，虫子特别多，好多蛆，吓死我了。不像这边厕所都是长长方方，那边厕所就像马路边井盖被拿掉一样。我生怕掉下去，心跳特厉害，直哆嗦。"有一次她回老家，硬是憋了两天的大便，最后跑到田地里解决。

娇娇现在的家在西城区甘家口——不是城郊，是城里，城里高楼间的"盆地"——类似城乡接合部那种大片逼仄的平房里。她的父母在菜市场卖菜。娇娇是在菜市场玩大的。

今年9月1日（编者注：2007年），娇娇被迫离开了北京最大的打工子弟学校——行知学校丰台区总校,因为学校被勒令拆掉了。同时,北京取消了外籍务工子女义务教育阶段就学的借读费。由此,她终于进了离家比较近的一所公办小学读书。

菜市场对面有一所小学,几年前,爸爸就有意让她转到这里。行知学校离家实在太远了,还要穿越铁路,娇娇每天6点半就得起床,独自坐公车,花费40多分钟到学校,为此她常常犯困,精神难以集中。

两年前北京公办学校取消赞助费的时候,爸爸曾带她前去那小学咨询。校长先问娇娇:爸爸做什么的?回答:卖鱼。然后告诉旁边的爸爸:"明天就带孩子来报名吧。顺便带上40条草鱼,40只胖头鱼。都要两三斤重的那种。"

娇娇的爸爸粗算了这些鱼差不多有1000多元,"怎么比赞助费还多?"他当场和校长大吵了一架,转学之事告吹。回家后娇娇懊悔地对妈妈说,"早知道校长问我,就说我爸是扫大街的好了。"

今年北京市又下令取消借读费,爸爸就又带着娇娇去那小学碰运气,可惜校长认出了这对父女。娇娇只好进入现在的学校,这学校倒没有任何刁难,只要入学考试成绩合格就录取。

转到新学校后,娇娇参加了她平生第一次春游,就是到大兴农村挖白薯、刨花生,对此她很兴奋。

身 份

一个星期前,娇娇在新学校参加了第一次期中考试。数学97分,位列第一。她挺开心,觉得这样同学们就不会小看她了。

娇娇不仅要适应新的环境,还要平复不时冒出来的"对立"。

以前在打工子弟学校,一到下课时间,娇娇身上就像安了马达,和一帮同学疯打疯闹。这边,下课后几个女生跳皮筋,从不让娇娇参加,娇娇要么识趣地留在教室里写作业,要么一个人去玩体育器材。

马××是班上家庭条件最好的女生,这个名字被娇娇反复提及。"春游时她打扮特时髦。戴着大边帽,还听MP3。听同学讲,有一回她带了两千元零花钱到学校。还听说她妈就要给她买手机。"娇娇表情有些黯然。"我很少和她接触，因为她是北京人。我想和她交往，她不想。只是她学习成绩不好，偶尔问我题，说几句话。"

在班上，对于父母的职业，娇娇一直小心地掩盖着。但她不明白，怎么同学们还是知道了。

有一天，轮到她做值日。班上一个女生功课不好，被老师留下来改错。娇娇打扫到她脚下，让她挪开地方。女生反骂道："你家是臭卖鱼的，管得着我吗？我爸是总经理！"

"臭卖鱼的怎么啦？"伤了自尊的娇娇当即一脚踢到了对方桌角。对方也毫不示弱地站起来揪住她的衣领。两个女孩扭打起来。

平时有心事，娇娇都装在肚子里不跟父母提，那天回家却忍不住哭了。父亲气愤地劝说着女儿："没有我们卖鱼，北京人吃得上吗？"

娇娇还打过另外一架。一次自然课实验，老师让每个人从家里带冰块。班上一个男同学使坏，趁她不注意，把她的冰块捣碎了，实验没做成，娇娇又和那个男生打了一架。

"你得厉害，别人才不敢欺负你。"她对那男孩嗤之以鼻，"说是北京人，我看他也没啥好的。"

"我靠"这类脏话经常会从小女孩嘴里蹦出来，听上去颇有些江湖气息。

娇娇有时脱口而出的话显得宿命而成熟，比如，"我和班上的同学不一样。因为我们身份不一样。他们是北京人，我是外地人。"

"妄 想"

尽管新学校教学条件比原先好得多，娇娇还是很想念行知学校。今年教师节，娇娇给原来行知学校的班主任写了一封信，让同学捎过去。"那边老师像我妈似的，下雨天会把自己的伞借给我。"

两个星期前，娇娇又邀请了行知学校的好朋友吴娟过来。"太闷了，想找朋友聊聊天。"她做东，花费10元到甘家口大厦五楼玩游戏，接下来的项目就是去建设部大院荡秋千。"凡是我认为好玩的，都带她玩一圈。"

甘家口大厦（商场）和建设部大院都在菜市场旁边，这两处是娇娇百玩不厌的乐园。

11月23日，放学后，娇娇又跟菜市场的两个小朋友跑到建设部大院的体育器材那儿玩。

尽管在北京生活了10年，她去过的地方可谓乏善可陈。总共有：天安门，动物园，大兴（学校组织春游），八一湖公园（从她家翻墙过去就到了）。

"阿姨，我听别人说，那是机关干部吃饭的食堂。"路过建设部大院的食堂，娇娇拽了拽记者衣角，介绍道。

走在建设部大院里，娇娇说出了这样的理想："爸爸妈妈很辛苦，每天三四点就起床。妈妈整天卖鱼，一到夏天手就烂，特别难看。我希望他们也有有单位的那种工作。"

"希望将来我能住在一幢大楼里，有自己的房间。在有办公室的地方上班，受人爱戴。反正就是和其他北京人一样，一样过着生活。"

"北京能对外地人一视同仁？有的学校不收外地人，有的学校给外地人涨价。外地人本来就没钱，应该比北京人缴得少才对。现在正好反过来。不公平。"

在秋千架上，几个小女孩边荡边玩笑。"我想考北大，读硕士。"一个小女孩说。"我想当会计，开银行。"另一个小女孩说。"我靠，你们这叫痴心妄想。说点实际的。"娇娇冲她们嚷道。"那你就回家种田去！"其余小朋友大喊道。娇娇急了，追打她们，几个人四散奔开。

农村空巢老人，谁来关爱

两只大鸟哺育了一窝小鸟，小鸟们翅膀硬了一只只飞走，大鸟老了，盼着小鸟回来，但小鸟有了自己的天空和自己的窝，还有了嗷嗷待哺的小小鸟，不能经常回来了。

时下，许多农村老人已成为童话中的"老鸟"。"出门一把锁，进门一盏灯"，他们的生存状态，不能让人释怀。

与城市空巢老人相比，农村空巢老人面临着相似的精神上的窘困，又有着许多不同。在农村老人中，只有2.8%的人拥有"退休金"作为生活来源，而在城市，这个数字是65%。《农民日报》曾发文说：他们多数都在强忍病痛的折磨，甚至根本无暇顾及精神上的孤独与落寞。

养儿防老，本是乡土中国的伦理基石之一，只是，延续了几千年的乡村社会20余年间变化得如此迅猛。当注重经验的传统农业文明渐趋衰落，当城市化加速了传统农村社会的解体，当那些进城打拼的儿女们有意或无力地放弃了孝道，留守乡村的老人们何以依靠？

春节前，本报记者前往内蒙古，记录了长城下黄河边的两个小山村的生活情态。一伤，一喜，伤的是典型的白发老人村桦树沟村寂寞度日盼子不归，喜的是幸运的老牛湾村突遇旅游开发，年轻人纷纷回巢，老人们重展笑容。

我们希望，这组报道能够提醒那些在外的农民儿女们，辛劳之后，多感念一点父母养育之恩，记得中华民族的传统美德，"百善孝为先"。

更希望,社会各方能够一起关注这些在时代夹缝中令人心疼的老人们。

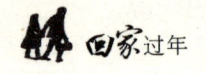

桦树沟：离家儿女何时归来

■ 成 功

老人村

这块土地已经"留不住年轻人了"。张三银在老母亲眼巴巴的注视下离开了家。

1月15日早上8时，内蒙古清水河县北堡乡桦树沟村睡醒了。72岁的王四头戴一顶老式雷锋帽，双手抄在袄袖里，棉袄露在西装袖口外，伴着一阵剧烈的干咳，顺着斜坡一路冲到贺建平家门口。后面远远的，73岁的老伴张有青慢慢蹈着小碎步。他们是来找村主任贺建平问生病输液的事的。

"我是村里唯一的30岁年龄段的男人，其他都是50岁以上的老人。"31岁的贺建平说，他是村主任，一个"老人村"的村官。

贺建平把"老人村"的形成归结为桦树沟村的贫瘠和闭塞，"一亩地才收50多斤胡麻、豌豆"。村子位于呼和浩特市南面200多公里处，到乡里不通汽车，一般都是走路或者骑驴，25里山路要花上3个小时，翻过五六座山才能到。而外面赚钱的机会越来越多，这块土地已经"留不住年轻人了"。

傍晚，北堡乡的荒野山路上，40岁的张三银出现了。他是村里最早出去打工的人之一，这次回村探望孤身度日的亲娘。最初，71岁的母亲是不愿让他去打工的，但因为父亲早逝，张三银要娶媳妇，弟弟还在读书，而贫瘠的土地里刨不出"这些急等花的钱"，张三银在老母亲眼巴巴的注视下离开了家。

1999年到2001年，持续3年的干旱将村里的年轻人彻底"赶"出了村。仅2001年，全村就有近1/3的人离开。此后，40多岁的中年人也开始往外跑，孩子们也纷纷被带走。终于，原来280多口人走得只剩下57口，成了名副其实的"老人村"。

一个老人一个家

> 72岁的王四肾脏不好，经常腰痛，有时实在干不动活，就趴在田里，一边爬一边"扒拉"着松松土。

年轻人走后，老人们需要打理家里的一切，其实，这个家不过一个人而已。

这天一早，59岁的刘海成挑着一对皮水桶颤巍巍走到村庄对面斜坡上的水井打水。他身上套着一件70年代的黄军装，第四个纽扣扣到了第三个纽扣洞上。天气太冷，嘴里哈出的热气来不及消散，便在胡茬上结上了一层薄霜。积雪未化，加上打水时溢出的水，井口周围成了一块滑溜的冰板，刘海成虚抬着腿，竭力保持肩上水担平衡，可无论他如何闪转腾挪，桶里的水还是晃了出来。刘海成憋得通红的腮帮子冻得有点发紫。

村里吃水更困难的是70岁的刘三，无力挑水，就挖一些地上的残雪，放到缸里融化后再喝。

年轻人走后，老人们挑起了种地的重担。至少得种出自己吃的东西。72岁的王四和73岁的老伴张有青接手了两个儿子留下的20亩地，种些胡麻、豌豆和莜麦，唯一可以帮手做点活的是有精神障碍的三儿子。王四的肾脏不好，经常腰痛，有时实在干不动活，就趴在田里，一边爬一边"扒拉"着松松土。

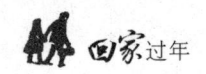

在老人们的食谱中没有"蔬菜"这个词,桦树沟村干旱无水,根本长不了蔬菜,76岁的白玉山每天的"菜"就是趁到山上放羊时,到荒地里捡些土豆。白玉山有六儿一女,留下他一人自己生火做饭,砍柴拉风箱。

生活上的困难让老人们怀念起从前的生活方式。"过去,我们一收完粗粮,都待在家伺候老人上炕,吃上热乎乎的烙面,哪敢出家门?"刘海成无奈地回忆自己当初侍候父母的情景。

每次头痛复发,王四都吃几片"土霉素",这是一种便宜的消炎止痛药。有时夜里疼得受不了,一个晚上就要吃上三四次十几片,"一年至少要吃3桶止痛片"。北方的老人通常有呼吸道的毛病,因为舍不得去看病,常常把咳嗽、肺气肿拖成了肺炎、肺结核。张有青患有肺结核和心脏病,和丈夫一样,她一直吃着各种药。这天,张有青到外屋摸索了一阵子,手里提着装化肥用的大蛇皮袋走回来,左手提着袋底,右手微微松开口袋口,"哗啦"一下,白花花的一片物什小山一样堆在炕上,全是空药瓶。"空药瓶子还能卖两毛钱一斤。"

离家的儿女回不回来

"娃儿们只要出去了就不会回来。"但有的老人还为儿女藏着掖着,因为说儿女不孝,会让人笑话。

1月15日,离春节还有14天,桦树沟自然村外出打工的年轻人一个还没有回来。

"娃儿们只要出去了就不会回来。"王四说。王四最心痛的,是他的二儿子自从到县城烧锅炉后就很少回村,只在每年春节前才回家一趟,那还是为了从家里拿30斤猪肉到县城过年。今年,二儿子已经说不回来过年了,王四和老伴都明白,因为他们两个身体不佳,儿子怕父母要钱看病。

6个儿子1个闺女都说不回来过年,白玉山早早就把自己的年货办好了:6袋方便面和几筒挂面,这是远方表亲送的。刘三准备过年的大事,就是晚上把衣服拿到窑洞外"晾晾",因为外面零下20℃气温可以冻死衣服上的虱子。

在寂寞的乡村，陪伴老人的只有思念。旁边的和林县有一位老太太因为过度想念儿孙，已经把眼睛哭瞎了。

有的老人还为儿女藏着掖着，因为说儿女不孝，会让人笑话。"孩子们忙，家里的负担顾不上"，这些都是老人惯用的托词。

村里有个 100 年的戏台子。"过去老人们常在这儿看乌兰牧骑的古装戏和'文革'的样板大戏。"贺建平说，"现在唱台大戏至少要两千元左右，老人们哪有钱看什么大戏。"

原想"养儿防老"的老人们常常感慨"老来无靠"，有的甚至羡慕起无儿无女的五保户来，因为"有国家养着他们"。和林县三道营乡九具牛村的何老伯就是远近闻名令人向往的"五保户"。80 岁的何老伯住着村里给他砌的窑洞，每年民政部门还给他发放 800 多元和一些粮食。村里还出钱给他准备了一套办身后事用的棺材。

这个冬天，村里最快乐的是 75 岁的刘九为和老伴徐昭小。因为在县城读书的二孙女已经回村，要和爷爷奶奶一起过年。徐昭小破天荒地刷起炕头来，二孙女把窗子擦得很亮，贴上喜上眉梢的红色窗花。

老人村的未来

明年，全乡要开展农村合作医疗，参加的老人们看大病可以报销一部分医药费了。

40 岁的张三银向往城市的生活方式，他已经打定主意，"等母亲去世后，再也不回村里了"。

而同村里其他老人一样，王四和老伴张有青从没想过离开生活了一辈子的村庄，他们只是希望把到乡里的路修好，儿女能常回家看看他们，另外就是希望能看得起病。

在村主任贺建平看来，政府的救助体系越来越完善。3 年前，村里特困户和五保户只发一个"本子"，村委会给袋白面就了事。现在每年给五保户则要发 300 多元以及一些粮食，4 口人的特困户每年发放 1100 元和部分粮食。从去年开始，原本应用于城市的低保救助体系开始覆盖农村，除了原来的特困户、五保户，低保户体系还救济其他类型的困难家庭。

作为村主任，贺建平竭力为那些空巢老人们寻找依靠和帮助。去年，他向乡里报了 71 户申请低保救助，无奈"僧多粥少"，最后县政府只批下了 21 户。为此，贺建平一直很内疚。不过让他欣慰的是，明年，全乡要开展农村合作医疗，参加的老人们看大病可以报销一部分医药费了。

贺建平觉得待在村里挺好，因为村委主任好歹也是"官"，而且每月有 1000 多元工资。毕业于内蒙古医院的贺建平还是村里唯一的赤脚医生，他一直想把"赤脚医生"这行做好，虽然想过到县城里开诊所，但苦于没有资金，只好作罢。让他稍感遗憾的是，农业税费取消后，村干部的权力大大"缩水"，现在已经成为民政帮扶"服务型干部"。即使这样，乡里发放补助粮、款不再通过村干部，而是直接给农民当面发放。其他没有什么紧迫的大事要他去做。这难免让贺建平有"英雄无用武之地"的遗憾。

去年，贺建平的父母已经搬到县城里住了。现在，6 个兄弟姊妹中，只有贺建平还留在桦树沟村。作为"老人村"的村官，贺建平不知道自己何时会离开这个村庄，他每天还是给老人巡诊看病、唠家常。

"或许会等到最后一个空巢老人去世或搬走吧。"当下，贺建平最要紧的想法是把通往乡政府的那条路修一下。

老牛湾：被镜头改变

■ 成 功

2006年1月15日，任志明再次来到呼和浩特市清水河县单台子乡老牛湾村。和5年前不同，这个古老村庄里年轻人像春天回巢的燕子多了起来，村里到处是破土而出的新窑洞，那些曾经寂寞等待垂暮谢世的老人们，正重新洋溢起笑颜。

老人摄影师

作为呼和浩特摄影家协会的一名摄影师，任志明对老牛湾村再熟悉不过了。位于呼和浩特市西南200公里处的老牛湾，黄河在此拐弯，老牛湾和河对面的山西望河楼以及明代石窑古村落，一起构成了摄影师们的绝佳取景点。

在过去20年中，任志明几乎每年都要到老牛湾采风摄影。他眼见老牛湾一年又一年的变化：一个曾经拥有300多人的自然村，从1988年开始，年轻人陆续出去打工。到2001年前后，老牛湾只剩下50多个老人和十几个中年妇女、小孩，整个村庄日渐萧条。

任志明把镜头对准了破窑里孤独的老人们。他今年也已63岁，还有高血压、心脏病，但是，"我每个月有几百元退休工资，跟这些老人比，真是在天上了"。

2001年10月17日,在给76岁的李润富拍照时,老人指着门前一棵因大旱枯死的果树,说他"像那棵果树一样寿命到了"。果不其然,李润富不久就离开了人世,老人绝望的预言让任志明大为震撼。

第二年的9月18日,李润富的堂兄李润生又硬拉着任志明,要给他那躺在病榻上的76岁的老伴赵娥女拍"遗照",因为李润生觉得4个儿女都在外面打工,孤苦伶仃的老伴不知道什么时候会被病魔带走。

任志明开始与时间赛跑,他不断扩大呼和浩特市空巢老人的拍摄范围,老牛湾村、暖泉乡刘家窑、桦树沟村……到2003年初,任志明至少已经拍了400多名空巢老人的影像。

就在拍摄的过程中,许多老人像李润富一样孤单地离开了。

改变老人村的命运

深夜梦回,任志明常常辗转反侧,他决定为这些老人做些什么。

2003年4月,他把照片结集成《"空巢"老人生活纪实摄影》,并配上简要说明文字,形成空巢老人专题调研材料。8月,他和女婿自费进京,带着这些资料希望向民政部有关官员汇报,又费尽周折找到《人民日报》、《中国青年报》、《中国老年报》等中央媒体,呼吁关注这个特殊的弱势群体。

做完这些,心里平静了些的任志明又开始寻找新的路径。

2003年,一个偶然的机会,任志明到张家界参加一次摄影展览。会上他了解到一个摄影家拍摄的张家界风景照片在国际上获大奖,让张家界在国际上声名鹊起,从而引出后来的旅游胜地的事情。

近乎传奇的故事启发了任志明:"如果这里也开发旅游,经济状况好了,老人们生活不就好了吗?"

他把想法传递给了呼和浩特摄影家协会。从此,一个摄影师的理想,成了整个协会的理想。

协会会员分成3个小组,开始着意拍摄内蒙古自治区内富有旅游发展潜力的景观。更寻找机会把这些图片广泛展览、传播。很快,一个香港老板看中了邻近的和林县的风光，决定投资开发旅游。而这又启发了本地一家公司的老总任志刚，在旅游局官员的引荐下，他慕名找到了呼和浩特摄影家协会。任志明和同事们把20多年所有关于老牛湾村的作品，全部无偿拿出来，供旅游公司参考选用，任志刚看后当即拍板，开发老牛湾村。

2003年下半年，老牛湾旅游项目迅速启动。为了配合旅游快速度开发，呼和浩特市交通局将原来老牛湾通往县城的羊肠小道拓展为双车道的沙石公路，老牛湾人第一次感受到他们与外界的距离如此亲近。

年轻人回来，老人笑了

2004年的一天，当任志明再次来到老牛湾村，他诧异地看到了昔日拍过"遗照"的赵娥女，坐在侄儿的门口，看着侄儿李禄忙碌地砌着村里最大的"石窑"旅馆，开心地笑呢。

77岁的老伴李润生也没闲着，他到工地做起了"和水泥"的小工，因为比外村人卖力，一天可以挣上40元。一个月下来，他挣了1000多元，最近赵娥女一次400多元的输液费全靠这笔钱。

老牛湾旅游项目的开发，让老牛湾的年轻人陆续回来了。

3年前，任志明给76岁的张三女拍照时，她独自住在一间黑洞洞的危窑里。周围窑洞都荒废了，旁边一间空窑里还停着村里3位老人的棺材。每天晚上，张三女都睡得心惊胆战。

去年3月，大儿子李白终于回来了。他是小包工头，带本村的七八个青年工参加老牛湾"炮楼"工程建设。李白花了1000多元在他的窑洞旁边建了个新窑，把母亲接了进去。还花200多元买煤给她烧炕取暖。张三女终于可以"挨着"儿子踏实地睡个好觉了。

李白看好老牛湾旅游发展前景，他花了10000多元新建三间窑洞，准备用来接待夏天的游客。还建了全村最大的"水窖"，可以贮存100立方的水。张三女再也不用为吃水发愁了，"娃给我担水"。她布满皱纹的脸上漾满开心的笑。

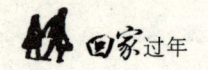

1月16日上午10点多,任志明给她留下了一张新照片,张三女坐在热乎乎的新窑洞里,旁边站着大儿子和孙子。

老牛湾老人的夕阳红,让任志明感到无比欣慰,"这个国家应该有越来越多年轻人来尽些孝道"。

能走的都走了

■ 黄　海

　　春节期间，因为出席一位亲戚的婚礼，我从广州回到了阔别 20 年的出生之地——江汉平原深处的一座水乡小村。

　　正月初六上午，刚进村时，便见里里外外数十人围成一堆，一阵安静后，便一阵哄笑，原来是在赌博，几乎半边湾的男人都集中到了这里；下午，我那位亲戚的婚礼开始了，当身着盛装的新娘进村的时候，全村沸腾了，家家户户出门观看，大人小孩都追随着迎亲队伍，有人戏弄新媳妇和公公，观者无不开怀大笑，而"演员"也似乎乐意表演，我知道，那是真正难得的开心……

　　一位在外读书的小老乡对我说，农村的娱乐设施和活动极为贫乏，碰上哪家嫁娶，全村人都以此为乐，而在平时，最盛行的娱乐是抹牌赌博。

　　而我尤知，此时此刻，城市的人们可能在逛商场，游公园，泡酒吧，跳健美操，听音乐会。

　　在我儿时的记忆中，故乡只有门前清澈繁忙的小河，洁净狭窄的青石板小街，还有淳朴可亲的乡亲。但这次我却看到，小河河道拥塞，十分肮脏，铺满了生活垃圾和牲畜粪便，更严重的是，河水已经黑臭不堪。老乡们说，是上游邻县的一家造纸厂的污染，他们原本在河里挑水吃，现在只能打井吃水；而小街上古老的青石板，现在也只剩些碎块，大部分都被人撬走打了房基；还有，就是故人不幸的消息：一位身强体壮做起农活不输男人的大婶，因患子宫肌瘤，舍不得花钱治病，拖成绝症离世，而她的病，原本是极易治愈的；与我家老屋隔壁的一位开朗健康的奶奶，因为家中困苦，在与媳妇吵架后一气之下喝了农药，而她的一个与我年龄相仿的小儿子，在外打工时一条腿残废，老板给了3000元钱便打发回家，全家依旧住在我20年前离开时的那间破旧的瓦房里……

当然，也有好消息，农民负担由原来的每亩300多元降到了现在的100多元，老乡们说，这是因为去年邻村收款时逼死人命，县里才下定决心降下来的。再有，就是谁家的孩子在外打工寄回了多少钱。

"年轻人都不愿困在农村，"一位老伯说，"除了老弱病残孕傻，能走的都走了。"我心里不禁生出一些苍凉。

种地失去魅力后的生活

■ 谢春雷

我万没有想到，这次回家过年还会被亲友们拿来做教育孩子的榜样，虽然以前在念书时同辈的父母常叫他们的孩子像我一样好好学习，但村里靠念书进城的终究没有几个，所以我免不了要被拿来做家庭教育的道具。

但这次接受教育的是才20出头的小伙子，他们读完中学后在家闲待着，他们的手保养得比我这个吃文饭的还要好，因为他们可以不用捣鼓土地了。

在杭州的郊县富阳市，钱塘江上游富春江南岸的许多山区半山区农村，土地在农民心中的地位正变得越来越尴尬。那里人均占有土地大都不到1亩，谈不上规模经营，也没有什么好的经济作物可供种植，因小城镇建设而使土地增值的好事也轮不到，因此农民渐渐对种地觉得"食之无味，弃之可惜"。

我老家宫前村所在的大源镇这几年小城镇建设发展得很快，但村与镇终归隔了好几公里，我们的村民只能空羡镇郊农民坐享"土地变黄金"带来乐趣的分儿。我的父亲和几个堂外公都是种地能手，以前一亩地通常能弄出两千多斤粮食来，但这些都成了酒后说说"想当年"的事，他们现在也不再坚持一年种两季水稻加一季小麦了。相对于在村上的工厂上班或者打零工的收入，种出两千多斤粮食实在是太费劲了。他们甚至准备接受我和堂舅们的劝告——不再种地。

虽然小城镇建设没有给宫前村带来直接的好处，但私营工厂在村里的林立是个不争的事实，这无疑也是土地失去传统魅力的一个原因。拥有公路边土地的村民则已经在学习有关土地征用或买卖的知识，说不定什么时候哪家私营工厂会看中他的土地，如果一块土地能换回十几万，那简直将改变自己的人生。

我并不觉得我的父辈们向下一代灌输离开土地、出去闯闯有什么不对，但奇怪的是这次回家我发现他们近乎绝对地让下辈改变一如他们自己的生存方式。

在家几天闲着没事，儿时的伙伴带着我在村中走走，恰好碰到他的一个亲戚在午后的阳光下酒后高谈，在这幢尚未完全装修的别墅式的院子里，坐在高谈者周围的是他的一群小辈，年龄大都在20上下。他以长者的口气说："你们年轻人，一定要出去闯一闯，这里有什么好的，叫你们种地、上山还行吗？你们也别指望父母，像我造了幢房子已经完成任务了，以后就要靠我的儿子了。你们也别指望村干部，他们都只顾自己。所以你们一定要靠自己。不要留恋这里，离开它。"

由于我站在一旁，所以免不了被他引用作了"论据"。

在我看来，故乡的山依旧碧绿，土地依旧芬芳，我依然怀念。而我的父辈们却让下辈"讨厌它，离开它"。这无论如何在心里会有点疙瘩。

我儿时的伙伴告诉我，父辈们的愿望变得如此强烈，除了盼望下一代过好日子外，还与村中一些人的死有关。

乡村的小伙子夜生活十分单调，他们最大的爱好是在夜晚骑着摩托车，成群结队地去姑娘家串门，这也是他们恋爱的主要途径。去年春天，村里几个小伙子在"去恋爱"的途中发生了意外，一车三人，撞上了公路边的水泥护栏，一人当场身亡，一人丢了一条手臂，一人重伤。不久，村里又有一个小伙子在同样的经历中废了一条手臂。那段时间村里如阴云笼罩，从此长辈严格控制孩子买摩托车，并不断地催孩子出去谋生。

那次意外我听说过，因为当场身亡的是我的一个堂弟，丢了手的是村主任的儿子。但没想到影响竟是如此深远。

其实，包括我的同龄人以及比我长几岁的人，村里至少有200多人在外谋生，他们主要从事一种作坊式的铝合金门窗装潢生意，足迹遍布中国十几个省市。有的人经过多年的积累，已经成了老板，但他们的资产有多少只能靠猜测，多的至少有几百万了吧。他们大都遵循"闷声大发财"的古训。

他们认为自己最终还是要回来的，他们的目标大抵是在镇里或城里弄套房子，那样生活才算安定下来了。这种生活已经在村里一些能力较强的人中间开始了，我所知的是我的一个做包工头的姨夫，经过多年努力已在镇里造了房子，我的小舅妈通过开汽车调度室已在富春江畔买了房，与郁达夫的故居一样，可以眺江望月。

这个人群看来是会越来越多的。村里已有不少人知道股份制并已经在参与其间了，大约是几个人合成一股，选出代表，与其他的大股东一起办厂，那个代表也是企业董事会的董事。

但是，年前的一件事情还是在村里引起极大震动。

就在年前几天，村中一家造纸厂的一名女工被没有任何保护设施的机器勾住了衣服，在几秒钟内就被摔打得只剩下上半身和一条手臂，死状惨不忍睹。由于她与厂家没有任何劳动合同，她的家属靠着市里亲戚的关系才获赔十几万。

我母亲也在那家厂上班，她说那天晚上她被惊醒了十几次。母亲再三强调她在厂里做的工作既安全又轻便，但我仍是放不下心，我儿时的伙伴们也一样担心着他们上着班的父母。

年初八，带着惊奇与回味，我离开故乡回到喧嚣的都市，过了元宵，我儿时的许多伙伴也将离开故乡，开始他们在外乡的奋斗。

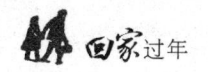

"失守"乡村

■ 刘艳军

工作两年后,我从遥远的广东回到了四川乡下的老家。走在儿时踏得烂熟的乡间田埂上,心头油然而生一种久违了的思念。我后来才知道,这思念须是脱离这片土地之后才会有的。

远远的,村主任在田里犁牛。见我回来便恭维我说:"你现在好啊,终于走出这马家沟了,我们这个马家沟,多少代来一直没出过大学生,没出过城市人啊。"

我说:"村主任,其实,乡村也有很多好处:喝的水不用加漂白粉,是真正天然矿泉水;安静,不像城里吵得要死;见到大自然的东西也多,溪水、麻雀……"

村主任不置可否,猛吸了几口烟,捏弄着烟管说:"你在广东,帮我给我小儿子找份工作行不行?"

我知道这次回乡会遇到这种事,但没想到还未进家门就轮上了。到广东务工的劳工早已超饱和,工作十分难找,即使暂时有一份工作的,大多数也只能挣到只够糊口的钱,有的甚至回家都没有路费。

我认真地给村主任讲了广东的务工情况,但看着他十分忧郁的样子,我还是说想想办法吧,其实,我知道我是毫无办法可想的。

村主任说:"我小儿子跑了很多地方,福建啊,新疆啊,云南啊,广东也去过,没有挣到一分钱不说,反把家里一二十年攒下来的10000多块钱全搞光了。现在没钱了，又没地方可去，成天和那些三朋四友打麻将，要不然就蒙头大睡，农活一点不干，不知道我前世造了什么孽，居然养了这么个东西！那小乌龟都25了，屁事不会干。"村主任讲到最后，已是老泪纵横。

接下来的几天，又有许多人来，本村的，外村的，沾亲的，不沾亲的。他们都十分可怜地哀求我在广东给他们的儿子和女儿找点事做，有的甚至把家里的老母鸡都提来了。那些老母鸡被捆住双脚，蓬乱着羽毛，躺在我家院子里。我的心里涌起一股酸楚。

奇怪的是，来让我找工作的，无一例外都是些头发已花白的老人，他们的儿子和女儿一个都没来。我到处去转了转，发现村里20岁左右的年轻人的确比20世纪90年代初多了，他们显然都是在外面闯荡过，然而又"没有出息"，只好回乡。他们父母说的也都不假，这些年轻人一个个衣着光鲜，有的像城市前卫少男少女那样染着红头发，他们聚在村小学的小卖部里打麻将，虽然时值农忙季节。

我就问张大艰的儿子，为什么不去帮父母干活。他有些气愤地说："你看他们都瞎忙些什么？喂猪，放牛，收水稻，种包谷……我的天，哪一样能赚钱？死守这点烂泥巴，注定是要穷死的！必须要有新思想，找新路子。"

村里的年轻人，大多初中都没有毕业，却油嘴滑舌，经常顶撞指责父母，自己却从来没有想到什么赚钱的"新路子"来，倒是把父母的血汗钱花了个精光。小镇上三六九逢集，每次逢集都有年轻人聚众斗殴，原因大都是看对方"不顺眼"。乡下再也不敢像从前那样夜不闭户了。

阿牛的父亲早在20世纪80年代末就用七拼八凑的8000元钱给阿牛买了一个城市户口，让阿牛成了"城市人"，可直到今天，阿牛都没有真正地当过一回"城市居民"，依然在乡里游游荡荡。

失守乡村的这一代青壮年乡民，将何去何从呢？

谁愿意重回乡村

■ 朵 渔

在空虚的乡村，你可能只是一个"抽取者"，只有抽取，没有回报。

春天回山东单县乡下，发现村头的小学校大门紧闭，一个学生也没有了。问父母，说是经过这些年的计划生育，学生减少，村校规模太小，被其他小学合并了。说完便摇头连连。

乡村小学的消失，对村民们来说是个大事件。以前，几乎村村都有小学，其功能，一是村民们让后代求学上达、改变命运的唯一窄门，二是乡村繁荣的标志，上对祖宗，下对子孙。乡村小学没有了，整个乡村似乎一下子安静下来，除了鸡鸣狗盗，再无童稚笑语、琅琅书声。那改变命运的火种，也似乎一下子暗淡下来，人心都觉得怪怪的，空落。

我就是从那所村小学校经过层层肉搏，滚出去的。进城以后，就很少回乡下了。最近每次回去，都觉得惭愧不已、悲哀不已。像我这样中举般滚出乡村的，实在算是祖坟上冒了青烟，幸运之极。

其他的同龄人，也大多走出了乡村，但他们是另一种轨迹：打工。打工者，大多是一个人出去，而家依然在乡村，根依然在乡村。往往是过年时回来一趟，播下颗种子，再出去谋生路。那种子生根、发芽，而父母已不在身边。现在的乡村，几乎就是儿童和老人的世界。

每次看到那些光腚游戏的孩子，那些弯腰驼背的白发老人，心中就会有隐痛。谁来教育这些孩子？谁来传承乡村文明？

面对1914—1918的战后一代德国人，本雅明曾慨叹，那些在壁炉前为子孙们讲故事的人彻底消失了，"哪儿还有正经能讲故事的人？哪儿还有临终者可信的话，那种像戒指一样代代相传的话？"本雅明痛感一代人经验的贫乏，并称之为一种"新的无教养"。如本雅明所说的那"在壁炉前讲故事的絮叨者"，如今又在哪里？是那些留守乡村的祖父祖母们吗？他们终日劳碌、奔波与蒙昧，又如何充当一个"讲故事者"？于是，我们这里的"新的无教养"出现了，新的"经验的贫乏"出现了。"我们变得贫乏了。人类遗产被我们一件件交了出去，常常只以百分之一的价值押在当铺，只为了换取'现实'这一小块铜板。"为了一小块铜板，那些乡村的打工者甚至抵押上了自己的后代——这唯一的改变命运的窄门也被迫关闭了。而作为从乡村出去的知识分子，我的责任与承担又在哪里呢？我甚至很少回到乡下！在空虚的乡村，我成了一个新的"抽取者"，只有抽取，没有回报。

而古之为士者，对乡村世界是极尽关注的，那时候的乡村不仅有生员、秀才和员外，官员们老了，也还要"告老还乡"。近读罗庸先生的《鸭池十讲》，讲到为士之道。在罗先生眼中，士大夫"实在是中国文化的轴心"。在"礼崩乐坏"的东周时期，所谓王官失守，学在私门，有心的士大夫们以在野之身，积极做文化运动，孔夫子便是一例。战国时，士大夫学商人模样，"挟策求售，曳裾王门"，读书人商业化的结果，造成了游士之风。最好的时期是两汉400年，特别是东汉，"读书人以居乡教授作处士为荣，东汉的气节，在士的历史上造成了空前的好榜样"。随后，董卓入卫，奸雄当道几百年，"处士一变而为党锢，再变而为文学侍从，三变而为世族的门客。读书人的生活，从居乡教授到运筹决策，再到做劝进表，加九锡文，最后到应诏咏妓，南朝士人的身份降到无可再降"。直至两宋，理学家们于讲学之余，尚能注意到乡村建设，如朱子家礼、吕氏公约之类。而到了明清两代，士子们与胥吏政治相因缘，"出则黩货弄权，处则鱼肉乡里"，士大夫的意义，似甚少有人顾及。

如今，教育成了一项投资，好不容易逃出了乡村，成本尚未收回，谁还愿意再回去呢？于是，一代代乡村士子们继续在掏空乡村，那"成己成物，立己立人"的承担精神，早已弃之如敝屣。乡村败落，势所必然，岂不悲哉！

243

乡村礼俗的变迁

■ 朵 渔

我的家乡地处鲁宋之间，南面庄子，北面孔子，乡饮酒、乡祭祀之礼自古繁盛。

前不久，一位素不相识的小乡党突然打电话找我。

我问他是谁，他吭哧吭哧说不清。我十几岁离开家乡，一晃快20年了，因此20以下的年轻人基本上都不认识了。虽然不至于像老徐策那样"我的耳又聋，我的眼又花"，但还是要仔细问问："尔家住哪省哪府并哪县？尔是哪座村庄有家门？尔的爹姓甚？尔的母姓甚？尔是排行第几名？"小乡党先是说住在村子的哪一头儿哪一块儿，我凭记忆猜谜一般蒙了一通："你是小三儿？石头？歪二？"都不是。

我问他，你爹是谁？他说是谁谁谁。哦，有点印象了，童年的玩伴，黄龙鼻涕斜脚掌，酷爱爬墙头。印象中，他辈分挺高，大概是太爷爷辈儿的，叫起来不顺嘴，因此我们都不大爱跟他玩。"我是他二小子，论辈分你该叫我爷爷。"他声音不大，似乎不好意思直说，他知道城里人不讲究这个。他恨不得叫我爷爷，但没办法，老家讲究这个，他必须是我爷爷。

这位爷，是求我帮忙的。

辈分这东西，算得上是一门学问，家谱文化的一部分。中国人往往聚族而居，在一个相对封闭的环境里，靠纲常、伦理维系着宗族纽带的牢固和礼法结构的有条不紊。辈分，也就成了一种对人伦与社群的组织方式。

乡村礼俗的变迁

与西方人的"个性"原则不同，国人是礼法结构中的一环，家谱某宗某支中的某一个，是无法逸出的。而且辈分也是无法选择的，对于一个人来说，一生下来就被家谱固定了。古人云："谱牒身之本也。"意思是你是谁，你从哪来，只有谱牒能说得清。西人可以叔叔舅舅不分，国人却是直系旁系姻亲血亲一清二楚。西人姓氏繁杂，千奇百怪，国人却是一姓一国，"百家姓"，"天下某姓是一家"。

我的家乡地处鲁宋之间，南面庄子，北面孔子，乡饮酒、乡祭祀之礼自古繁盛。在家乡，同宗同族之间，辈分是必须严格遵守的，称谓礼数，言行举止，日常起居，均不能乱了礼法。即使是白头长者，也须称呼比自己辈分大的小孩子为爷爷叔叔。即使在外面混得人模狗样，风光无限，回到家族里，你也必须恢复到"狗剩"的原貌。不同姓氏之间，往往根据聚群而居长期形成的传统或一代又一代的姻亲关系，形成固定的辈分关系。

在我们乡下，辈分高的拥有不少特权，比如他可以随心所欲地骂别人的娘，那辈分低的人是不可还嘴的。一个辈分高的小孩子，整天被别人"爷爷叔叔"地叫着，自然也会滋生高人一等的情绪。当然辈分低也并非只有下跪的份儿，他同样拥有特权，比如结婚闹洞房，你若辈分高可就惨了，下至玩尿泥的小把戏，上至颤颤巍巍的老人，只要辈分比你低，就可以对你的新娘子摸一把挠一把。而一个被称为"叔叔"的人是不可以闹"侄子"的洞房的。这就是规矩。

我在家乡辈分算是低的，出门都是爷。童年时，小朋友之间往往也不是直呼其名，而是按辈分叫，我跟一帮小爷们玩得倒是毫无障碍。后来到了城里，才发现"现代文明"的真谛其实是"论资排辈"，基本上年长就能占得先机。

我的小乡党出门打工多年，自然深谙城市的规矩，不敢再让我叫爷。他还告诉我，其实现在村子里已很少再按辈分叫了，尤其是同龄的孩子之间，他们往往既不直呼其名，也不俯首称孙子，而是一"喂"了之。这是现代文明的普照，还是乡村伦理的沦陷？我也说不清了。上次回乡，问起家谱的事情，父亲说本家的家谱早就没有续修了，一是老辈们一个个离世，没人再理会此事；二来，年轻人都走了，乡村早已经空了，还修它作甚？

乡村的"呼愁"

■朵 渔

每一个历史时代的变迁,每一场大的社会运动的终结,以及一切庞然大物的轰然倒掉,都会留下一堆历史废墟,供人凭吊、回忆。

读帕慕克的《伊斯坦布尔》,被他的"呼愁"感动。"呼愁",土耳其语"忧伤"的意思。这汉语翻译得真好,比忧伤更加的忧伤,且多了一层历史的悠长感。在帕慕克眼里,这种呼愁"不是某个孤独之人的忧伤,而是数百万人共有的阴暗情绪"。准确说,这是整座废墟之都的忧伤,覆盖在整个斜阳帝国一切残留之物上的忧伤。当帕慕克穿行在那破败、灰暗、没落而又处处遗留着古老帝国残砖断瓦的街头巷尾,他慨叹道:"我出生的城市在它两千年的历史中从不曾如此贫穷、破败、孤立。它对我而言一直是个废墟之城,充满帝国斜阳的忧伤。我一生不是对抗这种忧伤,就是(跟每个伊斯坦布尔人一样)让它成为自己的忧伤"。在帕慕克的笔下,整个帝国的残留物汇入他个人的生命里,渗入他的血液和生命,成为他个人的命运。

每一个历史时代的变迁,每一场大的社会运动的终结,以及一切庞然大物的轰然倒掉,都会留下一堆历史废墟,供人凭吊、回忆,让人忧伤不已。克里米亚战争瓦解了伟大的奥斯曼帝国,使帕慕克的伊斯坦布尔成为单调、灰暗的"呼愁"之城。"泥泞的公园，荒凉的空地，电线杆以及贴在广场和水泥怪物墙上的广告牌，这座城市就像我的灵魂，很快地成为一个空洞，非常空洞的地方。"相对于帕慕克那座伟大的城，我的"呼愁"则来自一个带着集体主义余温的贫瘠村庄。我记得在我的童年，人民公社尚未散伙，生产队最大的产业是一座牛棚，黄牛、马、骡子和拉磨的驴杂居一处。那时候，公社的拖拉机站已经废弃，巨大锈红的铁疙瘩躺在黄叶枯草间；一座被鸟巢占据的烟囱早已不冒烟，围墙倒塌，废料遍地，那是乡村唯一的工厂……那时候，最爱闻的是汽油味，穿绿衣的邮递员骑着一个小电驴……最爱玩的是火和水，冬天玩火，夏天玩水；那时候，家里唯一的工业品是一个汽水瓶子，最好的玩伴是一只黑狗，我把它训练成了全村最凶猛的狗……我记得有一年，村里的苹果园一夜之间被铲平，每家分到了两棵果树，移栽在自家的院子里。但那些果树实在太老了，最终没有一棵种活。就这样，一片曾经开满鲜花的果园消失了，这既是集体时代最终散伙的象征，也是一个时代断层的标记。

后来外出读书，离开家乡20年，我对家乡的很多记忆还停留在上一个断层里。最近几年再回乡下，发现一种新的"呼愁"出现了——村庄变得大而无当，崭新的民居和废墟杂陈，工业景观与田园风光怪异地并置在一起；河流变黑了，几乎再也找不到一条清澈的小溪；鸟巢变少了，那些长着美丽羽毛的鸟儿再也难得一见……还有，村中嬉戏的孩子，路上追逐的少女，天空中盘旋的鹰，以及河里游动的鱼，都到哪里去了？都消失了，故乡变得如此陌生。"就算是给鱼和鸟都打上一针/也已经救不回故乡的山河。"（俞心樵诗句）。

也许只是因为"怀乡病"在作祟，才使我对过去的一切充满感念，而对眼下的现实感到不适？怀旧者总是对往昔的细枝末节充满偏执的记忆，只有还乡才能治愈这恼人的乡愁。而如今，乡愁越来越难以治愈，一遍遍的还乡却只能加重病情，因为故乡早已不是那个故乡。

当传统遇上工业化，后现代遇上集体主义的尾巴，乡村现实的种种乱象和未来的种种愁绪，似乎注定不可避免。如今，村里的年轻人已越来越少，他们大多成了新时代的游子，故乡只是他们的一个怀旧之地，"返乡"

变得可望而不可即。仍然生活在乡村的人们，他们幸福吗？他们还有未来吗？如今，村里的不少老人又开始怀念他们自己的往昔——那充满乌托邦情结的集体主义年代。至少那时候看病看得起，上学上得起，肉可以放心吃，那时候老鼠还是怕猫的，人还是有良心的……那时候，人们尚有一个"现代化"的未来新世界可以憧憬，如今的梦想又在哪里？我们如何重建自己的乡村世界？"新农村建设"，不是一个"新"字就可以解决的。

　　帕慕克尚有"如丝巾般闪烁微光的博斯普鲁斯"可以守望，而我们却依然处在自己长长的"呼愁"里。

农村如何"新"

■ 郭 虎

过年前，我到淮安淮阴区棉花庄乡看望外婆，外婆和大舅一家生活，可我只见到已经90岁的外婆和60岁的大舅母，大舅及几个表兄弟都还在外打工。舅母告诉我，如今前后庄男劳力多在外打工，房子比以前漂亮，可村里的人却比以前少了。有感于此，我决定做个调查，看看农村的劳动力状况。我在我所在的县（江苏洪泽）选3个样本村：一个是人口大村共和镇涧前村；一个是位于交通要道的黄集镇娄赵村；一个是传统农业村岔河镇滨河村。调查结果：共和镇涧前村，16–50岁农村劳动力有761人，在县内就业17人，外出务工436人，在家务农148人。在县外务工的主要分布在南京和苏锡常地区，从事建筑、电子等工作，月收入在2000~5000元，少部分人在外已购房。在家务农的以大龄人员为主，男性主要从事农副业，女性主要是陪子女读书。样本二：黄集镇娄赵村。16–50岁劳动力有937人，在县内就业204人，在县外就业396人。其中全家外出56户，占全村30%以上。外出人员大部分在苏锡常地区，月工资在2000~5000元之间。样本三：岔河镇滨河村。全村804户，16–50岁劳动力1692人。在县内就业196人，县外打工1163人，在家务农326人。已有120多户在苏州、上海、南京购房，主要从事电工、木工、电子操作等工作，月工资在2500~5000元之间。调查中发现外出务工人员愿意回乡就业的很少，我们县许多劳动力已经在外买房"生根"，这部分人再回转的可能性较小。

相信这3个样本并非我县孤例，但建设新农村，还须新农民。请先改善农村的基础设施及文化建设，方可"引民回巢"，促进村庄人丁兴旺、人才成群！